徐颂翔 著

幸福有多远

北方文艺出版社
·哈尔滨·

图书在版编目(CIP)数据

幸福有多远 / 徐颂翔著. —— 哈尔滨：北方文艺出版社，2022.1
ISBN 978-7-5317-5302-5

Ⅰ.①幸… Ⅱ.①徐… Ⅲ.①长篇小说–中国–当代 Ⅳ.①I247.5

中国版本图书馆 CIP 数据核字(2021)第 239560 号

幸福有多远
XINGFU YOU DUOYUAN

作　者 / 徐颂翔
责任编辑 / 张贺然　　　　　　　　封面设计 / 潇湘悦读
出版发行 / 北方文艺出版社
发行电话 / (0451)86825533
地　址 / 哈尔滨市南岗区宣庆小区 1 号楼
印　刷 / 长沙市精宏印务有限公司
字　数 / 240 千
版　次 / 2022 年 1 月第 1 版
书　号 / ISBN 978-7-5317-5302-5

邮　编 / 150008
经　销 / 新华书店
网　址 / www.bfwy.com
开　本 / 880mm×1230mm 1/16
印　张 / 16
印　次 / 2022 年 1 月第 1 次印刷
定　价 / 78.00 元

目录

引 子		001
第一章	百年好合	003
第二章	崇文情史	010
第三章	清照往事	016
第四章	倾城之恋	023
第五章	遭遇盗窃	031
第六章	孕中清照	038
第七章	生死分娩	046
第八章	初为父母	053
第九章	心如刀割	060
第十章	清照再孕	066
第十一章	雪灾惊魂	072
第十二章	鸡飞狗跳	077
第十三章	芙蕖降临	083
第十四章	奶爸生涯	090
第十五章	债台高筑	097
第十六章	命悬一线	103
第十七章	志同道合	109
第十八章	三年之痛	116
第十九章	婆媳大战	123

目录

第二十章　保姆风波　　129

第二十一章　留守儿童　　135

第二十二章　七年之痒　　145

第二十三章　高州奔丧　　151

第二十四章　黯淡岁月　　158

第二十五章　背井离乡　　165

第二十六章　误入传销　　173

第二十七章　职场之酸　　179

第二十八章　搬家之痛　　187

第二十九章　教育之苦　　193

第 三 十 章　崇文失聪　　199

第三十一章　半路出家　　204

第三十二章　蜕变文人　　210

第三十三章　神秘男子　　216

第三十四章　叩问生存　　223

第三十五章　问道婚姻　　229

第三十六章　参透生死　　235

第三十七章　一锤定音　　240

第三十八章　柳暗花明　　247

引 子

婚姻是什么？就像一千个人的心中有一千个哈姆雷特一样，婚姻这东西真的是说不清，道不明。

婚姻是两个方块字的学问，且蕴含精湛的生活哲学。因为有两个"女"字，所以在婚姻生活中，女人绝对占据半壁江山；因为有个"昏"字，所以很多夫妻过了一辈子，直到寿终正寝时仍觉到昏头昏脑，不知婚姻的真谛到底是什么？因为有个"氏"字，别以为现在貌似男权社会，就算你有大男子主义倾向，如果不幸遇上一个强悍的女人，河东狮吼一声，你所有的孩子全部从女人的姓氏也并不是不可能；因为有个"日"字，请记住，婚姻就是两个没有血缘关系的男人与女人在一起过日子，整天算计着柴米油盐酱醋茶，在锅碗瓢盆交响曲中日复一日，两个人渐渐地失去生活所有的激情，新鲜感最终消失殆尽；因为有个"因"字，婚姻无非是老天的有心撮合，是一场因果报应，万事皆有因，万般皆有果。男人能娶上什么样的女人？女人会嫁给什么样的男人？两口子这辈子会生几个孩子？其中有几个男孩？有几个女孩？什么时候结婚？什么时候离婚？什么时候命犯桃花？这辈子婚姻是否幸福？男人什么时候梅开二度？女人什么时候红杏出墙？缘聚缘散，花开花谢，生离死别，鳏寡孤独，似乎皆是冥冥之中的定数；因为有个"口"字，婚姻就是夫妻俩乃至孩子同在一个屋子里重复着进食和排泄的生理动作；因为有个"大"字，婚姻就是男人与女人在家庭地位方面的较量，双方在博弈时所使用的工具无非是家族背景、社会地位、金钱和权力,性格成了润滑油,脾气成了刹车皮,谁若是赢了,谁就是这个家庭的老大。

婚姻就是"凸"字与"凹"字的激烈碰撞,"凸"代表男人,"凹"代表女人。开始时,铿锵有力,声音嘹亮,激情而高亢,且严丝合缝。到了后来,声音逐渐低沉,萎靡而沮丧,嵌合时居然出现了裂缝,于是渐渐地归于阒静,死一般的沉寂,阴森而恐怖。

婚姻就像打水漂,男人是那粒小石子,女人是那泓湖水。开始时,小石子跑得很快,抛物线的幅度也大,到了后来,疲惫了,乏力了,倦怠了,小石子越跑越慢,抛物线的幅度越来越小,最后沉入湖中,杳无踪迹,与湖水融为一体。

婚姻就像一段旅程,在前往某个炒作过甚的景点之前,心中充满着美好的期待,憧憬着明天提前降临;置身于景点之后,突然觉得也不过如此;返程之后,心中甚是懊恼,对这场耗费金钱、时间和精力的旅行失望透顶。

婚姻就像一座城堡,城外的人总觉得城内的人活得好精彩,天天夜夜笙歌,灯红酒绿,心中充满着无限的渴望与向往。可是,一旦在城里待久了,突然觉得生活好无趣,空间太逼仄,倒不如出城去溜达溜达,图个潇洒自在,图个自由快活。可是,可是这个时候的你已经出不去了,因为一纸契约已将这座城堡的大门牢牢地拴上了。如果你非要硬闯出去,那就请先戴上道德的枷锁和舆论的镣铐吧,你必将被撞得头破血流、鲜血淋漓。

别以为婚姻专家一定就是这方面的专家,说不定那个人就是一个所谓的"砖家"而已,难保还是一个骗子。因为这是那个人谋取饭碗的职业,是经过包装和炒作过的,根本就左右不了你的未来,更改变不了你的幸福指数。或许,那个人的婚姻本身就不幸福,日子过得一塌糊涂,只是你不知道而已。

说白了,婚姻其实很简单,你若说出来,它就是一个凄婉动人的故事;你若不想说出来,它就是一桩除了自己别人永远也不知道的心事。

湘南徐工并不是一个婚姻咨询师,也不是一个情感专家,但他想为大家讲述一个精彩的故事,一个发生在东莞的故事,一个缠绵悱恻的爱情故事,一个关于婚姻的故事,一个关于两个平凡人的故事。

一出悲情大戏正徐徐拉开帷幕……

第一章
百年好合

> 无女人，则无物以助生之诞，则无生之乐，亦无死之慰也。
>
> ——德茹伊（法国政治家与作家）

多年以前，岭南是一片蛮荒之地、瘴疠之乡、流放之所，人们唯恐避之不急；多年以后，岭南成了人们口头中常说的"东西南北中，发财在岭南"，在这里，稻草也能够被说成金条，世界就是这么神奇。

岭南有四小龙：东莞、顺德、中山、南海。东莞有四强镇：长安、虎门、厚街、塘厦。长安位于东莞的西南部，毗邻深圳特区，濒临浩渺南海，位置得天独厚。

东莞作为世界工厂，它曾经有一句宣传口号："海纳百川，厚德务实。"在人口方面，真的是海纳百川，接纳了来自五湖四海的人们；在财富方面，真的是厚德务实，GDP每年都噌噌地往上涨，于是新的宣传口号"每天绽放新精彩"就这样横空出世了。此小说中的男女主角徐崇文和梁清照这对青年就生活在东莞长安这块富庶的土地上。

2007年1月1日，对崇文和清照两个人来说，这是一个非常重要的日子，哪怕是他们被别人狠狠地敲成了脑震荡，相信他们也不会患失忆症，其意义甚至胜过他们的诞生日。这个残酷的世界，社会的确有许多不公平之处，譬如家庭出身、社会地位、经济基础、人脉资源，但在环境方面，老天爷对每一个子民总是一碗水端平，而这正是他的慈悲之处。

这一天，老天爷很是眷顾崇文和清照，似乎特别喜欢这两个聪明能干的大龄青年，知道今天是他俩的大喜日子，于是早早地将天空染得特别的蓝，又扯来几团棉花点缀一下，并要求太阳温和一点，不要那么火辣辣，别晒死人，后来又觉得似乎缺少点儿什么，于是又安置了一台吹风机，时不时地送点微风过来。

中午十一点整，崇文和清照准时伫立在毛家饭店的门口迎宾，崇文站在外侧，清照站在内侧。崇文的角色是新郎官，他今天帅气极了，精神饱满抖擞，头发梳得油光发亮，里面穿着一件粉红衣的雅戈尔衬衣，外面穿着一套崭新笔挺的苹果牌西服，系着一条红色的金利来领带，左胸处别着一块红色的纱巾，上面有"新郎"字样，脚下的红蜻蜓皮鞋也擦得锃亮。唯一美中不足的是，不知道是那套西服的尺码太大还是崇文偏瘦，远远望过去，总感觉他弱不禁风似的。清照的角色是新娘，她今天漂亮极了，仿佛她一生最美丽的时光就凝聚在这一刻。她略施粉黛，笑逐颜开，着一袭洁白色的拖地婚纱，左胸处同样别着一块红色的纱巾，上面有"新娘"字样。但女人毕竟是女人，肯定要比男人多一些硬件。这不，她的双手就捧着一束很大的鲜花，有满天星，有百合，有薰衣草，还有玫瑰；她的左手腕戴着一个晶莹剔透的玉镯，她的左手腕还套着一件白色的衬套；她后脑勺的头发上绾着一束修剪过的百合花，一袭洁白的头纱罩在她的肩膀上，将她装扮得分外妖娆而美丽，以至于崇文总是循着百合花的幽香时不时侧目注视着清照那张迷人的脸庞。

清照的左边摆放着一张长长的方桌，上面铺了一块红色的桌布，桌子上摆了两个盘子，盘子上覆盖着两块红色的方布。其中一个盘子放着一本《嘉宾签到表》，另一个盘子空着，盘子的旁边还有一个碟子，里面盛着糖果、瓜子和双喜牌香烟。一条长长的红地毯从外面一直铺到了毛家饭店的里面，仿佛这是一条闪耀全球、万众瞩目的星光大道。毛家饭店入口处的左边竖着一块招牌，上面写着"爱是太阳，爱是月亮，日月相随，龙凤呈祥；情是高山，情是海洋，山水相依，地久天长"以及"徐崇文、梁清照喜结良缘，席设二楼"的字样，这副对联是崇文和清照两人智慧的结晶，他们为此足足想了三天三夜，死了无数个脑细胞。

崇文和清照的亲人和同学陆陆续续地抵达毛家饭店。崇文的母亲、大哥徐崇武和妹妹徐崇芳来了，清照的二妹梁清婉两口子、三妹梁清心两口子和弟弟梁新宇来了，崇文所请的那些在广州、东莞和深圳的高中同学来了，清照所请的那些在广州、东莞和深圳的高中同学和大学同学来了，但清照的能耐显然比崇文强一些，清照还请了好多同事，而崇文一个同事也请不到，以至于所来的嘉宾中十个有八个都是握住清照的手，然后说上一堆祝福话："恭喜老同学！早生贵子！""恭喜老同学终于嫁出去了！""恭喜梁会计！早生贵子！""恭喜Shelly！三年抱两，儿女双全！"……站在清照旁边的崇文显得有点儿落寞，少了一些面子，但又不得不赔着笑脸应付着，不过崇文的妹妹崇芳多少为他赢得了一丝颜面。崇芳站在清照左手侧的那张方桌前，嘉宾与崇文或清照寒暄完之后，在经过方桌前总会停留一下，先在《嘉宾签到表》上龙飞凤舞地写上自己的姓名，然后奉上一个红包。这时的崇芳就显得特别的机灵，逢人就笑着说："谢谢！祝老板越来越帅！老板娘越来越漂亮！"按照岭南人的礼节，崇芳也回馈对方一个红包，里面装着一张十元的钞票。若是男嘉宾，崇芳还会主动递上两支香烟；若是嘉宾带着小孩，崇芳会眉开眼笑地说道："这个小朋友好可爱哦！来来来，姐姐给你两颗奶糖。"

嘉宾们纷纷就座，一共摆了六桌，其中清照这边就占了四桌。清照在毛家饭店做会计有几个年头了，所以今天的菜肴都是她一手安排的，崇文根本就没有参与。今天的婚宴很丰盛，搭配也很合理，既照顾了潇湘人的口味，也考虑了岭南人的感受，在这方面，清照确实下足了功夫。每桌皆是标准配置，有凉菜、荤菜、素菜、汤、小食、酒水、饮料和香烟。凉菜是夫妻肺片、鸿运招财手、天府老坛子和凉拌青瓜。荤菜是剁椒鱼头、坩锅田鸡、坩锅茶树菇、铁盆将军鸭、毛家红烧肉、清蒸桂鱼、姜葱肉蟹、白灼虾、木桶鸡和糯米蒸排骨。素菜是毛家茄排、砂锅娃娃菜、松仁拌玉米和蒜茸菜心。汤类是野山菌排骨汤，小食是金银馒头，酒水是一瓶98长城干红葡萄酒、三瓶青岛啤酒和一瓶诸葛酿32度白酒，饮料是大瓶装的雪碧和百事可乐，香烟是一包潇湘省的精白沙和一包岭南的红双喜。这些菜肴全是毛家饭店的经典菜，为的就是让今天这些从远方来见证崇文、清照两人婚礼的嘉宾们吃好喝好。此时的毛家饭店张灯结彩，天花板上悬着用纸张叠出来的大红球，在某一面墙壁上还张贴着一张伟人画像，上面赫然写着"走进毛家饭店，感受伟人情怀"。

婚礼开始了，司仪快步走上那个布满"喜"字且花团锦簇的主席台，他拿着一个麦克风抑扬顿挫地说道："大家好！我是主持人张小刚。首先，感谢各位来宾在百忙之中来东莞见证徐崇文先生和梁清照小姐的婚礼。在茫茫人海中，形形色色的男男女女相遇了，他们或成为匆匆过客，或相识相恋了，但最终又形同陌路。今天，我们的一对新人，似乎命中注定他们的相遇是要碰撞出一段不同寻常的故事，命中注定他们的故事必将成为演绎一生的甜蜜爱情佳话，正所谓天作之合、佳偶天成。我宣布，新郎徐崇文先生、新娘梁清照小姐的婚礼庆典仪式正式开始，请全体来宾起立，让我们用热烈的掌声欢迎这对新人闪亮登场。"

《婚礼进行曲》刹那间响起来，崇文牵着清照的手从毛家饭店的一楼经木制楼梯款款地走向主席台，崇芳则尾随在清照的后面，用手拖着她二嫂那长长的裙摆。入定后，崇文站在右边，清照站在左边，两人背对着主席台。

司仪拿着麦克风问崇文："新郎官你好！终于走到幸福的舞台之上来接受全场所有来宾的祝福，此刻你的心情如何？"

崇文答道："很开心。"

司仪步步紧逼："很开心，很幸福。因为这应该是人生至高的领奖台，而今天终于可以和自己心爱的姑娘用一生一世的时间来谱写你们的故事了，所以有必要和大家汇报一下恋爱成果，新娘在你心中是一个怎样的形象？"

崇文下意识地用右手挠了挠后脑勺，答道："很贤惠，很开朗，非常善解人意，而且还能写宋词。"

"你刚才说什么？宋词？你能背一首新娘的宋词给大家听吗？以证明你对她浓浓的爱意。"

"好，我背一首她写的《一剪梅·梦江南》：烟笼湖畔雾盈楼，曙光争千缕，蝴蝶未醒，蜻蜓早立，红荷含羞。当年梦慕江南路，知音相携手，水乡深处，芙蓉枕上，唐宋诗头。"

"嗯，好酸，这对新人果然是同道中人啊！好了，现在我要代表新娘问你一个重要的问题。因为我们常说人生路漫漫，在未来可能会遇到很多的风风雨雨，会有很多坎坷，会有很多的挫折在等待着你们，但是，我相信只要心中有爱，人生中无论走到哪里，都会有属于你们的幸福，所以最后一个问题，请你骄傲地告诉大家，你准备好了吗？"

"准备好了。"

"请问徐崇文先生，你愿意娶你身边的这位小姐做你的妻子吗？"

"我愿意。"

"请给点儿掌声再来一次。"司仪似乎对崇文不依不饶。

"我愿意。"崇文近乎歇斯底里地喊道。

"无论是贫贱与富贵都会直到永远吗？"

"是的。"

"请说出你此刻最想对新娘说的话。"

崇文停顿了好久，突然想起了刘德华的一首歌曲《爱你一万年》，于是大声地说道："我爱她一万年。"

司仪终于放过崇文，继而将麦克风转向清照："你愿意嫁给你身边的这位先生做你的丈夫吗？"

清照羞涩地回答："我愿意。"

"无论是贫贱与富贵都会直到永远吗？"

"是的。"

"请说出你此刻最想对新郎说的话。"

清照于是侧着身子在崇文的左耳旁轻柔地说道："我爱你。"

"请双方交换信物。"

崇文从西服右边的口袋里掏出一个铂金 PT950 戒指，然后将它戴在清照左手的无名指上。清照接过崇芳递给她的一支派克钢笔，然后将它插在崇文胸前的那个口袋里。

"好了，信物交换完毕，请双方永久地保管好，现在行结婚大礼。嘉宾今天都很忙，百忙之中来捧场，新郎新娘谢嘉宾，送福送贵送吉祥，新郎新娘听我的口令，向前一步走。一鞠躬，感谢嘉宾来贺喜；二鞠躬，亲朋好友都欢喜；三鞠躬，好运带给我和你。"

崇文和清照一一照做。

"'谁言寸草心，报得三春晖'，父母为了儿女的成长染白了青丝，费尽了心血。常言道：水有源，树有根，儿女不忘养育恩，今朝结婚成家业，尊老敬贤孝双亲。新郎新娘如今已成家，真的要感谢父母的生育之恩，接下来是二拜高堂。"

今天的婚宴，清照的父母没有来，崇文的父亲两年前已去世，只有崇文的母亲来了，于是笑得合不拢嘴的母亲被请上了主席台。

"一鞠躬，感谢养育之恩；再鞠躬，感谢抚养成人；三鞠躬，永远孝敬老人。"

崇文和清照一一照做，慌得母亲忙不迭地扶他们起身。

"今天，阳光绚美，天上人间共同舞起了美丽的霓裳。新郎徐崇文先生和新娘梁清照小姐情牵一线，心系一生，踏着鲜红的地毯幸福地走上了婚姻的殿堂，从此，他们将互相依偎，相亲相爱，牵手撑起爱的蓝天，携手走过人生岁月，让我们再次祝愿你们的生活像蜜糖般甜蜜，你们的爱情一定会像钻石般永恒，你们的事业一定会像黄金般灿烂。我听说你们是网恋，相当于自由恋爱，拜媒人这一环节就取消了，接下来是夫妻对拜，请二位新人向左向右转，我们大家看一下，谁鞠躬鞠得越深说明谁爱对方爱得越深，一鞠躬，互敬互爱；再鞠躬，白头偕老；三鞠躬，永结同心。"

崇文和清照一一照做。崇文身形灵活，腰弯得快触摸到他的膝盖了，清照因穿着紧身修长的婚纱，只能略略欠身。

"刚才新郎官悄悄对我说，说他妈不会讲普通话，好，那么请家长致辞这个环节也取消了，现在进行下一个环节：喝交杯酒。新郎新娘听我口令，向前一步走。朋友们，常言说得好，感情有，喝一口；感情好，全喝了；感情深，一口闷。有请工作人员递上交杯酒，右手端杯，两臂交叉，昂首挺胸，喝！喝了这杯酒，甜蜜日子天天有；喝了这杯酒，相亲相伴到白头；喝了这杯酒，幸福的日子天长地久，请大家报以掌声祝贺一下！喝了这杯交杯酒，就把自己的一辈子交给对方了。"

崇文伸出右手穿过清照的右手，清照勒住崇文的右手，只听见"咕咚"一声，两个人将小半杯红酒一饮而尽。

"人生真是一场盛大的遇见，有的人你看了一辈子，转头就忘了；有的人你看了一眼，却惦记了一生，人海茫茫，所有的邂逅都没有预期，却又让人感觉它的发生是那样顺理成章。一个转身，如隔千山万水，一次回眸，恍若几度春秋，爱情刚开始就是这样，一分开就忍不住想念，所以最好的日子不是阳光明媚，而是有你在身边才觉温暖，最好的情感不是山盟海誓的承诺，而是长久平凡的陪伴。愿新郎新娘白头偕老，百年好合。我宣布，结婚典礼到此圆满结束，感谢各位来宾，接下来请你们吃好喝好，谢谢大家！"

清照在崇芳的陪同下去一个单独的房间重新换了一套服装，然后穿着一套大红色的龙凤裯出来了，这是一套富有中国特色的传统服装，象征着喜庆和幸福，而刚才穿的那套婚纱象征着美丽和圣洁。

崇文和清照稍微吃了一点儿东西，然后去一一敬酒。首先敬主家这一桌，这一桌坐的是两口子共同的亲人，再敬崇文的同学那一桌，再敬清照的同学那两桌，再敬清照的同乡那一桌，再敬清照的同事那一桌。清照毕竟是女人，敬酒时她喝的是橙汁，这可苦了崇文，在关键时刻，英雄终于有了用武之地，既可体现怜香惜玉的美德，又可向嘉宾们展示过人的酒量，崇文喝的全是真材实料完全不掺假的诸葛酿32度白酒。每敬一桌，崇文便说上一番祝福话，然后将一杯半两左右的白酒倒入口中。有时，清照的同学起哄要她也喝白酒，以表诚意，崇文二话不说，从清照的手中夺过杯子就一饮而尽，面不改色心不跳。负责为崇文筛酒的清婉暗中做手脚，生怕她姐夫不胜酒力，故意筛一半，被崇文发现了，他便对清婉说道："为了表示对客人的诚意，没关系的，你尽管斟满，谁叫你姐姐嫁给了一个酒仙呢？"

俗话说得好：人逢喜事精神爽。崇文的酒量今天绝对是超水平发挥，他不知道他到底喝了多少？他不知道嘉宾们是什么时候离去的？他不知道他又是如何回到出租房的？反正喝得是昏天黑地，云里雾里，不知白天黑夜，酩酊大醉，不省人事。待他醒来的时候，外面霓虹璀璨，他睁开眼睛，看见坐在旁边的清照正在整理红包，口里念念有词："妈妈1000，徐华锋500，李志武200，孙艳300，叶丽萍200……男方一共收到5780，女方一共收到7248，总共是13028，付给毛家饭店6328，付给……"

"你可真是一个小财迷，不愧是做会计的，我们又没什么鸟钱，有什么好统计的。"崇文心里嘀咕着，他对数钱丝毫提不起兴趣，眼睛直勾勾地盯着墙壁出神。粉刷一新的墙壁上贴着一张大大的红纸，上面写着四个大字"百年好合"。殊不知，多年以后，那四个字对崇文和清照都是一个绝妙的讽刺。

第二章

崇文情史

　　崇文一觉醒来，已是九点多了。阳光透过窗棂投射进来，柔柔的，暖暖的，他睁开惺忪的眼睛爬起来，直接坐在床头上，张开双臂伸了一个懒腰。他突然发现清照并不在身边，他才意识到她原来一大早就去上班了，他心里嘀咕着："真是一个勤劳贤惠的老婆，我好有福气哦，是不是哪座祖坟冒青烟了？还是黄泉之下的父亲在保佑着自己？"他突然想起人生有三大喜事：他乡遇故知、金榜题名时、洞房花烛夜。"哦！都怪那该死的酒精，'他乡遇故知'和'金榜题名时'已提前实现，偏偏没有实现'洞房花烛夜'。"不过稍后他又会心地笑了，因为他早就提前偷吃禁果了，刚认识清照的时候，他像亚当一样迫不及待地闯进了伊甸园，硬是霸占了夏娃的身体，说不定她的肚子里正怀着他的孩子呢？

　　崇文洗漱完毕，胡乱喝了两碗粥，昨天喝酒过多，导致脑袋现在还隐隐地疼。他今天哪儿也不想去，家里没有电视机，那台七喜牌笔记本电脑放在公司里，他在中华商务联合印刷（岭南）有限公司工作，因为拥有一周的婚假才落得如此清闲，尽管家里有不少书籍，可他压根儿看不进去，不知是不是被幸福冲昏了头脑呢？

　　崇文突然想起母亲来，忙打电话问崇武她在哪里，他说昨天下午就带着母亲和崇芳回潇湘省了。这让崇文懊恼不已，觉得自己太不孝顺了，母亲好不容易来一趟东莞，竟然没有陪她好好地玩一玩，哪怕说说话也行。

崇文百无聊赖，索性重新坐回床上。他将两个枕头并排垫在身后，倚靠在床头上，任凭思绪像野马一样漫无目的地驰骋。

因为不用考虑工作上的事情，崇文自然想起了自己的情史。读初中时，他与一个娇小玲珑的 A 姑娘坐在一起，也许是同桌一年的缘故，久而久之，他竟然对 A 姑娘产生了一种朦胧的感觉。那时的崇文乳臭未干，下面的那撮毛都还没有长，他根本分不清楚这到底是兄妹情、同窗情还是爱情，反正就是一种怪怪的感觉。过了而立之年，他养成了一个癖好，喜欢用文字记录自己的心情，也喜欢将一些重要的事情用文字记录下来，但从不投稿，总是藏着掖着，心情好时就将文章调出来，一个人默默地阅读，在绵远的回忆里顾影自怜、孤芳自赏。后来，他将这种微妙的感觉写成了短篇小说《距离，让我们的爱情渐行渐远》。

读高中时，崇文对班上的 B 姑娘又产生了一种朦胧的感觉。那个相貌端庄、体态丰腴的女同学正好坐在他的后面，久而久之，他开始变得心猿意马，经常胡思乱想。这时的崇文也算半个男人了，嘴唇上有了一丝绒毛，喉结已凸起来，下面的那撮毛也长全了。他很清楚这种感觉应该是爱情，不过因为高考的缘故，他始终没有向她表白，只是喜欢一个人暗暗地望着她，就像徐小凤的歌曲《心恋》所唱的"我想偷偷望呀望一望他，假装欣赏欣赏一瓶花，只能偷偷看呀看一看他，就好像要浏览一幅画"，真真将暗恋做到了滴水不漏。多年以后，他将这种微妙的感觉写成了短篇小说《爱在花季吐蕊》。

读大学时，崇文先后对两个姑娘产生过感觉，其中一个是比他高一届的学姐，另一个是同窗。象牙塔时期的崇文很疯狂，对所谓的政治有点儿狂热，他通过竞选当上了校团委的宣传部部长，一时风光无两。1997 年的暑假，校团委黄书记组织一批学生干部前往湘西土家族苗族自治州吉首市的河溪镇搞"三下乡"活动，所谓三下乡就是"文化、科技、卫生"下乡，这是各高校在暑假期间开展的一项意在提高大学生综合素质的社会实践活动。因为与 C 姑娘接触过多的缘故，他莫名其妙地对她产生了一种朦胧的感觉。但是，直到她大学毕业，他始终没有勇气将事先写好的情书送出去，因为他觉得她太优秀了，自己根本就不配，癞蛤蟆就别去奢想吃天鹅肉了。

多年以后，他将这种微妙的感觉写成了短篇小说《一封姗姗发出的情书》。

　　大学毕业实习的时候，崇文与本班的 D 姑娘同在潇湘省万容纸塑包装有限公司实习。D 姑娘人长得不高，且丰腴得有点儿过度，他开始对她并没有好感，但后来架不住她无事献殷勤，也架不住她那真假难辨的笑容。有时，她会在崇文的面前无端掉眼泪，仿佛她天生就是一个戏剧演员。崇文最见不得女人掉眼泪，那一刻他的心都快被她融化了，于是感情突然发生了 180 度的惊天大逆转，但后来才知道，这所有的一切无非就是一场利用，为她在工作上的落实，为填补她情感上的寂寞，她就是一个地地道道的感情骗子。多年以后，崇文将这种微妙的感觉写成了短篇小说《爱情，跨不过 160 厘米》。

　　大学毕业之后，崇文的生活发生了质的转变，

　　命运一下子从波峰跌至波谷，所以他再也不去奢望爱情了。尽管如此，他总会对某个女人莫名其妙地产生好感，但缘于各种原因，那段所谓的感情总是无疾而终，用崇文曾经的挚友谢海的话来说，他是一个有色心没色胆的人。

　　2003 年初，崇文在广州南大丝印器材有限公司工作的时候，喜欢上了一个正在公司实习的女大学生 E 姑娘，只因为她识破了他一句善意的谎言，结果杳无音讯，于是促成了短篇小说《爱在谎言中遁形》的诞生。年末，崇文在华北戴尔特印刷包装有限公司工作，喜欢上了一个唐山的同事 F 姑娘，因为地域文化的差异，人家对来自南方的崇文根本就不感兴趣，不过是他自己一厢情愿罢了，于是促成了短篇小说《唐山之恋》的诞生。

　　2004 年，崇文在广州大壮印刷科技有限公司工作的时候，喜欢上了一个女文员 G 姑娘，关系好到就差捅破一层窗户纸的地步。因为脸皮不够厚，他也不懂女人的矜持心理，恪守所谓的君子之道，某天晚上硬是没有霸王硬上弓，导致这段感情不了了之，于是促成了短篇小说《爱情，曾与我擦肩而过》的诞生。

　　2005 年，这时的崇文快 30 岁了，仍然茕茕孑立，形影相吊，可他对自己的婚姻一点儿也不着急，因为他生活在深圳这座大都市里，已经被这里的城市文化同化了。反正这里的大龄青年多如牛毛，多他一个不算多，少

他一个不嫌少，但问题是崇文的母亲对儿子的婚事急得像热锅上的蚂蚁，正所谓皇帝不急太监急，时不时找电话给崇文，令他烦不胜烦，但又不好说什么。母亲一下子说："我帮你相好了一个姑娘，你哪天抽空回潇湘省来看一下。"母亲一下子说："我委托亲戚帮你在广州相好了一个姑娘，你哪天抽空去见下人家。"母亲一下子说："崇文哪，不要太挑剔了，你也老大不小了，差不多就行了，你老是这样挑三拣四，我对不起你死去的爸爸啊！"母亲一下子说："'不孝有三，无后为大'，你小学同学的孩子都读初中了，你竟然还在打光棍，人家都说你是大学生，竟然连老婆都找不到，你让我的老脸往哪儿搁啊！"崇文但凡一听见"不孝有三，无后为大"这句话，他的心里就直发毛，真是佩服母亲，连孟子的名言都搬出来了，真不知道目不识丁的母亲从哪里学来的？母亲发怒时，直接向他下通牒："你今年再找不到女朋友，你就永远别回这个家，我就当没生你这个儿子。"听到母亲这句话，崇文心里吓得毛骨悚然，直打哆嗦，才开始真正重视自己的婚姻大事来。

　　那两年，在母亲的威逼利诱下，崇文像一只无头苍蝇似的到处相亲，真的是饥不择食，慌不择路，到处留情，却因为天生的善良、忠厚、老实和正直，更确切地说，是因为男人的懦弱，俗话说得好"男人不坏，女人不爱"，钱倒是花了不少，可一颗种子也没有播下，全打了水漂。经母亲出面介绍，崇文竟然坐飞机跑到宁波去相亲 H 姑娘，母亲没有将对方的情况说清楚，这完全就是一场闹剧嘛，于是促成了短篇小说《情殒宁波》的诞生。后来，母亲又委托亲戚介绍了一个在广州工作的 J 姑娘，崇文之前在广州流浪过，对广州有感情，便屁颠屁颠地跑过去，结果根本就不是那么一回事，人家图的是钱财，于是促成了短篇小说《三个女人一台戏》的诞生。

　　到了后来，崇文对母亲这种拉郎配的行为开始反感了，但碍于情面又不方便说出来，怕伤了她的心，毕竟她待在潇湘省的乡下，根本就不了解外面的世界，更不了解崇文这一代人的婚姻观念，于是崇文决定主动出马，自己想办法。崇文那时在中华商务联合印刷（岭南）有限公司工作，这是一家很有实力的港资企业，女性特别多，他决定就在公司里寻找人生的另一半。"饮食男女，人之大欲存焉"，在婚配方面，崇文发挥主观能动性，进行了深入的调查与思考，他发现一条不成文的规律：第一，遵循"兔子不吃窝边草"的原则，男同事一般不找本部门的女同事；第二，职位低的女同事一般喜欢职位高的男同事；第三，容颜娇好的女同事一般和经理级的男同事、MBA或海归派有关联；第四，姿色平平的女同事一般和同级别的俊男或外面的帅哥有关联；第五，遵循"物以类聚，人以群分"的铁定原则，香港男人搭配香港女人；第六，在配对的恋人之间，男同事的职别或经济收入一般高于女同事。尽管这样，崇文还是对三个姑娘先后发生过感情纠葛。他首先对同部门的女同事K姑娘产生了好感，但因触犯了第一条，结果可想而知，于是促成了短篇小说《有一种感觉，曾让我悸动》的诞生；崇文后来又对他的一位同门师妹L姑娘产生了感觉，但因触犯了第三条，结果可想而知，于是促成了短篇小说《缘聚同声，缘散同气》的诞生；再后来，崇文又对装订车间的M姑娘产生了好感，但因触犯了第四条，结果可想而知，于是促成了短篇小说《情殇十二春》的诞生。

三个姑娘皆让崇文铩羽而归，折戟沉沙。从此，他对找女同事心灰意冷了，他觉得深圳是一个物欲横流、金钱至上的城市，而绝大部分女人都有喜欢帅哥和拜金主义的倾向，不是自己自卑，不是自己懦弱，这完全是一种客观的环境使然。思来想去，他觉得只剩下两条路：第一条路，请朋友帮忙，介绍一个般配的红颜知己，在别人不了解自己真实情况的前提下主动出击，争取结为连理；第二条路，借助新兴事物网络技术，来一场惊天地泣鬼神的网恋，在虚拟的世界里，像姜太公钓鱼一样，来一个愿者上钩。

崇文首先走的是第一条路，他四处托朋友帮自己介绍女朋友，朋友们也乐于帮忙，但总因各种原因而不了了之。N姑娘嫌弃崇文不够高大，于是促成了短篇小说《一场糊涂的爱情》的诞生；O姑娘嫌弃崇文不是老板，口袋里没几个钱，于是促成了短篇小说《错爱》的诞生；P姑娘嫌弃崇文所在的城市距离她太远，于是促成了短篇小说《向左走，向右走》的诞生；Q姑娘脚踩两只船，吃着碗里的看着锅里的，崇文对她很失望，于是促成了短篇小说《我被爱情撞了一下腰》的诞生；R姑娘是一个普通的打工妹，只有初中文化，是崇文的旧同事胡琴介绍的，虽然她对崇文很满意，没得话说，但他犹豫了好长一段时间，还是选择了分手，于是促成了短篇小说《为爱赎罪》的诞生。

崇文对此很恼火，他觉得他那些朋友都是在还愿，纯粹是在敷衍自己，但又不好意思说什么，无奈之下，他只好走上了第二条路。崇文在邂逅清照之前，一共在虚拟的网络里钓到了三条鱼，但鱼没有吃到，却被锐利的鱼刺弄得遍体鳞伤。S姑娘本就是一个骗钱的货色，幸亏崇文机警，否则会被骗得人财两空，于是促成了短篇小说《一朵带刺的玫瑰》的诞生；T姑娘在网络上说自己很漂亮，貌若天仙，可私下里一见面，崇文发现她有着一脸的雀斑，这让他很倒胃口，于是促成了短篇小说《碧云悠悠，情载何物？》的诞生；V姑娘完全就是一个拜金女，对物质的贪婪像个无底洞，永远也填不满，幸亏崇文及时刹车，否则他身上流的每一滴血都会被她榨干，于是促成了短篇小说《吝啬，让我的爱情瞬间坍塌》的诞生。

崇文从时间的隧道里一路跋涉而来，当邂逅清照的时候，瘦削而疲惫的脸庞上立刻堆满了笑容。此时，他显得特别的兴奋，那是当然，这可是他生命中付出感情的最后一个女人，是他合法的妻子，是与他同床共枕的老婆，是他未来的孩子的母亲，更是他一生的伴侣。想起清照，崇文的心中突然涌出一个小小的懊恼，他记得在昨天的婚宴上，出现了一个不愉快的小插曲，崇文向他的高中同学柏国平敬酒时，国平说道："老同学，你老婆看上去好像比你大哦！"崇文心头一震，心里嘀咕着："咦，这个他也看出来了。"这让崇文有点儿难堪，只好老实交代："是的，大三岁。"国平可能意识到在这种场合不应该问这个问题，马上转变态度，笑容可掬地说："老同学，姐弟恋很不错嘛，'女大三，抱金砖'，将来她一定供着你，把你当成她手心里的宝，你的好日子在后头呢。"

自此以后，崇文每当听到哪个男人说起"老牛啃嫩草"或"一树梨花压海棠"来吹嘘自己有多么厉害的时候，他总会从鼻子里哼一声，做出一副不屑一顾的样子，"女大三，抱金砖"这句话就是崇文聊以自慰实现精神胜利法的阿Q式平衡。

第三章
清照往事

花开两朵，各表一枝。

清照坐在毛家饭店的办公室里，今天老板娘蔡秀华因事外出了，这个独立的办公室就她一人。她三下五除二就将昨天的账目处理完了，毕竟她是资深老会计，做这种事情对她来说游刃有余，简直就是高射炮打蚊子，大材小用。放在往日，清照一般会登录QQ和朋友们聊聊天，若是没啥可聊的，就上网看看八卦新闻，或是去文学网站阅读小说，或是学习下财务方面的专业知识，但是今天不一样，她啥也看不进去，也无心做那些事情，她还沉浸在昨天那场婚礼的喜悦当中。她将颈枕嵌入脖子，又找来一个抱枕放在身后，一个人靠在椅子上无端地遐想。

清照首先想起了自己的家庭，虽然远在高州的父母没来参加她的婚礼，但他们一定很开心，一定在家里整天乐呵呵的。清照的父亲是个农民，除了伺候庄稼，还开凿了一个很大的池塘，在池塘旁边种植了十几株龙眼树，并在池塘里投放了成千上万的罗非鱼苗。另外，他还建了一个猪圈，养了好几头老母猪。他在家一直做些小本生意，胸有大志，却生不逢时。清照的母亲是一个老实巴交、目不识丁的农村妇女，她就是男人的帮衬，做些料理家务、喂猪、养鱼、摘菜、摘果的事情。清照的二妹梁清婉很能干，粤语说得非常的顺溜，在广州市越秀区的爱华鞋业有限公司做主管。清照的三妹梁清心的数学学得超级棒，在茂名市第一中学当了一名数学老师。

清照还有一个唯一的弟弟梁新宇，聪明活泼，机智敏捷，是父母眼里的心肝宝贝，他是岭南教育学院的一名大学生。粤西那个地方重男轻女的思想特别严重，不生一个带把的出来誓不为人，为此清照妈一连生了五个女儿，当生下第六个时才是可以继承香火的儿子。后来因为养家糊口的任务太重，压得父母喘不过气来，于是就过继了两个女儿给别人抚养，一个交给清照的姑姑，一个交给远方的朋友。

清照想起了自己的身世，不由潸然泪下。在子女当中，清照是老大，她虽然在弟弟妹妹们面前拥有绝对的权威，但她的身世其实很坎坷。出生的时候由于先天条件不足，体质纤弱不堪，那时清照妈一点儿母乳也压榨不出来，恨得清照爸想将她扔掉喂狗。幸好清照的奶奶十分疼爱这条小生命，她天生就有一副菩萨心肠，于是越俎代庖，从祖母那高贵的身份纡尊降贵自发地做了清照的奶妈，天天喂清照粥水，并教她礼仪谦和，清照就是这么长大的，以至于她对祖母的感情甚过生母。

清照想起了自己的学生时代，心头不由自豪起来。七岁时，她在荔枝村读小学，读三年级时曾获得茂名市优秀学生奖，具有保送进龙眼镇中心小学学习的资格，这让清照爸刮目相看，从此对她多了一分怜爱。但怜爱归怜爱，现实归现实，考虑到中心小学离家较远，且家里有一堆孩子，每天往返接送清照也是一件麻烦事，于是就放弃了保送资格，仍然让她在村里读小学。十二岁时，清照以第一名的成绩考入龙眼镇中学的重点班。十五岁时，清照以优异成绩考入高州市第一中学。清照或许天生就是一个文学青年，特别喜欢看那些让人浮想联翩的小说，但在高二文理分科时却阴差阳错地选择了理科。尽管如此，她的语文成绩在会考或统考时多为年级之冠，一度让读文科的学生对她刮目相看，也让教她的语文老师倍有面子。高考时，命运和清照开了一个天大的玩笑，她偏偏在语文上栽了一个大跟头，数学、英语、物理、化学皆考得不错，唯独语文发挥失常，以几分之差被划在了本科线之外。于是，她去了岭南石化高等专科学校，更可气的是，所学的专业竟然是计算机专业。这一度让她哭笑不得，但又无可奈何。她曾经想复读待来年考取重点本科，可是清照爸却做出一副怒目圆睁的样子，她想想也就放弃了。在象牙塔里，因所学专业与个人兴趣相差甚远，她干脆整天泡在图书馆里，差不多将图书馆里那些少得可怜的文学书籍翻了个遍。为此，同学们送给她两个绰号：一个是书痴，一个是才女。

清照想起了自己的职业生涯，这让她不由感慨世态炎凉，人情绵绵。大学毕业之后，恰逢石油行业不景气，清照属于统一招生的身份，按照当时的国家政策，是有工作分配的，于是高州市人事局不得不将她分配到城市信用社。信用社属于金融机构，任何时候它都是香饽饽，很多人削尖脑袋都想往里钻，但清照偏偏生于贫困之家，而父母又无权无势，导致她在这里受了一年的闲气，备受冷落，遭人排斥。后来，城市信用社被中国工商银行收购，领导一句话，她就下岗了。那一天，清照哭得昏天黑地，感觉天都塌下来了，但她生性坚强，抹干眼泪，一个人独自去了广州。那几年，清照在珠江三角洲辗转漂泊，为了生活，她曾经做过统计员、PMC、财务会计和行政主管。她之所以能应聘上财务会计这种岗位，那是因为她在打工之余自学成才，考了一个会计证的缘故。清照在漂泊不定、无依无靠的岁月里，受够了别人的白眼，期间的无助、辛劳与疲惫实不足与外人道也。为着残酷的生存，她形成了两种性格：在生活中温婉和顺，在工作中严谨泼辣。她的闺蜜张炳先对清照曾有一个高度的概括：虽是弱质之身，却长存坚韧之气。除此之外，因家中经济困难，清照不希望她的弟弟妹妹们在读书时重演自己所遭遇的难堪与艰辛，她一直履行着大姐不可推卸的责任，虽然薪水不高，微薄得要命，但清照总是尽可能地将绝大部分的工资寄回父母。直到现在，二妹清婉工作了，三妹清心也工作了，只有弟弟新宇还在读大学，虽然为此耽误了自己的婚姻，如今成了一个三十出头的大龄剩女，但她一点儿也不后悔。现在终于缓过气来了，回首展望，尽管一无所获，但扪心自问，绝对无愧。

清照想起了自己的情史，心头不由泛起一阵甜蜜。清照在邂逅崇文之前，其实也有一段惊天地泣鬼神的恋情，只可惜造化弄人，终究修不成正果，偏偏嫁给了一个一餐若不吃辣椒就会死的潇湘人。想到这里，她不由低头吟诵起《雁丘词》来：问世间，情为何物，直教生死相许？天南地北双飞客，老翅几回寒暑。欢乐趣，离别苦，就中更有痴儿女。君应有语：渺万里层云，千山暮雪，只影向谁去？横汾路，寂寞当年箫鼓，荒烟依旧平楚。招魂楚些何嗟及，山鬼暗啼风雨。天也妒，未信与，莺儿燕子俱黄土。千秋万古，为留待骚人，狂歌痛饮，来访雁丘处。

让清照刻骨铭心的那个人是她的高中同学吴海波，想起她的初恋，清照下意识地起身，用右手拉开办公桌右边最底层的那个抽屉，从其中一个黑色的塑料文件夹里抽出几张纸。这是她当年写给海波的书信，这么多年过去了，她一直珍藏着。

清照拿出一封标题为《漫长的心痛》的书信阅读起来：

"只如昨日事，回头看，早已十年秋"，岁月流逝中多少个日子过去了，但往事却时时在我的梦中盘旋，有欲弃而未弃的情恨牵边，有将逝而未逝的记忆难忘。昨夜梦魂相见，一如十年前的菁菁校园：梧桐掩映，木棉初绽，蝴蝶翩飞。蓦然回首，竟发觉站在夕阳中的你已定格成一幅沧桑落寞、满身疲惫的剪影。

在彼此没有信息的日子中你过得可好？而我也在这些日子中不断自问：失去你我是否真的一无所有？在相知相惜的日子里，我们总有许多的信要写，有许多的话要说，甚至由于鸿雁的迟来而望穿秋水。可在通信日益发达的今天，当我们都拥有手机、QQ和电子邮箱时，却终于不再有彼此的消息。

不知你追求的愿望是否已经实现？也不知道你是否已找到吟哦千万遍的美丽家园、人生中至为重要的港湾。而在我的心底深处，时时祝愿你过得幸福美满。每个人都有自己的沉重与无奈，而我们都背负着太重的思想包袱，存在的自尊使我无法向你表露出世俗的一面。如果真有那么一天，我们可以放下所有的负累与束缚再次重逢，那么我一定会以最深的爱恋环绕着你，即使只有付出，没有回报，我也无怨无悔。

身在遥远的异地他乡，你在第一次考研时以几分之差与梦想擦肩而过，由于生活所迫，你不得不匆匆找了一份并不如愿也非你所愿的工作，而我却在此时为减少自己内心的挣扎与痛苦选择与你从知己变为陌人。在你最需要人安慰和鼓励的时候离你而去，我任由自己的心化为碎片，此后永无修补之期。

知道你的无奈与创伤，我何尝不想去抚慰你那受伤的心灵，但我们始终欠缺一点儿缘分。在世俗和自尊面前，我们都不肯多走一步。也许没有机会了，刻骨铭心的感觉随着岁月的流逝已日渐模糊，想不到因为曾经的年少轻狂，因为彼此都太执着于自己的理想，我们错过的又岂止一生？

　　记得我们的最后一次相约是在风雨断桥的黄昏里，你毫不矫饰地显露出你的疏远，而我也不再在意自己少得可怜的一点点自尊。我无法克制自己去想象，如果我们没有互相伤害到这一步，如果我们懂得去珍惜，如果一切可以重来，那该有多好。可惜往事如云烟，曾经的真情不再，你在远离故土时甚至固执地不肯回眸一望，而我仍然任由心中淌血亦不肯向你说出我的无助与痴狂。

　　明知此别山水隔千重，也许后会永无期，可是我宁愿相信这就是我们的缘分，正如《梦醒时分》的那句歌词："有些事情你永远不必问，有些人你永远不必等……"可是，我无法劝服自己不去回忆，不去想念，更无法抹杀那一段对我来说无比重要的日子。

　　你是否仍在北京？你是否如愿以偿攻读了古典文学研究生？虽然那是我们共同的爱好，可是我却无法放下所有世俗的束缚去追寻自己的理想，而你却不顾一切地踏上了理想的征途。在我的心灵深处，是羡慕，抑或妒忌？已无法分辨清楚，如果注定在我们两人中有一人能保留住那份纯真，我相信那个人一定会是你，因为我的家庭决定我不能再去做梦了。早在许多年前，我就曾经说过："在若干年后，我不能保证我不会换上一副世俗的面具来对待你，但希望你不要如此对待我。"那时的你却在沉默中用眼睛来控诉我的不公平……

　　多少年过去了，在无声的沉默中，我早已分不清在过往的点点滴滴中究竟谁对谁错，只觉得日子如车轮，时时刻刻在碾碎我那日渐模糊的记忆，牵动我那漫长的揪心的疼痛……

　　清照读到这里时，眼睛不由湿润起来，她继续往下看，竟然发现一首她之前一直都在寻找却怎么也找不到的宋词，原来它藏在这里啊！这首词的词牌名是《眼儿媚》，清照当年这样写道：杏花枝上月朦胧，此境与谁同，无端绚烂，无端零落，都是春风。多情怕见伤心事，垂泪问残红，月圆何地？花开何日，人在愁中。

看完这封书信，清照又拿出第二封书信，一看标题《请你一路走好》，她就知道，这是她当年写给吴海波的绝情信，向他作一个彻底的告别，斩断那根情丝，一刀两断，永不来往，毅然决绝。清婉在绝情信中这样写道：

又起风了，刺骨的寒风伴着淅淅沥沥的细雨使得路人都缩起了脖子。南国的天气已然冷冽到如此程度，远在北京的你还好吗？可曾备足了寒衣？

当年，你在极度失意与失望中离开北京，返回家乡前给我来了一封信，信中写道："我挥一挥衣袖，不带走一片云彩。对学习和生活了四年的地方竟无丝毫眷恋之情。时隔三年，在历经打工的艰辛和饱受壮志未酬的折磨之后，我又毅然踏上了考研的求学之路，挥泪辞别亲友，孤身一人去了北京。不敢回望母亲憔悴而年迈的脸上爬满浑浊的泪水，不敢面对爱我的女孩捧着幸运星祝我好运的痴情与绝望，我试图挥一挥衣袖，却怎么也挥不去那沉甸甸的责任与祈望。"

半年后忽然接到你的电话，知道你以几分之差与梦想擦肩而过。"今年不回家了，无颜见江东父老，只能留下再考一次，如今经济也发生了危机，餐餐煮面度日，先找一份工作再说。"你在电话的那头如此叹息着，电话这边的我也只能报以深深的叹息：你在为前程而忧心如焚，而对感情如此执着的我又该如何去忘记曾经与你发生过的点点滴滴？

一个多月后，我再也打不通你宿舍的电话，几经周折终于从你姐姐那里得知你的手机号码，我恼羞成怒，于是发了个信息责备你：时至今日，你显然已不再将我当成朋友，何遑论知己？想不到你的回复竟是：如果一个人被困在笼子里，他无法向任何人诉说什么？在这个世界上他已经没有任何朋友了。

我非常理解你的失落、无奈与痛苦，可你又何尝理解守望多年的我其实并不奢望你的承诺，只恳求你在何时何地都将我当成朋友就行。此时此刻，当爱已不再，情缘非旧，我无法给破碎的心再找一个修补的理由，也无法再让颓废的你去承担这份沉重的感情，唯一的选择就是无声无息地消失，任心痛与不舍在无数个深夜化作翩翩飞舞的蝴蝶。

如今，研究生招生考试又开始了，虽然你已经不再将我当成朋友了，但我依然伫立在寒风中送上我衷心的祝福，祝你美梦成真，愿你能找到一个像我这样如此欣赏并爱着你的姑娘。

此后人生路漫漫，朋友，请你一路走好！

清照看完这封尘封多年的绝情信后，心潮澎湃，哭得稀里哗啦，泪水像断了线的珠子哗哗地滚落下来，有好几滴泪珠不小心滴在了书信上，将泛黄的信纸洇湿了。清照用手拭去泪水，将书信重新放回那个黑色的塑料文件夹里，再将文件夹放回最底层的那个抽屉。这两封书信是她心头永久的秘密，虽然今生不会再与吴海波来往了，但她始终舍不得付之一炬，一直就这么珍藏着，不给任何人看，当然也包括她现在的丈夫。

清照实在想不通爱情到底是个什么鬼东西？它真是让人捉摸不透，就像那六月的天空般扑朔迷离，你满心期待的晴空万里迎来的却是一场狂风暴雨；你无心与狂风暴雨纠缠，迎接你的却是一片艳阳天。命里有时终须有，命里无时莫强求。强求得来终须散，无意寻他缘自来，难道婚姻真像《增广贤文》中的那句话"有心栽花花不开，无心插柳柳成荫"？

第四章
倾 城 之 恋

尽管梁清照与吴海波的爱情的确属于"有心栽花花不开",但绝不能说梁清照与徐崇文的爱情就属于"无心插柳柳成荫"。相反,虽然清照与崇文毫无关系,但在短短的近一年的时间里,他们之间也发生了很多事情,并经受住了爱情的各种考验,也许正如老人家所说的:缘分来了,挡都挡不住。

崇文和清照相识于 2006 年 3 月 28 日。那天,在深圳打工的崇文用网名湘南徐工在易缘网注册了一个账号,在东莞打工的清照用网名嫫愁也在易缘网上注册了一个账号,然后嫫愁主动向湘南徐工送去一个暗送秋波的符号,千里姻缘一线牵,就这样,一个来自潇湘省郴州市的小伙子和一个来自岭南省茂名市的大姑娘且之前毫无交集的人就这样相识了。为这件事情,结婚以后的崇文总是在清照面前得意扬扬地说:"俗话说:'男追女,隔重山;女追男,隔层纱',不要忘了,是你首先追的我。"清照一听到这句话就来气,放不下女人的矜持,就扯住崇文的耳朵说:"你再说,小心睡觉时我将你踢到床底下去。"

刚认识的时候,崇文与清照谈恋爱特别有意思,两个人都不用说话的,好像都是哑巴,两个人之间的沟通完全是书信来往。今天崇文心情好就写封信扔到清照的电子邮箱里,改天清照心情差,也会写一封信扔到崇文的电子邮箱里,一来二往,你来我去,频繁的打情骂俏之后,两个人终于滚到一张床上去了。

虽然是清照首先打破沉默，在网络上暗送秋波，但在书信方面，崇文却相当的主动，他向那个从没有见过且完全不知真假美丑的嫘愁展开了凌厉的攻势。相识不久后的4月3日，他向嫘愁写了一封《湘南徐工卅岁小传》的书信，内容如下：

东海郡上，徐氏后裔，乳名蚊子，学名崇文。年近而立，温文儒雅，高一五八，重九十六。父母务农，三子一女，我居其二，下有弟妹。幼时孱弱，时值家贫，营养欠佳，故致于此。七岁村小，始显聪慧，十岁外读，寄宿乡小。成绩斐然，名噪乡小，恩师举荐，晋升一中。三年初中，彪炳同侪，顺理成章，直升高中。三年高中，获奖累累，遵从师言，攻读理科。数科之中，国文拔萃，每有佳作，课堂诵之。值此之间，博览群书，诸子百家，三教九流，诗歌散文，皆有涉猎。细想由来，根基于此。冥冥之中，天不如愿，马失前蹄，悉列红榜。初入省城，长沙理工，因友怂恿，沉湎政治。大一二期，雄文竞辩，过关斩将，荣任部长。校团委中，专职宣传，诸多社团，皆有我名，致力运动，轰轰烈烈。大二二期，竞选主席，鞍前马后，四处奔波，人情绵绵，名落孙山。象牙塔内，学业平平，表似外强，实则中干。毕业之际，签约万容，好高骛远，遂下深圳。懵懵懂懂，一无所获。返乡筹资，复下岭南，囊中羞涩，颠沛流离，寄人篱下，甘苦自知。江山易改，本性难移，天性使然，心浮气躁。六年风雨，转战南北，广州东莞，中山顺德，北京上海，唐山深圳，驻足工作。沈阳辽阳，大连宁波，昆山周庄，杭州珠海，江门肇庆，佛山惠州，皆留足迹，视野虽阔，赀财尽流。二零零五，始觉心累，中华商务，方稳其心。弹指一挥，倏忽奔三，环顾朋友，皆有家室。恍然如梦，形势逼人，慈母催促，不胜其烦。一友荐之，注册易缘，某日惊觉，平添秋波，由来嫘愁，相谈甚欢，高山流水，惺惺相惜。皇天后土，神灵共鉴，作此骈文，证己赤心。

嫘愁看了湘南徐工所写的《湖南徐工卅岁小传》之后，为他的真诚所感动，虽然她不知道那个湘南徐工到底是个什么样子？也不知道湘南徐工是不是一个爱情骗子？她已经管不了那么多了，于是抽空也写了一封信，内容如下：

湘南徐工，您好！

　　见字如晤。好久没有试过写长信的滋味了，自2000年封笔至今，这期间，更多的是邮件的转发（将在网络上看到的文章转发给同学或朋友）、QQ上不着边际而又无聊的漫谈、手机上有事抑或无事的电话或短信，一切的一切，都是将心收起，用一种世俗或麻木的心态去应对，潜意识中以为这样就一定不会受伤，就可以开开心心平平淡淡地过日子，直到现在遇见了你。

　　其实我对人对事的看法很简单，如果一个人在我眼中具有孝顺、真诚、正直和上进的品质，那么我就会认为这是一个值得信赖的人。我不太注重外在的条件，譬如外貌、身高、经济，这也是为何我虽然至今还没有见到你的样子，但却依然可以将你当作朋友写下这封信的原因。

　　我是一个自尊与自卑同时并存的女人，自尊有时会令我变得孤傲，而自卑会让我自觉地去避开一切可以令我受伤的人或事。我当然明白如果没有信心不去尝试的话，也许很多东西就会擦肩而过，但内心却真的很厌烦世俗中那种待价而沽的庸俗与市侩。如果我没有坚持而是听任父母逼婚，在母亲的眼泪面前屈服，那么我们就不可能在网络上相遇。张爱玲曾经说过：于千万人之中遇见你所遇见的人，于千万年之中，时间的无涯的荒野里，没有早一步，也没有晚一步，刚巧赶上了，那也没有别的话可说，唯有轻轻地问一声："噢，你也在这里吗？"

　　生活中，除却真诚和包容，我找不到人情中有令我眷恋的东西。虽然许多人都知道爱的含义首先便是给予，爱的责任首要便是包容，但现实中又有几人能够做到？

　　无论是友情抑或爱情，我一向都认真而执着，却在现实中屡屡受挫，以至对人性几乎绝望。我在想，如果今年再找不到属于我的爱情又不想做一个不孝顺的女儿，是否可以在现在的生活上建立一桩名义上的婚姻……仅仅只是对父母有个交代。

总希望可以像梅花一样,在历尽苦寒后能吐出属于自己的芬芳,而不必似菊花一样自问:孤标傲世携谁隐,一样开花为底迟?

　　我不知道流星能飞多久,值不值得追求?我不知道花儿能开多久,值不值得等候?但我知道:相识是最珍贵的缘分,思念是最美丽的心情,牵挂是最真挚的心动,问候是最动听的语言,知音是最完美的深交,知己是最贴心的默契。但愿你是我生命中最美丽的相遇!

嫫愁写于 2006 年 4 月 4 日

　　自从崇文和清照本着一颗真诚之心各自写了一封书信之后,两人的感情迅速升温,也许是活在城市里的两个孤独男女心事无处诉说,也许是彼此被对方的才情所打动。"嘤其鸣矣,求其友声",惺惺相惜之下,5 月 6 日那一天,崇文和清照在东莞长安终于见面了。自从见过面之后,两人的感情继续升温,5 月 28 日,两人结伴去深圳市龙岗区的大鹏所城游玩,崇文心直口快,也不考虑清照的感受,指着一个女游客无意中说了一句:"你看,人家的胸部多饱满,哪像你这样子。"清照听了,一怒之下拂袖而去。

　　当天晚上,崇文的手机就收到一个短信,是清照发过来的,她什么也没说,仅仅写了一首唐诗和一首宋词。那首标题为《赠别》的唐诗这样写道:自是寻春已太迟,枉求知音易缘网。错约大鹏痛伤辱,失却情爱恨屈尊。别意层叠芳菲尽,零落香断不堪怜。落花非关流水意,何必相思慰寂寥。那首标题为《调寄〈蝶恋花〉》的宋词这样写道:弦断音消心骤乱,恨玉环飞燕皆花容面,三十光阴不敢算,敛眉更坐深深院;旧恨新愁憔悴燕,谁叹花开易落无人见?风雨春秋重辗转,南柯一梦非常怨。

　　崇文虽然不擅长写唐诗宋词,但看懂还是没有问题的,他心想:"完了,完了,就这样分手了,完全没有挽回的余地。"崇文知道一切都是自己的错,可是清照已经追不回来了,他不知道应该如何去弥补自己的过错,是向清照道歉呢,还是放弃她?重新去网络上再认识一个姑娘,从头来过,思来想去,他还是决定向清照道歉,看她能否原谅自己。自分手之后的这几天,崇文熬夜一共写了两篇文章《拯救爱情》和《爱情,到底还能走多远?》,然后将它们扔到清照的电子邮箱里。崇文在《拯救爱情》里这样写道:这篇挽救爱情的鸿篇巨制终于告一段落，尽管是在特定的背景下逼出来的。也好，封笔这么久，脑袋有点儿钝化了，是时候借你的剑磨一磨了。泪已干，心已憔，人已倦，我该歇歇了。如果这篇告白尚不能挽救我们之间的爱情的话，纵有扁鹊再世华佗再造也回天乏术了。或许，这正是上苍冥冥之中的安排，自从我呱呱坠地的那一天起就注定是三十六天罡抑或七十二地煞的其中一员。也罢，且着手于修身养性，颐养天年，寄情于山水之间，浪迹于大江南北，圆寂于名山古刹吧！

过了几天，崇文很意外地收到一封从清照的电子邮箱发过来的书信，他迫不及待地打开那封标题为《珍惜相逢的喜悦》的电子文档。甫一看完，崇文像个小孩子一样一蹦三尺高，欢欣雀跃，开心死了，因为清婉又重新接纳他了，虽然她说得很含蓄、很唯美、很内敛。她在信中这样写道：

曾经，在菁菁校园中寻愁追梦，让满天落叶于琼瑶的纯洁完美中幻成连理枝上的双飞彩蝶，认为爱情就是那些花前月下的唐诗宋词，喜悦中带着忧伤，希望下蕴含凄美。于是花落总有泪，月华恨留痕，在患得患失的花季中种植相思的苦涩，在湿漉漉的雨季为未知的结果黯然独泣，总以为人生就得一次付出，朦胧的爱恋永远无从代替。多年以后回想，除却葱郁校园的青涩犹值回味，个中人影已是模糊一如隔世，无从追寻的，正是那曾以为永不改变的朦胧感觉，不得不相信，山水相逢自有道，人生白头总有定。

或许真的是天意在冥冥之中注定吧，一路走来，有风有月，有云有雨，错过了十八相送梁祝式的同窗之恋，错过了父母之命、媒妁之言，却不料在人生的徘徊处，于一场有意无意的网络邂逅中成就了后半辈子的患难与共。喜欢看他平淡朴实不知真假的叙事散文，喜欢听他自吹自擂自成一派的玩笑嬉闹，尤其喜欢他搬弄"执子之手，与子偕老"的陈词滥调，在那低沉却略显沙涩的声调中，我能感受到包含在其中的真实，对我来说这就足够了。也许我们还有更好的选择，也许我们会存在很多的不同，但在相逢的日子里，能令自卑且自傲的两个灵魂贴近，能够坦诚相对，能在彼此的缺陷中找出幸福的感觉，还有什么比这个更重要呢？

也曾不满，也曾猜测，也曾互相伤害，也曾以为这是无果而终的一个大众脸谱，就在月老牵系的红线将要挣脱之际，忽然间就懂得了珍惜，学会体谅人性的优劣，学会隐忍生活中的不完美，也在学习两个独立个体求同存异的磨合。而这一切，我只归结为两个字"缘分"，好似真的是命中注定似的，让两个漂泊沧桑的灵魂得以互相慰藉。

相交之初，我们并没有一见钟情，因为彼此都没有现实社会标榜效仿的外在形象，而令我们能在虚拟的网络中坚持下来的理由，只有双方基于文学方面的爱好。在我对人性狭隘的理解中，文字是最能反映人本质的工具，所以类似赌博似的押了宝，让自己有了爱的借口，有了可以携手前行的依据。回想起来，在人生各种各样的选择中，这是我唯一敢于去赌并且押对的一次，不得不感叹"缘分"二字的神奇。

婚约之前，爱是那颗躁动而又寂寞的心，分不清哪些是真实？哪些是幻象？我做好了粉身碎骨的准备，却一次次感动于对方的诚恳与细心，将一份亦真亦幻的网恋在短短的时间内搬入婚姻的殿堂。我相信，结婚以后，爱是在生活磨炼中沉淀平淡，懂得珍惜的心，知道宽容，知道体谅，知道彼此真实地踏上了一艘通向未知的船，从此两人将是绑在一起的共同体，将会一起迎接阳光的照耀，一起面对风雨的洗礼，对着残酷的现实和变幻莫测的未来，从而有了生活的勇气。

自此，我的爱情终于在实质的婚姻中尘埃落定。如果说校园中的爱情是青橄榄，那么有婚约保证的爱情便是熟苹果，青橄榄的味道又酸又涩，品尝后等不及它成熟便匆匆错过，青春路上布满大大小小形态不一的各色果实，千回百转却并不是自己想要摘取的那一颗，甚至已经认定在爱情的荒漠中再也找不到属于自己的那份甘甜，甚至已经做好进入无爱婚姻的坟墓，却不料前路忽然一转，青青果树上就为我留着那么一个熟透的苹果。从最初的惊讶到认定后的从容，再从内心深处于三十年酵酿而出一串珍珠样的泪滴——我将之唤作"珍惜"，也只有"珍惜"，此时此刻，如果我们还不懂得"珍惜"，那么就不要再去叩问上天是否公平了。

虽然是最最意想不到，却在匆忙的岁月中实实在在地交付出彼此，明知前路还有很多的困难与险阻，但是牵着手，我们就这样踏上了属于自己的红地毯，不曾犹疑，不会后悔，因为我们都坚信——未来在转角，相逢是首歌。

　　自发生这次爱情危机之后，崇文对清婉总是一副小心翼翼的样子，极尽男人殷勤之能事，生怕她再次跑了。而清照对崇文也换了一种态度，时而矜持不已，时而娇羞欲滴，时而冷若冰霜，时而小鸟依人。不管怎么说，两人的感情如火如荼，如胶似漆，完全到了谈婚论嫁的地步。这不，6月23日，两人在东莞市凤冈镇雁田村的丰田酒店提前享受了洞房花烛夜的激情，令崇文大为惊讶的是，清照竟然还保留着处子之身。感动之余，崇文立马写了一篇文章《神合篇》向清照献媚，内容简直不堪入目。在写文章方面，崇文似乎比清照更擅长一些，清照写来写去，尽是一些唐诗宋词，而崇文思维敏捷，文如泉涌，只要他愿意写，动辄就是洋洋洒洒上万字，这让崇文在清照面前颇为自豪，而这也是崇文取悦于清照的制胜法宝。7月13日，清照带着崇文回了一趟高州，这是崇文第一次去高州，他首次见到了清照的爷爷、岳父、岳母、两个小姨子和小舅子，为了取悦小姨子和小舅子，他写了一篇文章《高州相亲记》。

　　从高州回来之后，崇文对清照的感情与日俱增，一旦下了班，脑袋里想的全是清照，好像"一日不见，如隔三秋"似的，度日如年，甚是煎熬。所以一到周末，他就从深圳市龙岗区的平湖镇出发，迫不及待地往东莞长安跑，抛除情感寂寞的因素，当然还有不便为外人说的生理需求。为此，他又写了两篇文章《开往长安的地铁》和《将爱情进行到底》，以讨清照的欢心。清照每每看了崇文的文章后，故作高深，从不表态，既不说好，也不说坏，矜持得很，但崇文透过她诡秘的表情，他知道她的心里一定感动得一塌糊涂。终于有一天，崇文按捺不住了，对清照说："嫁给我吧。"清照也不说话，只是羞涩地点了点头。

　　10月31日，崇文带着清照回了一趟潇湘省的老家，这是清照第一次来潇湘省，也是首次看见崇文的妈妈、哥哥徐崇武、弟弟徐崇华和妹妹徐崇芳。第二天，两人就在桂花县民政局办了《中华人民共和国结婚证》，一人一本，崇文只花了廉价的九元钱就将清照变成了他的合法妻子。

　　自从领到结婚证后，崇文和清照就商议举办婚宴的事情，这件事情当然是清照主动提出来的，崇文虽然有一点儿大男子主义，但那个时刻他对清照绝对是俯首帖耳，言听计从，清照要他往东，他绝不敢往西。另外，清照还提出，她还要拍婚纱照，崇文明知道自己囊中羞涩，可他哪里敢忤逆清照哦，虽然已扯了结婚证，但也怕煮熟的鸭子飞了。他对清照总是很豪爽地说："你做什么都行，只要你愿意。"崇文之所以如此豪爽，是因为他深深地知道清照是一个能吃苦耐劳也顾家的女人，而不是那种轻浮、懒惰、唯金钱马首是瞻的拜金女。

12月30日，崇文和清照去色色新娘婚纱影城花了1888元拍了婚纱照，内景是在东莞长安拍摄的，随后一行人又跑到美丽的东莞松山湖拍摄外景，这让三十多岁才做新娘的清照过足了瘾。那一天，她觉得她是全世界最美丽、最漂亮、最幸福的新娘，心里美滋滋的，崇文投其所好，马上写了一篇文章《美丽人生》，让清照开心得找不着北。崇文和清照都是理科生，做事情总是有条有理，所有这一切都在清照的计划中，崇文根本就沾不上边，他完全成了清照的傀儡，除了趴在她上面做那事他才会主动，猴急得要命。清照拍完婚纱照的第三天正好是2007年1月1日，一元复始，万象更新，徐崇文先生和梁清照小姐的婚礼在东莞长安的毛家饭店隆重上演，导演是梁清照小姐，而徐崇文先生只是一个跑龙套的小角色，但他很会来事，事后马上写了一篇文章《幸福人生》，这让导演梁清照小姐，不，是梁清照女士开心极了。

崇文和清照属于网恋，是新时代下自由恋爱的一个分支，是大工业时代下的产物，是两个漂泊沧桑的灵魂互相慰藉的门当户对，更是繁华都市里两个孤独无依的男女在灵魂与肉体上的高度结合，这两口子的闪婚就是这样炼成的。

第五章
遭遇盗窃

　　生命是短暂的，也是脆弱的。当遭遇不幸和伤害时，我们总是很痛苦，很难受，承受着生命最大的悲哀，感受着人生最大的伤害，于是痛苦地哭泣，伤心得流泪，待平静后我们慢慢地明白，人生就是这样无常与无情。更多的时候，我们需要的不是痛苦，而是坚定。这个世界，受伤的人很多，关键是我们要坚强地应对每一门必考课程，而生活就是那个评卷老师。

　　2007年4月20日，在崇文和清照两人身上发生了一件大事情，一件比天还大的事情。

　　这天是星期五，像往常一样，崇文坐上那辆开往长安的地铁。所谓地铁就是那辆深圳龙岗至东莞虎门的大巴，因为这条线路要经过深圳的平湖镇和东莞的长安镇，所以它是崇文的不二选择。其实呢，崇文和清照之间的直线距离并不远，但因为没有开通那种全程行走高速公路的大巴，故只能选择这种行走一般路线的大巴。这种大巴简直就是老牛拉破车，慢得要死，它曲曲折折要经过深圳的平湖镇、观澜镇、龙华镇、石岩镇、公明镇和松岗镇，最后才抵达东莞的长安镇，而且所经过的路段尽是每个镇的繁华地带，加上司机还要考虑乘客的需求以及利润的最大化，招手即停，上来就走，一路走走停停，停停走走，崇文每次回到长安至少需要三个小时。

　　崇文和清照所租的房子在圳地新村丰泽园的601房，是那种一房一厅的户型。崇文抵达601房的时候，将近晚上九点钟，他发现那扇铁门居然是敞开着的。挂在门闩上的那把铁锁严重地变了形，锁体很正常，但锁环已不是原来那个大写字母"U"倒过来的形状，而成了大写字母"J"倒过来的形状。看见这把被破坏的铁锁，崇文心里"咯噔"一下，他意识到家里应该出事了。

崇文入屋后，发现客厅里的东西简直一团糟，记忆中的物件几乎全被挪了一个位置，地面一片狼藉，电饭煲的盖是开着的，酱油瓶侧翻着，塑料盆倒覆着，有两个瓷碗被摔烂了，地上落了一地的碎瓷片，行李箱被刀子划开了，里面的衣服松松垮垮地露出来，放在墙角处的那些杂物东一个西一个，乱七八糟……而往常这个时候，清照总是煮好了饭菜，笑容可掬地等崇文回来。

崇文走进卧室，发现清照一个人呆呆地坐在床上，神情黯然，呆若木鸡，低声地抽泣着。卧室里也是一片狼藉，衣柜那两扇门敞开着，衣柜上面那个装杂物的塑料袋子被扔到了一角，东西洒落一地，梳妆柜的所有抽屉被拉开了，里面的小物件全都错了位，放在卧室的那个行李箱也被刀子划开了，里面的衣服松松垮垮……

"清照，发生什么事情了？"崇文明明知道这是怎么一回事，但还是想亲口听她说。

"入室盗窃。"清照惜字如金。

"什么时候的事情？"

"不知道，我下班回来的时候就这个样子，反正是今天。"

"究竟是上午，还是下午？"

"都说了不知道。"清照的语气很不友好。

"你有没有报警？"

"没有。"

"家里丢了什么重要的东西没有？"

"不知道，没心情检查。"

"你为什么不检查一下？"

这一下，清照彻底发怒了，她大声地吼道："你一下子问这个，一下子问那个，家都被弄成这样了，你问那些有意义吗？你为什么不问我有没有吃晚饭？你为什么不问我身体是否舒服？你为什么不问我在这里干坐了几个小时？到底是钱重要还是人重要？你从来就不关心我，只关心财产。"

崇文意识到自己的确不应该在这个时候问那么多，便温和地说道："好好好，我不应该问那么多，别哭了，我们先出去吃饭吧，门就懒得锁了，让别人尽管拿好了，反正我们是穷光蛋来的。"

崇文和清照在圳地新村的一家隆江猪脚饭店胡乱吃过，谁也不说话，像两个陌生人坐在一起似的。回家的路上，经过一家五金店时，崇文进去买了一把铁锁，口头上尽管说道"门就懒得锁了，让别人尽管拿好了，反正我们是穷光蛋来的"，但那都是一时的气话，谁家没有一点儿财产呢？在外面漂泊这么多年，难道真的家徒四壁？

回到家后，崇文本想报警，但想到现在已是晚上，况且又是事后诸葛亮，这种马后炮的事情做了也没多大的意义。他想到了房东，他想向房东问个明白，为什么会出现这样的事情，于是掏出手机找到房东的号码打了过去。

"是房东吗？"崇文憋着一股怒气，直接省去了"您好"和"请问"两词。

"是的，请问你有什么事情吗？"房东很礼貌地说。

"我是601房的房客徐先生，我家被盗了，你知道这件事情吗？"

"很抱歉，不知道哦！"

"你作为房东，为什么不知道？"

"徐先生，你讲点儿道理好不好？我的房客很多的，又不是你一人，他们发生什么事情难道都要告诉我？"

"可我家不一样啊！小偷今天撬开了我家的铁锁，家里被洗劫一空，家里现在乱得像狗窝一样，我老婆现在哭得死去活来。"崇文故意拔高清照的伤心程度。

"哦！很抱歉，我个人很同情你们的遭遇，但我不知道怎么帮你们，只能安慰你们下次注意一点儿，锁要买好一点儿的，钱财最好不要留在出租房里，那些重要的证件建议不要放在家里，比如身份证哪，居民户口簿哪，银行存折哪，你老婆的那些戒指、玉镯、项链哪。"

"我不需要你的安慰，我就问你为什么会发生这样的事情？你不是请了一个保安吗？他天天坐在一楼干什么吃的？你不是装了闭路监控系统吗？是不是可以调出来看一下？"

"你又不是不知道，长安几十万人，有那么多流动人口，现在的治安情况又不是特别的好，湖南的、河南的、广西的、岭南的、湖北的、江西的个个跑到长安来讨生活，长安差不多拥有来自全国的人，这里鱼龙混杂，我咋分得清谁是好人？谁是坏人？坏人的脸上又没有写着'坏人'两个字。我承认，我是请了一个保安，明天我要好好地批评他，但保安也是人，他也要吃喝拉撒睡，你说是不是？说不定坏人就是趁保安上厕所的时候尾随在另一位房客的后面溜进来的，办完事后，然后又假装自己是这里的房客，大摇大摆地走出去，你说有没有这种可能？至于摄像头，我的确装了好几个，但不是每个角落都有，刚好你住的那个601房在靠北最顶端的那个角落，是摄像头的盲区，正是因为601房位置不够好，所以房租才便宜一些。好了，徐先生，我也不多说了，我真的很同情你的遭遇，但我爱莫能助，我只能建议你明天去大塘派出所立案，看警察同志能否帮你抓到那个小偷。"房东说完就挂断了电话，崇文只听见"嘀嘀"的回响声。

崇文无话可说，只好独自收拾邋遢不堪的客厅。这时，清照的心情也好多了，她在里面收拾凌乱不堪的卧室，两人分工合作，只用了半个小时，房间几乎又恢复了原来的模样。

睡觉的时候，崇文问清照："你在整理东西的时候，发现丢了什么重要的东西没有？"

"还好，幸亏我将证件都放在毛家饭店的办公室里，不过，我在整理梳妆柜的抽屉时，发现我的戒指不见了，就是我们结婚时你买的那个铂金戒指不见了。另外，还有放在另一个抽屉夹层里的几百块钱也不见了。这个小偷也真是厉害，连那么隐蔽的地方他都不放过。"

崇文知道清照说的是那个代号为Pt950的铂金戒指，那是他在长安沃尔玛的金六福珠宝专柜花998元特意为清照买的，为此，他还记住了铂金的英文单词是"platinum"，他还知道Pt950是一种含有95%铂金成分的饰品，至于那5%则为其他贵金属。

清照突然拍了一下崇文的肩膀，神秘兮兮地说："还偷了一样东西，你猜猜是什么？"

"发什么神经，我怎么猜得着，我又没有整理卧室。"

"就是我们做那事时你经常要用的那个东西啊！"

崇文想了半天，才有所顿悟，开口就骂道："奶奶的，连避孕套都偷，真是没见过世面，干脆开一辆车来将整个屋的东西全部打包带走算了。"

清照咯咯地笑起来，反过来问崇文："你在客厅整理东西时发现丢了什么东没有？"

"不知道，好像丢了一把瑞士军刀。你都知道的啦，家里的财产一向都是你操心，我的私人物品在深圳，我哪知道小偷顺走了什么，管他呢，大不了再买一次！"

这天晚上，崇文和清照相拥而眠，两人并没有做那事，因为谁也没有心情。

第二天，崇文吃完清照做的早餐就出门了。清照来自粤西，她们那里吃早餐简单得很，经常是两小碗白粥就着咸菜就搞定了。

崇文来到一楼，一楼的左边有一个很大的空间，专门用来放置房客的自行车。崇文在一堆的自行车里面好不容易找到自己的那辆自行车，用钥匙启开，推着它出门。

因为昨天那桩堵心的事情，崇文现在看见这辆自行车就来气，倒不是说这辆自行车碍着他什么事，而是崇文自己都不记得这是他在长安购买的第几辆自行车了。如果没记错的话，这应该是第四辆。第一辆是在增田村的一个修车店老板那里买的，是全新的，花了180元。谁知道没骑几天，有一天停在长安公园的附近，待他出来时就发现自行车被偷了。第二辆又是在增田村的那个老板那里买的，这一次他买的是二手车，花了80元。谁知道没骑多久，有一天停在某个美宜佳士多店门口，待他买了一瓶百事可口出来时就发现自行车不见了。第三辆是在长安沃尔玛买的，是崭新的，花了298元。当天他将自行车停在沃尔玛的附近，上个厕所眨眼的工夫自行车就不翼而飞了，他当时恨得牙痒痒，想杀人，真逼急了，狗都会跳墙，也曾动过偷别人的自行车的邪恶念头，但想归想，他终究下不了手。第四辆又是在增田村的那个老板手那里买的，这一次他买的是二手车，花了60

元。买的次数多了，连修车店老板都戏谑起崇文来："我说这位老板，你换自行车的频率也未免太快了一点儿吧，有钱也不是这么花的。"

崇文苦笑道："你以为我愿意啊，买一辆被偷，再买一辆又被偷，长安的治安状况实在有点儿糟糕。"

"报警啰！"

"报警也没用，派出所又不是我家开的，况且每天都有自行车被偷的事情，警察同志哪忙得过来哦！要怪只能怪自己倒霉。"

"那也是，现在偷自行车的也猖狂，偷来之后刷下油漆，换把锁，翻新一下，再卖给修车店，修车店老板再将其作为二手车卖给有需要的人。"

"哦！原来是这样，怪不得上次我经过金牛花园时，看见某个人骑的自行车好像我之前骑过的那一辆。"

鲁迅先生说过："不在沉默中爆发，就在沉默中灭亡。"崇文为了维护自己的权益，也为了维护清照的权益，他骑着他的第四辆自行车从圳地新村晃晃荡荡来到了东莞市公安局长安分局大塘派出所。

"您好！警察同志，我要报警。"崇文对一个三十来岁的男警察说道。

"什么情况？你坐下来说，我帮你做一个笔录。"警察温和地说。

警察从一个文件夹里抽出一沓表格，坐下来开始询问："请告诉我你的姓名、民族、出生日期、文化程度、身份证号码、户籍所在地、工作单位、现在的家庭地址和联系方式。"

崇文一五一十地告诉警察。

警察填完这些资料后，照本宣科地说道："你要如实回答我的询问，对与案件无关的问题，你有拒绝回答的权利，你有权提出对公安机关负责人、办案人民警察、鉴定人的回避申请，你有权对有关情况做陈述和申辩，有权就被询问事项提供书面材料，有权核对询问笔录，对笔录记载有误或者遗漏之处提出更正或者补充意见，如果你回答的内容涉及国家秘密、商业秘密或者个人隐私，公安机关将予以保密，以上内容你是否听明白，有何要求？"

"听明白了，没要求。"

"请将你家被盗的经过简单地说一下。"

崇文于是将昨天晚上所看见的场面以及失窃的财产如实地陈述了一遍。

警察用钢笔刷刷地写着，问道："还有其他情况需要补充吗？"

"请问抓到小偷之后会返还我的铂金戒指和现金吗？"

"这个我们到时会通知你的，因为现在不知道小偷的赃物和赃款能否追回来。"

"还有其他情况需要补充吗？"警察又重复一遍。

"没有了。"

"以上所说是否属实？"

"完全属实。"

"你看一下笔录和你所说的是否一样？"

崇文从上至下仔细地看了一遍，说道："笔录和我所说的一样。"

"好，请在这里签个字，并摁上你的手印。"

崇文一一照做。

"很好，笔录结束，请收下回执！这个案件我们会处理的，一有情况我们会主动联系你的，谢谢你的配合！"

从大塘派出所出来之后，崇文的心情舒畅多了，尽管他知道抓住那个小偷的可能性不大，但是他想起了镌刻在美国波士顿犹太人屠杀纪念碑上的那句话：起初他们追杀共产主义者，我不是共产主义者，我不说话；接着他们追杀犹太人，我不是犹太人，我不说话；此后他们追杀工会成员，我不是工会成员，我继续不说话；再后来他们追杀天主教徒，我不是天主教徒，我还是不说话；最后，他们奔我而来，再也没有人站起来为我说话了。
——马丁·尼莫拉牧师

多年之后，崇文一直都没有等到那个来自大塘派出所的电话，但他一点儿也不失望，依然坚强、乐观、豁达地生活着。因为他知道不要对任何事情抱着太大的希望，希望越大，失望就越大，将胸中的苦闷与忧愁找一个人说出来就好。

第六章
孕中清照

　　拥有爱情的女人是幸福的，拥有孩子的女人是快乐的，若一个女人同时拥有爱情和孩子，她的婚姻可以说是完美的；若缺少其中一个，她的人生就是残缺的，就像一朵少了一片花瓣的玫瑰花一样，看上去略有一丝遗憾。

　　清照怀孕了，当她连续两个月发现自己的老朋友没有来临的时候，她就怀疑自己是不是怀孕了，于是她从附近的一个药店里买来一盒大卫早早孕检测试条。根据说明书按图索骥，尿检之后，她发现在 CT 区上下竟然呈现两条红线，结果呈阳性，这足以说明她有百分之九十九的可能性怀孕了。

　　这一刻，清照的心情忐忑不安，不知道是高兴，还是焦虑？因为她根本就没有做好心理准备，一切来得太突然，但又是那么顺理成章。她很好奇肚中的这个孩子到底是什么时候怀上的，于是上网去搜索相关资料，根据自己的生理周期和排卵期，掐着手指细细推算。这时，她俨然成了数学家，如果她没猜错的话，应该是 2006 年 8 月 18 日受的孕。她突然拍着自己的脑袋，喃喃自语道："哦！这该死的崇文，肯定是那一天。"她记得很清楚，那天晚上，崇文从深圳来到长安，像一头一周没有进食的狼一样猴急地爬上来。在做那事之前，她非要他戴帽子，他死活不肯戴，还振振有词地说："戴什么戴，你不知道男人戴着那个塑料薄膜很不舒服吗？你也三十出头了，反正迟早是要做妈妈的。况且，怀孕有那么容易？我偏偏不信这个邪。"清照叹口气道："哎，都怪自己当时太软弱，心肠太软，横不下心来，终于让崇文得逞了。"

一天晚上，崇文又毛躁地爬上来。这一次，清照像个泼妇一样，狠狠地朝他蹬了一脚，竟然将他推到了床底下。崇文不理解，愠怒地说道："你今天发什么神经，咋这个态度，我哪儿惹你不高兴了。"清照说道："你真是一个长不大的孩子，就像动物一样，除了会做那事，啥都不懂，你不懂就算了，难道我也跟着你不懂。老实跟你说吧，我怀孕了，你将要做爸爸了。"

崇文听了，恍然大悟，一方面高兴，一方面也对未来充满了焦虑。于是，他小心翼翼地探下清照的口风："可不可以趁胚胎还未成形之前将他（她）做掉，我们明年再要一个孩子好不好？现在经济有点儿紧张，又没有老人帮忙照顾孩子，今年怀上这个孩子似乎不太适宜哦。"

清照愤怒地说道："你真是一个不负责任的男人，他（她）可是你的亲骨肉哦！况且，我都三十出头了，真的伤不起了。我已经想好了，就这么定了，这个孩子要定了，你要好好地工作，努力赚钱养家知道吗？"

崇文马上识趣地说："那天晚上算我对不起你，以后注意点儿就是啦。况且，这也不全是我的错啊，如果你真不想要这个孩子，事前你完全可以吃一粒避孕药，或者事后买一盒妈富隆，我看你当时就已经有做妈妈的心理准备了。"

清照沉默着，一直不说话。为了打破沉默，崇文再次嬉皮笑脸地说道："难道你怀孕了，从今往后我们就不能亲昵了？我听说过十月怀胎，照你这么说，我要修身养性，清心寡欲，做十个月的和尚喽。"崇文在说出这句话之前，他是真不知道这些基本常识。

崇文的回答让清照哭笑不得，看着这个比自己小似乎永远也长不大的孩子，不知道他是自己的弟弟呢，还是自己的丈夫？这份姐弟恋真的合适吗？人家的丈夫顶天立地，是个伟男子，天塌下来有男人撑着，是女人坚强有力的臂膀，是女人温馨的港湾，但他什么都不是，除了做好他自己的本职工作，只会写一些酸不溜秋的文章。她先是娇嗔地骂道："你是动物不是人啊，'白天是教授，晚上是情兽'，脑袋里除了想着那种肮脏龌龊的事情，就不想点儿其他的事情？"清照说完这句话，马上又转变态度，温和地向他解释道："为了安全起见，前三个月不宜做那事，否则就有流产的危险；后三个月也不宜做那事，否则就有早产的危险。医学上的一个月是以四个星期来计算的，也就是十月怀胎一般需要280天。你若不想做爸爸，你可以胡来，但你愿意，我还不愿意呢。"

崇文嬉皮笑脸地说："完了，完了，看来我只能做和尚了，要么做 84 天的苦行僧，要么自慰。"

这些都是发生在婚礼之前的事情，彼此心知肚明。清照知道他们的婚礼完全属于奉子成婚，不过，在如今这个改革开放、很多人不按常规出牌、传统习俗乱了套的年代，与那些孩子都生下来了却还没有办结婚证并举行过婚礼的女人来说，清照已经很知足的啦。

自从清照怀孕后，她的肚子一天天地大起来，像一只橡皮球似的，仿佛崇文每天拿着一个打气筒在往里面充气似的，导致橡皮球一天比一天鼓胀。清照是真想做一个母亲，她太喜欢孩子了，她身边的那些女同学的孩子早就能打酱油了，可自己的孩子才姗姗来迟。这段时间，她特别喜欢上网，尽是搜索那些关于女人如何保胎、如何饮食、如何生孩子的资料，当她知道电脑有辐射功能会影响胎儿的发育时，当时就吓出了一身冷汗，二话不说，马不停蹄地去长安沃尔玛买了一件孕妇防辐射服，并顺便买了一件棕红色的孕妇装、一张关于胎教音乐的 CD 光盘和几本育儿书籍。从此以后，她就穿着孕妇装上下班，当然里面还藏着一件防辐射服。崇文每次看见清照这身装扮的时候，总觉得她像是从某个机械制造厂走出来的工人。清照本来就纤瘦，再加上孕妇装过于宽松，从上至下连在一起，像条大裤衩似的，里面松松垮垮，完全可以再藏一个崇文进去。但是随着橡皮球一天一天地鼓胀，再也藏不住一个瘦小的崇文了。

崇文的生活自理能力虽然有点儿差，但他对老婆却是用心的，尤其对那个还未出生的孩子更是用心的。2007 年 3 月 31 日，崇文从中华商务联合印刷（岭南）有限公司辞职了，虽然他凭那篇文章《走进平湖》在一次征文比赛中独占鳌头并因此成了集团公司的名人，但他已经厌倦了那种两地分居的生活，他决定来东莞长安找工作，看有无机会与清照长相厮守，工作之余照顾自己的老婆与孩子。

崇文说到做到，他陪清照去长安医院做了一次孕前妇科检查。医生尽职尽责，将清照的里里外外查了个遍，什么血常规啦，尿常规啦，肝功能啦，胸部透视啦，妇科内分泌全套啦，白带常规啦，染色体检测啦，全身体格检查啦，B 超啦，花了崇文好几张老人头。这让他心疼不已，但为了孩子，他也是豁出去了。在检查的过程中，B超那个项目让他感觉不太爽，他发现有一个男医生也在里面，而关在门外的崇文却什么也看不见。孕前妇科检查结束后，医生说清照生孩子没什么问题，她没有地中海贫血症，就是身体偏瘦，需要补血补铁补钙，于是医生开了一些药，有维生素C片，有铁之缘片，有保灵孕妇钙咀嚼片，崇文毫不犹豫地买了回去，眼睛都不眨一下。

　　清照自从成了孕妇后，一方面她对医生言听计从，对她来说，医生的话就是圣旨，只要经济上能够承受，她无条件执行；另一方面，她又从网络或书籍上恶补知识，这让崇文大饱口福。为了补铁，清照偶尔会买牛肉、猪肝、血制品、黑芝麻、黄豆、红枣和黑木耳之类的食品；为了补充维生素，她偶尔会买一些富含蛋白质的大豆、瘦肉和鸡蛋之类的食品；为了补钙，她偶尔会买猪龙骨、牛奶、鱼和虾之类的食品；为了增加营养，她偶尔会买一些新鲜蔬菜以及诸如圣女果、橘子、橙子和大枣之类的水果。这段日子，崇文幸福得要死，感觉自己生活在天堂里似的，有时他会顽皮地摸着清照的肚子说："我的宝贝儿子啊，爸爸是沾了你的光啊，几乎每天吃的都是山珍海味、大鱼大肉。"其实，崇文根本就不知道清照肚子里的那个小人儿到底是儿子还是女儿，因为医生在B超时守口如瓶，只说胎心胎芽很正常。

　　清照的肚子眼看着一天一天地大起来，虽说以前的干呕现象消失了，伴之而来的却是头晕、乏力、犯困和水肿。怀孕第五个月的一天晚上，两人靠在床头上聊天，清照问崇文："你想要一个男孩还是女孩？"

　　"我希望是男孩。"

　　"我就知道你会这样说，跟你妈一样，典型的重男轻女思想。"

　　"难道你爸就不是这样，他比我严重多了，你妈生了一堆的女孩，你又不是不知道。"

　　"不说这个了，你看看我肚皮的形状，有一个已经做了妈妈的同学对我说，如果肚皮是尖的，一般生男孩；如果肚皮是圆的，一般生女孩，你看我的肚皮到底是圆的还是尖的？"

　　崇文撩开清照的睡衣，仔细地瞅了瞅，从左右方向打量来打量去，从上下方向观察来观察去，硬是看不出来，只好无奈地说："看不出来，我哪懂这个啊。但是，我听别人说，酸男辣女，如果孕妇喜欢吃酸的食物，一般生儿子；如果孕妇喜欢吃辣的食物，一般生女儿。哦！我差点儿忘了，你是一个岭南婆，根本就不吃辣椒，这哪判断得出来哦。"

"不说这个了，帮我们的孩子取个名字吧。"

崇文嘻嘻地笑了一下，说道："其实我早就想好了，想不到你比我还急，如果是男的，就叫徐鹏飞，'大鹏一日同风起，扶摇直上九万里'嘛；如果是女的，就叫徐子衿，'青青子衿，悠悠我心'嘛。"

"亏你说自己有文化，'徐鹏飞'这名字俗得要命，'子衿'谐音'纸巾'，你真当她是擦嘴巴和上厕所时擦屁股的纸巾啊，不行！不行！这两个名字都不行。"

"那你说你想取一个什么名字？"

清照沉思了好久，缓缓地说道："这个问题我之前也想过，我喜欢荷花，如果是女儿就叫徐菡萏，周敦颐的《爱莲说》有：'出淤泥而不染，濯清涟而不妖'；如果是儿子，就叫徐崧骏，《诗经·崧高》说：'崧高维骏，骏极于天'。"

"随便你啦，你想取什么名字都行，徐阿猫，徐阿狗，徐小花，徐小芳……"

"老不正经，"清照笑得合不拢嘴，然后一记粉拳重重地打在崇文的胸脯上。

有人说，妻子一旦怀了孕，她就是家里的皇帝，拥有至高无上的皇权；她就是领导，丈夫就是她的下级，老公对老婆必须俯首帖耳，言听计从，唯老婆马首是瞻。崇文与别的男人不太一样，他喜欢写文章拍老婆的马屁。于是，有一天，为了取悦老婆，讨清照的欢心，哦不，是讨孩子他妈的欢心，他真的写了一篇文章《夫人有喜》，他这样写道：

夫人者，老婆也；喜者，怀孕也。这实是一句大白话，亦少不了浪费一点儿笔墨。

某日，夫人不无神秘地问我：近来食欲不佳，老是干呕，你说是不是怀孕了？我听后，便温柔地抚摸着她那柔软的发丝，附在她耳畔轻轻地说："恭喜你！你将要做母亲了。"夫人娇嗔地说："你真坏，这么快就有了你的孩子！"那一瞬间，我分明看见夫人的脸上绽放出一种母性的光辉，也夹杂着几许淡淡的忧愁。

夫人今年已三十出头，绝对是一个高龄孕妇。之前的她清纯恬淡，对生活报以美好的希冀，相信天道酬勤。在家是大姐，对其弟弟妹妹的读书问题亦付出不少。为之，沉湎于工作，心系亲人，竟耽搁了自己的终身大事。于是乎，十年悠悠岁月，韶华转瞬即逝，仍不解风情，可与纯情玉女媲美也！

我与夫人相识于网络，只因缘于文学的契合，始得以深交；又基于双方的真诚，我们便结合了。不可否认，其间少不了我的煽情与蛊惑，夫人才慢慢地投入我的怀抱，于是，像世上所有的夫妻一样，在某个洞房花烛夜，我播下了一颗爱情的种子。

春耕夏种秋收冬藏，世间万物繁衍生息，亘古不变，一切皆因果轮回。时隔经月，那颗爱情的种子悄无声息地在夫人的体内生根发芽，并慢慢地开花吐蕊，散发出它淡淡的芬芳。

小生命的出现令我喜出望外，也令夫人惶恐有加。毕竟这是她首次做准母亲，一如她首次和我温存一样，总显得有些不自然。我深知，人接受一件新鲜事物总是需要时间的，而作为女人行将制造一个有血有肉的小生命，这就需要更多的心理准备，何况夫人也是一个有文化的女人。

自从有了小生命后，夫人发生了悄悄的变化，几乎变得有些令我不可思议，甚至是不可理喻。走路时，她的脚步很轻盈，总是蹑手蹑脚的；上班时，原则上她尽量避免使用计算机，说是怕辐射；下班后，她喜欢买水果和一些酸溜溜的东西吃；休闲时，她不再看那些唯美的散文以及写一些多愁善感的文章，转而看一些妇女保健与食物养生方面的书籍；节假日，她不再随便外出，而是静静地待在家里看电视；更令我惊讶的是，夫人的洁癖似乎不治而愈，放在往日，她几乎每天都要洗衣服，而现在总是将衣服顺手扔在桶里，竟然隔上数日再洗。对这些，我看在眼里，却明白她所做的一切，全源于一种母性的爱及对小生命的精心呵护。每每喟叹之余，常常想起我在小时候被母亲所关爱的诸多情形，也时常哼起《世上只有妈妈好》这首凄美动情的歌曲。诚如大家所知，制造一个小生命，男人只需要一时的欢愉，而女人却往往要承受十个月炼狱般的磨难。从这点而言，女人是伟大的，在人类的生息繁衍中起着决定性的作用，这或许是造物主的意志，抑或是生物进化的一种必然吧。

每每和夫人坐在一起，我看见夫人总是下意识地用手抚摸着肚皮，喃喃细语随之飘来。晚上睡觉时，她会和那个小生命说："宝宝乖，陪妈妈一起睡觉。"早上起来时，她又会说："宝宝乖，该起床了。"我常常哭笑不得，却又被那一种浓浓的亲情所感染。看来，那个腹中的小生命已然闯入了夫人的生活，陪伴着夫人的每一分每一秒，甚至还融入了小人儿的思想和灵魂，和夫人共同分享工作中的喜怒哀乐以及生活中的点点滴滴。

夫人属于那种小巧玲珑的女人，身材纤瘦，以前总觉得她弱不禁风，似乎一阵风就可以吹倒。自从孕育了小生命之后，我发现她一天天地丰腴起来，身体上的某个部位日益鼓胀，日渐圆润，我却暗自窃喜。有时，我忍不住用手抚摸她的肚皮，惊讶地发现，她的肚皮已从剑突处陡然隆起来，然后像橡皮球一样延伸到两腿之间，无怪乎夫人走起路来大腹便便，像一只笨鹅一样颤颤巍巍。我常常对她的走姿忍俊不禁，心想：一个小东西，竟把夫人作弄成这样，但夫人随即扫来犀利的眼光，我的笑容戛然而止。其实，我很清醒，那里面有我们爱情的结晶，有我们可爱的孩子，他正躺在夫人那温暖的肚子里拼命地汲取营养，他正躺在夫人那温暖的蒙古包里酣睡，一旦睡醒了，小人儿眨眨眼，蹬蹬腿，抖抖手，打着哈欠。我突发奇想，要是小人儿调皮捣蛋起来，夫人岂不是痛苦不堪，满地打滚。

制造小生命真是一件奇妙的事情，在短短的几个月时间里，我发现夫人的肚子如同一个不断充气的橡皮球一样与日俱增，由原来的一马平川经地壳运动成了巍巍高原，俨然地球仪。若是从侧面一瞥，那是一道优美的抛物线，煞是好看，别有一番韵味。我是一个男人，不懂孕妇的心理活动与生理状况，但我感觉得到，这个姗姗迟来的小生命已彻底打乱了夫人的正常生活，让夫人紧张着，忧虑着，欣喜着，兴奋着，期待着，同时笼罩着一层母性的光辉。有时，我和夫人开玩笑说："现在的你就像一个猪八戒，要不要做回原来的纯情玉女啊？"她瞋目而视，不无自豪地说："不允许你说我像猪八戒，你难道没有看出来，这是一种动态美，一种曲线美。"听后，我竟哑然，唯诺诺附和。

人们常说：十月怀胎，一朝分娩。诚然，在这漫长的过程中，夫人和天下所有的母亲一样付出了很多很多，这其中的艰辛我一时难以用文字来描述。对此，我只能深情地对夫人说："您辛苦了！"此时此刻，我行将做父亲了，在经历一番人生的苦厄，消除若干内心的困惑之后，我终于踏进了婚姻的殿堂并顺理成章有了自己的骨肉。不管那条小生命是王子，还是公主，他（她）都将是我的掌上明珠，他（她）既属于我，也属于夫人，他（她）是我们共同缔造的一个小精灵，他（她）如一根感情的纽带紧紧地拴着两人，一端是我，另一端是夫人。

如今，我已为人夫，亦将为人父，和天下所有的男人一样，经历过求学、求职、奔波、恋爱、结婚，还有指日可待的生子，一路走来，风风雨雨，甘苦自知。老实说，我不是一个称职的丈夫。究其原因，一则因工作关系，长期两地分居，在生活上对夫人缺少应有的关爱；二则，也许是大男人的心理作梗，平时也很少给夫人打电话，对夫人缺少应有的心灵慰藉。然而，娇小玲珑的夫人在这段日子里却挺着一个大肚子既要上班，又要照顾腹中的小生命，凡事事必躬亲，单从这一点而言，真是难为夫人了。念及于此，我深感惭愧。但是，我愿竭力去做一个合格的父亲，努力为这个即将诞生的小生命营造一个温馨和谐的三口之家。

夫人有喜我亦喜，她喜在制造了一条小生命，我喜在将有个小人儿呼唤我为爸爸。我诚知，这份喜悦需要夫人忍受十个月的煎熬以及临盆时撕心裂肺般的疼痛，但我想，因为心中有爱，夫人一定能够承受这所有的一切。

2007年5月28日，于别人而言，这是一个很普通的日子，可于我而言，其意义非比寻常，因为那日是夫人的预产期。届时，我那可爱的小宝宝将钻出夫人的肚子，伴着一声啼哭呱呱坠地，我似乎隐隐听见了那稚嫩的声音，和伟人传记中描写的情景一样，其声音划破青天，响彻云霄。

夫人有喜了，我经常没事偷着乐，尽管仍有一段时日，我和夫人且翘首期待着。

第七章
生 死 分 娩

怀孕九个月的时候，考虑到孩子即将出生，崇文和清照搬了一次家，从丰泽园的601房搬到了603房，是那种两房一厅的户型。这时，清照的肚子大得像个随时都有可能爆炸的气球，走路异常艰难，眼睛根本就看不见双脚，可她仍坚持每天上下班。她之所以这样做也是为了多挣几个钱，因为毛家饭店不比那些规章制度健全的企业，更比不得体制内那些优越感十足的党政机关、高等院校、研究所、国有企业和事业单位，完全按《中华人民共和国劳动法》办事，在他们那里，像清照这样的孕妇，至少可以享受六个月的产假，工资照拿，分文不少，相当于吃空饷。但毛家饭店不一样，它属于私营企业，说成个体户也行，一切由老板说了算，只要不是太出格就行，在这里上一天班就计一天的劳动报酬，一个月按26天计全勤，另外4天算有薪休假。也就是说，你一个月的收入就是你与老板谈好的工资除以26，然后再乘以你实际上班的天数，如果这个月上班的天数多于26天，你可以申请在下个月调休，也可以以加班费的形式补给你。尽管社会如此不公平，但清照一点儿也不在乎。她不去与别人攀比，她能吃苦，她本身就是农民的女儿，而且是长女，小时候她在家干农活就吃了很多苦，怀孕这种事对她来说根本就算不了什么，况且又是自己要升级做妈妈了，再苦再累她都能够忍受。

理想是丰满的，现实是骨感的，社会是残酷的。与此同时，崇文也在东莞长安努力地找工作，可找来找去总找不到满意的，不是人家不要他，就是工资低得太离谱。他原想着从中华商务联合印刷（岭南）有限公司辞职后能在长安找一份差强人意的工作以照顾家庭，他甚至还天真地幻想着最好从事一份文化方面的工作，可是后来，他的幻想破灭了，看着清照的肚子与日俱增，知道不久之后家庭开销将大得惊人，于是他做出了一个理智的选择，重新杀回深圳，继续从事老本行，于是他进了深圳市雅昌彩色印刷有限公司，这可是印刷行业的知名企业，老板万捷先生在印刷界那可是一个响当当的人物。

2007年劳动节的前天晚上，崇文从深圳照例回到长安，清照对他说："很快就要到预产期了，我向老板请了两个月的假期，你明天送我回高州吧！"

"什么？回高州？这里不是有个长安医院吗？为什么要回高州？"

"我打听过了，在长安医院消费很贵的，顺产至少3000块，若是剖宫产至少6000块。我没有医疗保险卡，因为老板没有为我们缴交医疗保险，只交了微乎其微的工伤保险。再者，这里没有老人照顾，你妈在潇湘省照顾你弟弟崇华的儿子，估计她脱不开身。我妈的身体一直不太好，只能待在自己的家里，不能外出来长安，但是，我在老家有一个堂嫂莫淑娟，她很能干。至于你吗，因为要上班，就算不上班，你也知道的，你啥也做不了，所以回高州是我们最明智也是最无奈的选择。"

"好吧，你说了算。"崇文无可奈何地答道。

刚才清照提到了她妈，这让崇文很来气。他感觉他这个岳母简直一无是处，年轻的时候生了一堆孩子，却没有尽到做母亲的责任，如今老了还拖累孩子，身子瘦骨嶙峋，弱不禁风，走路颤颤巍巍，一辈子就在那个小山村里打转转，一点儿能耐也没有。当然，她最大的贡献就是十月怀胎生下了清照，并在她的间接意志下让清照成为崇文的女人。

五一劳动节那天，崇文和清照乘坐熊猫一号豪华大巴回到了荔枝村。崇文尽管对这里的气候和饮食很不习惯，但没有办法，一切只能迁就着，忍耐着，是婚姻逼着他走到了这个鬼地方。七天的假期很快就过去了，在离开荔枝村的前一天，崇文陪着清照最后一次去医院体检。那是一个浪漫的下午，崇文和清照肩并着肩，手牵着手，一路说说笑笑，竟然从荔枝村走到了龙眼医院。作为一个即将临盆的孕妇，她能漫步七八里路算是很不错了，当然，他们回来时就没有步行了，而是租了一辆摩托车。多年以后，崇文经常想起那一幕温馨的场面，感觉那真是一个美丽的下午，太阳是微笑着的，白云是和蔼的，风儿是亲切的，公路旁的树儿是欢快的，鸟儿是歌唱着的……一切的一切都如此美好，让他心醉神迷。清照则不然，多年以后，她也时常想起这温馨感人的一幕，然后喃喃自语："此情可待成追忆？只是当时已惘然。"

5月27日下午，崇文突然接到堂嫂的电话，她在电话那头说："你老婆快生了，已经被送进了医院，你赶快回来。"崇文二话不说，立马向副总经理朱志刚先生请了一个星期的假，当天晚上就坐卧铺车前往高州。

翌日凌晨六点半，崇文几乎一夜没合眼，他就抵达龙眼医院，在清照无比诧异的表情里，崇文像天外来物一样降临在清照的眼皮子底下。崇文看见清照的鼻子上插着吸氧管，他又看见她所穿的那条孕妇裙的后摆上有渍液洇过的痕迹，还有淡淡的血迹。这让从没有做过父亲的崇文吓了一跳，以为她快要死了。他知道她受苦了，白痴都知道，更大的痛苦还在后头，他很庆幸自己能及时赶来陪伴清照，度过生命中最难熬最痛苦的一段时光。

七点半左右，医生拔掉氧气管，然后在床上铺了一块皮垫，叫清照躺在床上好生休养，临走时嘱咐崇文若有突发情况马上找医生。这时，堂嫂买来一小碗白粥，然后服侍清照一小口一小口地喝下。

八点钟，清照喝完白粥后，继续躺下，崇文便坐在旁边陪她说话。清照叫崇文去吃早餐，这时，崇文才想起自己既未洗脸，也未刷牙，更没有吃早餐。于是，便用医院的自来水胡乱洗了一把脸，刷牙也就罢了，然后去外面买了四罐红牛饮料，自己喝了一罐权当是早餐，另外三罐留给清照喝，因为女人分娩很消耗体能，当然，这是医生要崇文这么做的。

八点半，崇文看见清照的脸庞呈现出一副痛苦的表情，眉头紧蹙，牙齿绷得很紧，她总是下意识地用手抚摸腹部。这种痛苦的表情每次要持续一分钟左右，然后才趋于平静。她知道，这是宫缩现象，是子宫的肌肉在搞锻炼，促使子宫口开裂，让小孩能够顺利分娩。

十一点，医生说，清照羊水破了的时间太久，宫缩间隔时间太长但还不够频繁，子宫口也未开到正常的十厘米，要给清照打点滴，注入催产素以促进宫缩，从而加快分娩。崇文对医学一窍不通，也不懂女人的事情，更不懂女人生小孩的事情，只好陪着清照说话，用手机计算她每次宫缩的间隔时间，在她每一次的痛苦中和分分秒秒的流逝中从每十五分钟一次一直数到每两分钟一次。

十二点，清照的宫缩已降为每两分钟一次，催产素也滴了一半，按照常理，小孩临盆在即。于是，堂嫂服侍清照起床，崇文小心翼翼地提着那个挂有玻璃瓶的铁架子，岳母拿着行李，一起送清照去产房。崇文是男人，被医生无情地挡在了产房外，只有堂嫂和岳母陪着清照进去了。后来，清照的二伯母不知从哪里听来的消息也进了产房，并说自己年轻的时候做过接生婆，兴许能帮上什么忙。

崇文在外面守候着，时钟滴滴答答正一分一秒地过去，他的内心备受煎熬，时而蹲在地上，时而把玩着手中的那瓶怡宝矿泉水瓶，时而拧开盖子仰脖喝上一两口。半个小时过去了，他没有听到婴儿的啼哭声。一个小时过去了，他还是没有听到婴儿的啼哭声。手中的矿泉水早就被他喝干了，到后来他将其攥在手里当成玩具作为发泄的工具，一气之下把它捏扁了。医生有时从产房出来，他在门被医生打开的一瞬间看见清照的大肚皮仍然像富士山那样，丝毫没有瘪下去的迹象，他隐隐觉得清照可能难产了。他逮住那个穿白大褂的女医生就问："我老婆能够顺产吗？"医生说："应该没问题，但是你老婆不会使劲儿。"崇文半信半疑，事情真的是那样吗？但医生的话又不得不信。

此时正是午休时间，一部分医生回家吃饭去了，一部分医生正在为另外一个孕妇施行剖腹手术，其中就包括那个妇产科主任。而清照这里，医院只派了一两个刚入行不久的新手负责。时钟滴滴答答地往前摆动，到了下午一点半，清照还没有生出来，旁边的岳母、二伯母和堂嫂尽管干着急，却又无可奈何。崇文考虑到清照的体力消耗过大，跑去外面又买了两瓶红牛饮料，然后让二伯母带进产房。守候在产房外面的他度日如年，秒针的每一次跳动就好像一根针扎在他的心头上，让他坐立难安，走来走去，不停地踱着碎步。他的脑海里突然冒出一些不祥的念头，他想起了余华的小说《活着》：徐福贵的哑巴女儿徐凤霞在医院里分娩，因碰上一群年幼无知的红卫兵医生而导致产后大出血的血腥场面。他想起了各种莫名其妙的医疗事故……想到这些，崇文不禁毛骨悚然，全身冒出一层鸡皮疙瘩，直打哆嗦。他双手合十，向着窗外祈祷，保佑母子平安，顺顺利利。

下午两点钟，一位穿白大褂的男医生对崇文说道："你老婆因煎熬时间太久，现在要考虑两种办法：第一，剪切部分会阴，用外力将孩子挤出来，但是这样做可能会对婴儿的脑袋有点儿影响；第二，施行剖腹手术将孩子取出来。你作为她的老公打算选择哪种方案？"崇文做不了主，便对男医生说："待我进产房和老婆商量一下。"

崇文走进产房，看见清照气若游丝，脸上沁满汗珠，说话时软弱无力，轻飘飘的。最终，为了小孩的智力问题，崇文与清照达成一致意见，她做出牺牲采用剖宫产。于是，崇文跟着男医生去办公室办手续，医生递给他一张手术协议书，崇文心急如焚，看都没看便签了名画了押，然后崇文又拿着那盒印泥走进产房，握住清照左手的食指涂上印泥，也在手术协议书上摁了一个手印。当崇文将手术协议书交给男医生的时候，整个人都软了一截，想不到不幸的事情终于发生了，他不是心疼多花钱的问题，而是想到医生要在清照的肚子上开膛破肚，这实在有点儿恐怖。

下午两点十五分，男医生又对崇文说道："施行剖腹手术已经来不及了，因为婴儿的头部又下沉了一截，现在最好的办法就是剪开部分会阴，让她正常分娩。"崇文怒不可遏地吼道："你们刚才要我这样做，现在又要我那样做，明明知道我是一个外行，竟把我当猴耍。请你们秉着医生的职业道德站在人性的角度想一想，到底应该怎么处理？你们看着办吧，我可不想看见血腥的场面，只希望母子平安。"

男医生自知理亏，忙着解释："情况随时都在变化，现在采取剪开会阴绝对是最稳妥的办法。"崇文当然不希望清照被医生开膛破肚，既然情况有了转机，就按男医生说的办吧，于是，他在另外一张纸上郑重其事地写下七个字"切会阴，阴道分娩"，并签了名画了押。

下午两点半，一个女医生走出产房问崇文："你老婆是缝美容线还是普通线？"

崇文问她："孩子生下来了？"

"是的，是个女儿，恭喜你做爸爸了！"

崇文一阵狂喜，心里的那块石头终于落了地，口里喃喃道："谢天谢地！母女平安！"

崇文继而问女医生:"美容线和普通线有什么区别?"

"美容线就是无须再来医院拆线,线头在肉体里会自行消除;普通线就是还要来医院拆一次线,不过,用美容线要加收50块钱。"

"哦,明白了,请用美容线。"崇文终于行使了一次做丈夫的权利。

事后,崇文才明白事情的前因后果:清照刚进产房时,宫缩已降为每两分钟一次,而且子宫口也已开到正常的十厘米,完全符合正常分娩的前提条件。也许是婴儿太调皮,在下沉时头部位置不正,有那么一丁点儿的位置偏差,但只需要用手或其他医疗器械将婴儿的头颅轻轻地矫正一下,问题就可迎刃而解。可偏偏在这个节骨眼上,碰到了一个并无多少临床经验的新手,与此同时,有经验的妇产科医生恰好在另一个房间为另外一个孕妇施行剖腹手术,于是才会出现这一系列的麻烦和周折。那个女医生之前说清照不会使劲儿,纯属谎言,若不是此后来了一个经验比较丰富的女医生,加上婴儿有了新的转机,就不可能促成清照的顺利分娩。

崇文走进产房去看望清照和刚刚出生的女儿,清照显得很虚弱,脸上汗涔涔的。女儿被放在一个平台上,医生正为她测量身高和体重,身高是50厘米,体重是2700克。这是崇文第一次做爸爸,心情很复杂,他看见女儿的双眼微闭着,试图睁开眼睛看看这个明亮的世界,她的头发是潮湿的,既卷曲又蓬松,一两块血斑将头发黏结在一起。她的耳朵上也依稀可见淡淡的血斑,可以想象清照生她时的艰难。崇文甚至想象得出女儿是如何一步一步艰难地从清照的肚子里爬出来的,然后被医生剪断脐带,用消过毒的线头扎好,最后与胎盘完全剥离,随后伴着一声啼哭,以一个小人儿的身份赤裸裸地来到这个陌生的世界。崇文发现女儿的手指相当修长,双手紧紧地攥在一起,两只小腿蜷缩着,伸展不开来,依然保持着在清照肚子里的那种姿势。崇文在心里寻思着,女儿的手指那么纤细,将来可能是一块弹钢琴的材料。崇文发现女儿的头颅略呈圆锥形,从额头至头顶像一道小斜坡,五官统统分布在下面,比例不太协调,样貌有点儿丑陋,这让崇文不太舒服,莫非生了一个怪胎?堂嫂似乎看出了他的狐疑,向他解释道:"小孩子刚生下来都是这个样子,婴儿的头颅比较脆弱,可塑性很强,在前后各有一个未愈合的囟门,你不用担心,只要注意睡眠姿势,过一段时间就和正常人一样了。"

这天，崇文陪着清照在龙眼医院将就着睡了一晚。第二天上午，崇文看见医生在女儿的胳膊和大腿上各注射了一针，说是注射乙肝疫苗和卡介苗，女儿哇哇地哭个不停，崇文和清照也感到一阵阵揪心的疼。

下午三点，女儿被医生抱走了，说是要为婴儿洗澡，崇文蛮有兴趣，也跟过去看热闹。他看见，在隔壁的那个房间里，有七八个婴儿被大人们抱在怀里。很显然，这些婴儿都是在这两天诞生的，看来今年的猪娃特别多啊。医生正在为一个个束缚在襁褓之中的婴儿宽衣解带，然后调水温，沐浴，洗头，擦身，拭干水分，穿衣裳。他当然也看见了亲生女儿泡在水里的情景，手舞之，足蹈之，却并不放声大哭，好像在充分享受人生的首次沐浴所带给她的舒适和惬意。

下午六点钟，清照说身体恢复得差不多了，为了省点儿住院费，可以提前一天出院，毕竟还是家里方便些。在办出院手续的时候，妇产科主任竟然给女儿塞了一个红包，里面放了三元钱，崇文虽然不懂这里的风土人情，但他知道"三"字与"生"字的粤语发音差不多，寓意"生了"，图个好兆头，图个大吉大利。崇文又去外面租了一辆面包车，当一家人回到荔枝村的时候，崇文已经给了司机25元的运输费，他竟然还向岳母索取红包，而岳母也乐呵呵地给了人家，这让崇文有点儿恼火。他后来才明白，这是当地的一种风俗，意味着这个家庭添丁进口了。

后来，崇文将清照这次生死分娩的经历写成了一篇文章《凤诞于天》，其中一段这样写道：

我的凤凰我的千金我的心肝我的宝贝我的掌上明珠我的女儿徐蒟蒟已经来到了这个世界。请你务必记住，你的父亲在2007年6月17日这一天，独自一个人待在东莞市长安镇圳地新村丰泽园603房里，花了十个白昼在一种酣畅淋漓的融融亲情下用键盘敲打出了这篇文章，洋洋洒洒近万字，真实记录了你诞生前后所发生的点点滴滴，作为献给你若干年后的一份精神食粮。也请你记住，你的母亲和普天之下所有的女人一样，为了你经受了很多痛苦和磨难，希望你要关爱母亲一辈子，更甚于我。作为同为女儿身的你，当你有朝一日为人母的时候，你自会明白这一切的。

第八章

初为父母

　　清照30多岁才做妈妈，终于让她在同学们面前得以扬眉吐气。与她的那些女同学相比，她算是很晚的啦，她的一个男同学张礼海曾经私下里揶揄道："你应该是我班最后一个结婚也是最后一个做妈妈的女同学，我真搞不明白，你又不是钟离春，相貌奇丑无比，怎么会嫁不出去呢？只要你愿意，我相信至少有一个连的男人在后面排队。"张礼海当时说出这句话的时候，清照并不在意，多年以后，她才明白，原来读高中的时候，他曾经暗恋过她。更令清照可气的是，一位曾经嫉妒过她才情的女同学孙晓艳竟然这样开玩笑："恭喜你老处女同学，终于把自己嫁出去了，而且很快就做了妈妈，都是性饥渴惹的祸吧？"清照二话不说，当时就将她的手机号码从手机里面删除了。

　　不管别人怎么说，婚姻是自己的，丈夫是自己的，孩子更是自己的，苦也好，乐也好，哀也好，愁也好，谁也管不着，日子还得自己过。按照之前与崇文的约定，如果是男孩，就叫徐崧骏；如果是女孩，就叫徐菡苕。如今水落石出，真相大白，所以出生证上的那三个字就永久性地写成了"徐菡苕"，谁也甭想更改。另外，因为女儿是猪年出生的，大家都说今年出生的孩子都是猪宝宝，是一头可爱的小金猪，于是清照也随波逐流了一把，将女儿的小名叫成小猪。身边所有的人都叫徐菡苕为小猪，小猪长小猪短地叫来叫去，女儿的真实姓名大家倒是都忘了。

　　清照沉浸在初为人母的巨大喜悦中，然而她对现在的身材却懊恼无比。

她发现自己的胸部膨胀了很多，不再是以前那个让人讨嫌的飞机坪了，这一点让她很满意，至少找到了一点儿做女人的感觉；她发现自己的腹部变粗了，不再像以前那样纤细了，皮肤松松垮垮的，竟然还出现了该死的妊娠纹；她发现自己的臀部变粗了，这一点让她很满意，不禁想起了莫言的《丰乳肥臀》，还有那个男人们口中常说的"前凸后翘"；她发现自己的大腿变粗了，之前怀孕时的水肿现象虽说正慢慢地消退，却再也回不到最初的那种状态了；她发现自己不再像以前那样害羞了，若是小猪因为饥饿哭得很凶，她甚至敢当着男人的面撩开衣服就喂奶；如今生理和心理这所有的一切变化都拜小猪所赐，让她爱也不是，恨也不是，有些变化她比较满意，有些变化让她很堵心，想起来不甘心时就在小猪那光溜溜粉嫩嫩的屁股上狠狠地用力拍一下，口中喃喃道："都怪你这个小东西，让妈妈变成现在这个鬼样子。"

　　清照自从生了孩子后，在坐月子期间，她在荔枝村享受了皇后般的最高待遇。妈妈早就为她圈养了一窝鸡，三天两头就杀鸡，隔三岔五就煲鸡汤，这只鸡还没有吃完，下一只鸡又成了妈妈的刀下鬼，以至于到了最后，清照看见鸡肉就想吐，她早就吃腻了。另外，她还要时不时地吃鸡蛋，都是那些周边的亲戚送的，今天这个亲戚送一碗，明天那个亲戚送一篮，且每个鸡蛋都染上了红色的颜料，以至于她后来看见红色就反胃。饮食方面如此，生活方面更是如此，家里的大活小活统统不要她干，衣服不用她洗了，院子不用她扫了，地不用她拖了，饭不用她煮了，菜不用她摘了，猪不用她喂了，反正她只负责手中的那个小人儿。荔枝村在粤西，有时天气很闷热，没有一丝微风吹过来，身上直冒汗，她就去开电风扇，不小心被堂嫂看见，她马上就将电风扇关了，并训斥道："坐月子的女人是不能吹风的。"她想去洗个澡，让身体舒爽一点儿，又被妈妈训斥："坐月子的女人是不能洗澡的，只能用蘸过温水的湿毛巾擦擦身子，而且坚决不能碰冷水。"

　　清照想不到坐月子有这么多的条条框框，这也不能做，那也不能做，只好将全部的精力放在小猪身上，可小猪也偏偏不是一个省油的灯。刚出生时，清照发现她的皮肤黄得可怕，以为是新生儿黄疸，急忙打电话咨询她一个做医生的同学，同学说这是正常现象，过几天就会消失，若过几天仍没有消失，你再去医院看看。果然过了几天，小猪的皮肤就变得滑嫩滑嫩的，晶莹剔透，像一尊雕琢过的玉石；刚出生时，小猪像被人灌了迷魂汤似的，一天竟然睡上二十多个小时，一度让清照以为小猪是不是睡死了，可用手摸摸她的鼻子，人家正均匀地呼吸着呢。后来，小猪的睡眠时间变得越来越少，但却患上了一种昼夜不分颠倒黑白的病症，大白天她就酣睡，像头死猪，到了晚上她就活跃起来，精神抖擞，眼睛滴溜溜地转，两只小手张牙舞爪，两只小脚蹬来蹬去，清照醒来的时候她偏偏睡觉，清照犯困想睡觉的时候她偏偏玩耍，甚至还大哭大闹，故意和妈妈作对。这让清照的睡眠严重不足，脸上有了熊猫眼，白天直打哈欠，她真想狠狠地扇那个小东西一巴掌，但又打不得，越打越闹得欢，只好做个甩手掌柜，将小猪扔给妈妈或堂嫂，自己关起门来睡大觉。清照差不多被小猪折磨了近一周，小猪的睡眠习惯才慢慢地调整过来。

在分娩之前，清照已提前为小猪购买了好多好多的东西，有棉制面料的小衣裳、小褂子、小裤子、小围兜、小毛巾、小浴巾，有小帽子、小鞋子、小袜子，有奶瓶、备用奶嘴、清洁器、帮宝适纸尿裤，有婴儿专用的润肤乳、洗发液、沐浴露……除此之外，还有很多东西是别人送的，二妹清婉送了一辆手推婴儿车，三妹清心送了一个婴儿背带，弟弟送了一些塑料玩具，有拨浪鼓，有摇铃，乱七八糟，根本就叫不出名字。这些东西形形色色，五花八门，后来在离开荔枝村回东莞长安的时候竟然装满了整整两个行李箱，还不包括那些体积比较大而又属于小猪的东西，清照实在想不通现在的孩子咋这么烧钱，不禁喃喃自语："这两个行李箱装的哪是什么行李啊，分明就是两箱钞票嘛，而且全是百元大钞来的。"

小猪的诞生既有清照的功劳，又岂能忽略崇文的功劳？因为工作的关系，崇文在小猪还未完全睁开双眼看世界的第二天就离开荔枝村回深圳上班了，将所有的一切俗务统统扔给了清照和他的亲人们。自从做了父亲之后，他似乎在一夜之间长大了，才明白什么叫作思念？什么叫作亲情？什么叫作父女连心？名义上说是上班，倒不如说他是在公司混日子，白天工作时总是快刀斩乱麻，完成任务就行，以便向上级有个交代，而不是琢磨如何在公司取得长远的发展。下班后，思念就彻底住进了他的心房，脑袋里想的全是那个粉雕玉琢的小人儿，他几乎每天晚上都要给清照打电话，叽里呱啦说上一大通。睡觉时，他就掐着手指数日子，看离小猪弥月还差几天，他就是这样煎熬着度过在公司的每一天。因为小猪弥月后,他有一个光荣而神圣的任务,他要再次奔赴高州接老婆孩子返回东莞。

好不容易熬到小猪弥月的那一天,崇文像神仙下凡一样准时降临在荔枝村。这一天,清照的亲人为小猪举办了一个弥月宴,场面甚为隆重。待崇文风尘仆仆地赶到时,他看见岳父、岳母以及清照的堂哥、堂嫂、二伯父和二伯母已经在院子里忙碌开了。岳父从池塘里抓了十几条鱼上来,院子里呈现出一片忙碌的身影,杀鸡、除毛、斩鸡、剖鱼、洗菜、切菜、煮饭、洗碗筷、配料、煮菜、摆桌椅、摆碗筷、上菜,一系列烦琐的工作,大家分工合作,各忙各的,井然有序。

十二点左右,弥月宴做好了。开席之前,岳母叫崇文去放鞭炮,说是要喜庆一下,顺便驱下邪气,崇文便在院子外噼里啪啦放了一通,引得外面的小孩纷纷跑过来围观。弥月宴一共设了两桌,客厅这一桌坐的全是男宾,请的都是岳父的朋友,崇文作为男人,又是小猪的父亲,喝酒是必然的,自然坐在这一桌,另一桌坐的全是清照的那些女亲戚。

按照粤西的习俗,弥月宴一共有六道菜:一盘梅菜扣肉、一盘长寿面、一盘煎鱼、一盘白斩鸡、一盘冬瓜和一锅老火靓汤。酒席上,大家你来我往,觥筹交错,叽里呱啦说了一大通让崇文听不懂的方言。崇文作为小猪的父亲,一一向大家敬酒,然后说道:"今天是小女满月的日子,感谢大家赏脸来参加小女的弥月宴,在此我敬大家一杯!"

下午三点钟左右,按照粤西从前的陋俗,岳母在荔枝村请了一位风水先生过来为小猪做法事。风水先生约莫四十岁,按照清朝的说法,是一位落第的秀才,他曾经在荔枝村小学教过若干年书。他的打扮很不讲究,上面穿着一件印有双胞胎饲料的圆领衫,脚上趿着一双拖鞋,裤子皱巴巴的。崇文猜测,岳母已事先将小猪的生辰八字告诉了风水先生,因为他甫一落座就拿出一张红色的小纸条说了一通。崇文听不懂当地的方言,但也猜得八九不离十,风水先生所说的无非就是预测小猪将来的性格特征、主要运程及其成长过程中应该注意的事项。风水先生叽里呱啦说了一通,向崇文索取他祖先的地址,然后写在一张红纸上。这时,岳母拿来一碗面灰,风水先生将面灰拌着清水做了若干个小人,然后将竹签一一插在小人上。随后,风水先生从布袋里掏出几张五颜六色的彩纸，用剪刀裁剪出若干个纸人。与此同时，岳母在神堂上点燃了三炷香，并在桌子上摆上各式贡品，有鸡，有鱼，有蛋，还在三个酒杯里斟上白酒。除此之外，她还摆上一个红包，那是风水先生的酬劳。风水先生整理好道具后，突然从那个布袋子里抽出一柄斩妖剑和一块惊堂木，有模有样地做起法事来，口中念念有词，忽而大声，忽而微弱，忽而双手合十状，忽而挥剑斩妖状，这让崇文想起了《三国演义》中那个诸葛亮借东风做法事时的情景。大约持续了半个小时，风水先生停歇下来，坐下来抽了一支烟，然后便去院子里焚烧那些纸人和竹签，最后将焚烧之后的灰烬装入一个胶袋，至此，小猪的法事彻底结束了。崇文从头至尾目睹了这一幕，心里感觉怪怪的，不知道是他们愚昧无知呢？还是这种荒唐的仪式有着一定的科学成分？但不管怎么说，今天的主角就是那个睡在襁褓之中的徐菡苔，因为这里所有的人都是为她好，希望她健健康康、平平安安地长大，希望她有一个美好的前程，更希望她有一个幸福的人生。

　　弥月宴结束后的第二天，崇文就带着清照、小猪，当然还有崇芳，四个人大包小包一起坐车回到了东莞。崇芳是崇文临时叫过来的，那时候崇芳还没有嫁人，不足二十岁，在潇湘省老家和母亲一起照顾侄儿。崇文一个电话打过去，要她来高州帮忙照顾小猪，并郑重其事地说高州是中国水果之乡，这里有好多好多的水果，有荔枝、龙眼、波罗蜜、阳桃、黄皮、香蕉、芭蕉、芒果，崇芳没见过世面，一听说她二嫂这里有那么多水果，兴奋得要死。于是上演了一出千里走单骑的壮举，年纪轻轻的她硬是一个人从潇湘省郴州市桂花县太和镇的神下村来到了岭南省茂名市高州市龙眼镇的荔枝村，长途跋涉几千里。

　　崇文如今升级做了父亲，他肯定也是蛮激动蛮兴奋的，关于他的内心活动，又何须劳烦湘南徐工那个家伙在此赘述，他本人就写了一篇文章《初为人父》：

　　2007年5月28日，于我而言，是一个特别的日子，刚过而立之年的我已升级成为父亲，而不再是那个天马行空、我行我素的大男孩了。看着妻子那刚生完孩子后的一脸疲惫，我心生爱怜，再看看小女那红扑扑的小脸蛋以及浅浅的笑靥，油然而生一股幸福的情怀，亦隐隐掺杂丝丝的沉重，我深知那是做父亲的责任感。

和天下所有的父亲一样，我亦经历过相识、相知、相恋和结婚的阶段，然后顺理成章地有了自己的孩子。只不过稍有不同的是，也许别人经历了一场爱情马拉松赛跑，而我却以深圳速度在短短的一年内跑完这一程；也许别人顺风顺水，找的对象要么属于青梅竹马两小无猜那种类型，要么属于同窗好友那种类型，要么偶然邂逅便一见如故进而结为连理，总而言之，基本上是无风无浪便抵达了爱情的彼岸，而我却是在经历一系列的爱情挫折后，出于某种自卑的心理情结，最后借助虚拟的网络才结识了现在的妻子。"有心栽花花不开，无心插柳柳成荫"，哪知道歪打正着竟然修成了正果。虽说难免有一番坎坷，但最终我们还是诞下了一个爱情的结晶。也许别人少年得志，早婚早育，而我却在珠江三角洲辗转漂泊若干年，才去寻找人生的归宿也就是自己的红颜知己。不管怎么说，"条条道路通罗马"，路径虽然不同，但其良好愿望却是一样的，所谓殊途同归是也。

按照中国的传统，一般是男主外，女主内。由于工作的缘故，我在深圳工作，而妻子却在东莞工作，也就是两地分居，这种状况一直维持到现在。中途我曾辞职，试图来东莞长安工作，却又阴差阳错地返回了深圳。一方面是职业的无奈性，另一方面是生计维艰。不过还好，由于两地交通发达，双休日还是很方便团聚的。鉴于此，于是宝宝理所当然地便由妻子照顾。况且，从性别而言，男人适合干粗活，而女人的心理更细腻更精致，照顾宝宝自是更周到更体贴一些。每每看到妻子那一副倦容和熬成有点儿臃肿的黑眼圈，我就知道照顾婴儿是多么不容易，内心自是万般怜爱。出于一种博大的父爱以及为妻子分担一点儿忧愁的心理，我放弃所谓的大男子主义的庸俗想法，亦曾照顾过宝宝，从而进一步领悟了女性的伟大和母亲的崇高。

照顾宝宝的确是一件不容易的工作，只有身临其境过的人才会明白其中的苦楚。当宝宝嗷嗷大哭的时候，你却束手无策，判断不出是饥饿？是炎热？是寒冷？是身体不适？是受惊吓？是寻求保护？是闹情绪？还是婴儿的天性？总之，哭就是宝宝唯一的语言，当你找不到对策的时候，那种感觉相当无助，你可能会伴着宝宝的啼哭而忧心如焚；当你给宝宝洗澡的时候，也许往日的你可以力拔山兮气盖世，可如今看着宝宝那娇小的身躯，触摸着宝宝那娇嫩的皮肤，也许此时的你真不知如何是好，不知如何抱起这一团活生生的肉体，生怕一不小心扭断了宝宝的胳膊，弄伤了宝宝的皮肤；当你不厌其烦地给宝宝换尿布，为宝宝擦屁股，甚至一次次清洗那脏兮兮的尿片时，你是否眨过眼睛皱过眉头？当宝宝躺在你的身旁彻夜哼哼唧唧，你需要不时地查看宝宝是否大小便？是否饿了？当你睁着惺忪的双眼以无比的意志克服上下眼皮在不住地打架并且还要给宝宝小心翼翼喂奶的时候，你是否有半点儿的怨言。我不知道现在的婴儿是不是都特别的娇嫩和珍贵，分娩时要进医院，弄不好还要剖腹从妈妈的肚子里把他（她）取出来。来到这个世界之后，还要把他（她）当成"国宝"，全家人为他（她）忙得团团转。若是搁在以前，一个接生婆一根背带就够了，一样要上山下地忙里忙外。这也许是优生优育和实行计划生育所带来的副产物吧。当然，照顾宝宝并不是没有乐趣。当宝宝朝你微笑的时候，当宝宝手舞足蹈的时候，当宝宝酣睡淋漓的时候，每每看着这一切，你都感到一种无比的欣慰，你总是会在心里默默地祈祷：宝宝能够健健康康地长大。

初为人父的感觉挺好，有几多幸福，有几多快慰，有几多自豪，也有几多希冀。随之而来的便是，有几多辛酸，有几多烦忧，有几多无奈，亦有几多惭愧。不管怎样，看着宝宝一天天地长大，将来有一天冷不丁从她的嘴里发出一声稚嫩的声音"爸爸"，我想那种快慰的心情是不言而喻的，于是乎，昔日的一切付出都是值得的，毕竟她是自己血浓于水的骨肉，是生命的延续，是种族的传承。只不过恨自己能力有限，不能够为宝宝创造更好的成长环境以及良好的教育条件，但只要孩子能够茁壮成长，和正常孩子一样接受同等的教育，这就足够了。相信为父会给你一个良好的家庭教育，进而塑造一个完美的人格。至于孩子今后是条龙还是条蛇，我也鞭长莫及，毕竟人生的路还得自己走。

古人云：养子不教父之过，教子不严师之惰。是啊！初为人父，更多的是一种责任。于私而言，谁都希望孩子是一个懂得关爱的人，能敬重自己，也能孝顺自己。于公而言，谁都希望孩子能够成长为一个对国家对社会有用的人，甚至是一个彪炳史册的人。可是要做到这一点，我们脚下的路还很漫长，我们所要付出的劳动也很艰辛。毕竟，我们把他（她）带到这个世界上，不只是要让他健康快乐地长大，还要让他（她）拥有一个完美的人格和健全的精神世界。

"可怜天下父母心"，泛而言之，各位初为父母的朋友们，你们准备好了吗？

第九章
心如刀割

　　小猪满月后，崇文回深圳继续上班，清照的两个月假期已结束，她要去毛家饭店上班了，于是小猪就交给崇芳照顾。崇文与崇芳私下里达成一个约定，要她在东莞长安帮忙照顾小猪，直到2008年元旦节，她欣然允诺。

　　崇芳是崇文的妹妹，也是小猪的姑姑，虽说比崇文小十二岁，却很能干。崇芳比同龄人要早熟一点儿，当别的女孩还在父母的怀抱里撒娇时，崇芳已经闯荡社会了，断断续续在外面打过几年工。崇文每想起他这个唯一的妹妹就唏嘘不已，她其实很聪明，也是一块读书的料，当年她在太和中学读初一时还考过第一名呢，一度让崇文以为将来的她一定也是一个大学生。可是天不遂人愿，父亲的身体每况愈下，家境日渐困窘，思想早熟的她在初三的第二个学期毅然选择了辍学，其理由冠冕堂皇，她说父亲都丧失劳动能力了，她要为这个家庭减轻负担。亲人怎么劝她就是不听，崇文也很想规劝一句，可是一想到自己那种漂泊不定的生活，好比泥菩萨过河，自身难保，实在没有底气说出"我来供你上学"这句话，话到嘴边也便噎住了。

　　在所有哺乳动物当中，绝对是人类的后代最难服侍，要不然人类怎会成为高级动物呢？照顾婴儿是一件相当琐碎且枯燥的事情，而崇芳真的是一个称职的"保姆"，每天早上她要帮小猪洗澡，一天之内要喂几次奶，换几次尿片，擦几次屁股，哄小猪睡几次觉，傍晚时分还要帮小猪洗一次澡。此外，她要带小猪出去沐浴阳光，以及清洗一大堆的衣服和尿片。她几乎是二十四小时全身心地呵护小猪，喂奶、喝水、沐浴、穿衣服、洗衣服、换尿片、哄婴儿睡觉，好多乱七八糟的事情，崇芳游刃有余。晚上睡觉时，清照心里过意不去，便提出和崇芳轮流照顾小猪，一人负责一个晚上，但小猪一放到清照的床上，就哇啦哇啦地放声大哭，肺活量特别大，都不带断气的，而崇芳就有绝招，她能迅速止住小猪的啼哭，也能迅速让小猪咯吱咯吱地笑起来，但清照就做不到，一度让清照怀疑自己到底是不是小猪的亲生母亲？

　　小猪一天天地长大，会微笑了，会低头了，会抬头了，会摇头了，会直立了，会抓东西了，能坐稳了，每一天都在发生着可喜的变化，她对崇芳的感情日渐深厚，似乎将崇芳当成了妈妈。这是可以理解的，谁对小猪付出那么多？与小猪相处时间最长的是谁？经常逗小猪玩的是谁？睁开眼睛看到最多的面孔是谁？经常哄小猪睡觉的是谁？是徐崇芳！是徐崇芳！！是徐崇芳！！！而不是梁清照。崇文每次从深圳回来时，小猪对他不屑一顾，完全不将父亲放在眼里，小猪对妈妈也只是报以淡淡的微笑，但她对崇芳的依赖性却越来越大，很多事情崇文和清照束手无策的时候，崇芳却能迎刃而解。比方说，清照帮小猪喂营养米粉时，她要么用手推开，要么紧闭双唇，要么食物在小嘴巴里打转转，而崇芳喂她时，在嘻嘻哈哈中一小碗营养米粉很快就落入小猪的胃里。

　　一天，崇芳对崇文说："哥哥，你将母亲接到长安来和我做个伴吧，我一个人待在这里实在是太无聊太寂寞了。"崇文当然理解她的心情，也知道母亲正在潇湘省照顾崇华的儿子徐成峰，本来照顾侄儿是弟媳妇的事情，可她前不久偏偏又生了一个女儿徐成霏，也就是崇文的侄女，于是照顾侄儿的担子就落在了母亲的身上。崇文更知道，若是母亲和侄儿过来，家庭开销将大很多，但他还是满足了崇芳的愿望，二话不说专程回了一趟潇湘省，将母亲和侄儿接到了长安。

　　这样一来，家里就热闹多了，也为这个平凡的家庭平添了许多生气。如今，在这个两房一厅的出租房里住了六个人，四个大人和两个小孩，大人倒没什么，那两个小孩真的是太吵了，尤其是那个一岁多的侄儿，调皮得很，将家里搞成垃圾堆似的。崇文和清照的经济条件有限，实在没有能力再去租一个空间更大的三房一厅，况且也没那个必要，因为母亲只是来长安探亲而已,只好委屈母亲和侄儿在客厅里打地铺。

自从母亲和侄儿来到长安后,家里充满了欢声笑语,崇芳的心情也好多了。有一天,崇文交给母亲一千块钱,昂首挺胸地说:"妈妈,你按照自己的喜好去买东西,想吃什么就买什么,不要为我省钱。"可是,知子莫若母,母亲哪能不知道崇文的困窘哦,她每次从菜市场回来,买的尽是些廉价的东西,什么猪血啦,什么空心菜啦,什么豆制品啦,偶尔也会买点儿瘦肉、猪脚和排骨之类的,算是开下荤。买就买了嘛,她还说三道四,嫌这个贵,嫌那个贵,反正在她的眼里,长安所有的东西都贵得离谱。后来,崇芳实在看不过去,一家人不能老是吃素吧,在崇文的授意下,她就单独去买别的食品,时而牛肉,时而鸡肉,时而鸭肉,时而泥鳅,时而鱼,时而牛蛙,反正换着吃。此外,母亲的某些生活习惯别说清照看不顺眼,就连崇文也看不顺眼,老人家哪有这样节省过日子的。母亲总是将电饭煲里的锅巴铲得干干净净的,这一餐剩下的菜肴她要留到下一餐继续吃。老天哪,这里是东莞长安,现在又是夏季呀,有好几次,崇文背着母亲偷偷地将剩饭剩菜全部倒掉。晚上睡觉时,清照好几次委婉地对崇文说:"叫你母亲也讲点儿卫生哦,剩饭剩菜还能吃吗?家里又不是穷得揭不开锅?"崇文马上顶一句:"睡你的觉,少管我家的闲事,她还不是为我们好。"清照一听就来气,侧头就睡,一夜无语。

崇文这一代人永远也不懂老一辈人的心理,更不懂他们在20世纪曾经受过的诸多苦难以及那种对饥饿痛彻心扉的恐惧感。可怜天下父母心,尽管崇文现在做了父亲,可他在母亲的眼里仍然是一个似乎永远也长不大的孩子。母亲的换位思考绝对到位,而且通晓事理,善解人意,简直令人无可挑剔。清照的工作时间比较特别,通常是上午十点钟上班,下午两点钟下班,然后四点半又去上班,晚上八点半才下班。母亲晚上要照顾侄儿,侄儿通常醒得早,醒来之后就莫名地哭闹,就算不哭闹,也会在客厅里四处走动,咿咿呀呀地叫个不停,有时不停地摔东西。母亲怕妨碍清照休息,于是就背着侄儿下楼去外面逛一圈,顺便为侄儿买早餐。碰上清照的午休时间,母亲就抱着侄儿去附近的一棵大榕树下乘凉。其实,母亲完全没必要这样做,但一岁多的侄儿实在是太调皮太淘气太捣蛋了,好像患上了小儿多动症似的,所以她才会这样委屈自己,总是设身处地地为清照着想。此外,为了迎合清照的工作规律，母亲煮饭菜的时候，也总是迎合清照的上下班时间。后来，清照觉得过意不去，干脆就在毛家饭店吃工作餐算了，母亲和崇芳才得以自由支配。母亲不会说普通话，恰好清照又听不懂崇文老家的方言，真的是鸡同鸭讲眼碌碌，导致婆婆和媳妇两人之间几乎没什么沟通。有时，清照对母亲做的一些事情看不顺眼，于是就找崇文投诉，崇文嘴巴上说一定转告母亲，要她注意点儿，但事后什么也懒得说，竟然背叛了清照，将她的话当成了耳边风，不是他不想说，是他不敢说，天平的一边是母亲，天平的另一边是妻子，有些话说出来伤人哪，在母亲和妻子之间他必须做出一个艰难的抉择，那只有成全老人，委屈妻子，毕竟让老人家开心才是硬道理。

　　母亲除了照顾侄儿，还帮崇芳一起照顾小猪，有时换成母亲照顾小猪，由崇芳来照顾侄儿，反正没个准，逮着谁就是谁。在这个家里，母亲俨然就是崇文雇用的一个不要一分钱的老妈子，一天忙个不停，也不歇口气，趁她的孙子孙女睡觉或玩耍的时候她要洗衣服、做饭菜、整理内务和打扫卫生，从早到晚几乎就没见她闲着，通常要等到她的孙子孙女睡着了，她才就寝。母亲是一个辛苦惯了的人，用她自己的原话来说，一辈子就是一个劳碌命，平生没什么嗜好，也没什么娱乐，更不懂享受生活，生活的所有就是干活，以前她是为家庭为子女而劳累，现在孩子们长大了，老大老二老三都成家了，她也升级做奶奶了，于是又顺理成章地照顾起孙子孙女来。

　　崇文对母亲那一辈人的想法实在是琢磨不透，但感觉母亲溺爱孙辈的成分实在太重，他记得小时候他还被母亲用笤帚狠狠地打过屁股，可他从未看见母亲打过她的孙子孙女，哪怕是轻轻的一巴掌。母亲总是将孙子孙女当成手心里的宝，捧在手里怕摔了，含在嘴里怕化了。崇文后来终于想明白了，母亲这样做完全是出于家庭和睦，她之所以不敢打孙子孙女是怕引起媳妇的误会，哪怕只有一丁点儿。

　　母亲对孙辈的溺爱真不是吹的，这一切崇文都看在眼里。比如说，侄儿四处走动一个人玩耍的时候，她会在旁边如影随形，紧紧地看护住孙子，神经保持高度的紧张，生怕有个闪失。在侄儿的营养方面，她总是尽可能满足侄儿的需求。早上买两个包子，一口一口地掰给侄儿吃，有时也会买一些娃哈哈或豆奶等零食。如果家里有西瓜、苹果、香蕉、雪梨等水果，她首先会给侄儿吃。总之，只要是侄儿愿意吃的东西，都少不了侄儿的份儿，甚至包括饮料、苹果和旺旺雪饼。傍晚时分，母亲会用一个金属制的搪瓷锅煮鸡蛋米饭糊，然后背着侄儿去一个开阔的地方，侄儿在前面漫不经心地嬉戏，母亲则追着侄儿满世界地跑，然后冷不丁往侄儿的嘴里塞一口饭，一碗饭常常要喂上一个小时。崇文的出租房在六楼，这时候的侄儿有二十多斤重，每当侄儿任性撒娇不愿意走路时，都是一把年纪的母亲用一根绑带背着侄儿从一楼艰难地爬到六楼。晚上睡觉时，母亲先冲上一瓶牛奶，然后念念有词地哄着侄儿，侄儿只有一边喝着牛奶一边感觉到奶奶的存在才能够睡觉。一家人吃饭的时候，侄儿急不可耐，围着桌子团团转，口中嚷嚷着闹个不停，但又不会用筷子，连汤匙也不会用，母亲只好将饭团和菜拣出来放在桌子上，由着侄儿用手抓着吃。崇文终于看不过去了，便问母亲："你为什么不教他用汤匙吃饭？"母亲答道："这是小孩子的天性，他现在还小，两只小手没力气，长大后自然就会了。"崇文听了，无话可说。不过有一点，母亲做得很好，吃完晚饭后，母亲会抱着侄儿去七楼的天台上放风，让侄儿自由地走啊、跑啊、爬啊、蹲啊，让侄儿看天上的星星、月亮以及偶尔掠过的飞机，还让侄儿和各位叔叔阿姨大哥大姐们打成一片。只可惜这时的小猪还没有学会走路，她根本就享受不到奶奶可能会带给她的欢乐。

　　母亲在长安一共住了将近两个月，用崇芳的话来说，她为崇文清照两口子作出了不可磨灭的贡献。有一天，崇文接到弟弟崇华的电话，他开口就说："我今天晚上到长安，明天接妈妈和成峰回潇湘省，你准备一下。"崇文感到很诧异，后来才知道是母亲打电话要崇华过来的，她说成峰在这里实在是太吵了，不想给清照添麻烦。那天晚上，清照也不知发什么神经，竟破天荒请一家七个人在毛家饭店吃了一顿非常丰盛的晚餐，殊不知好心却办成了坏事，多年以后，敏感的母亲一直坚信这是清照在用一种变相的方式欢送她们，走得越快越好。翌日，崇华带着母亲和成峰要回潇湘省了，崇芳因为要留在长安继续照顾小猪，临别之际，崇芳依依不舍，哭得稀里哗啦。崇文亲自抱着小猪送他们去长安的金三角汽车站，看着他们三人上了一辆开往广州的大巴后，崇文的心里竟然有一种说不出来的滋味，后来崇文将这种苦涩的感觉写成了文章《母亲探亲记》，其中一段话这样写道：是日，在送别他们之后，我的心空荡荡的，似乎他们的离去把我的魂魄也给勾走了，在那一瞬间，我的世界变得一片黯淡，我的精神变得一片恍惚，以至于当我抱着女儿坐在东莞市长安镇百佳超级广场的门口时，竟抑制不住自己的情绪潸然泪下，情至深处，全然不顾一个男人的形象在大庭广众之下一把鼻涕一把泪地抽泣起来。

自母亲走后，崇芳又独自一个人照顾小猪长达两个多月，时间过得真快啊，一晃就快到年末了。11月18日，崇文收到了一条短信，是崇芳发过来的，她这样写道：哥哥，对不起！我想我不能履行我们的约定了，如果可以的话，我明天就想回潇湘省，不想再在这里照顾小猪了。近半年来，我也尽到了姑姑的责任，我不敢说我带得很好，但我已经尽力了。我总是劝自己，熬到元旦吧，好久之前我就想和你说了，可我还是忍住了，直到今天我实在憋不住了。我真的好累，这样的日子枯燥无味，本来我不应该过这样的生活，为了不让妈妈太劳累，也为了这个家庭的和睦，我都忍了。妈妈说过，今年她带不了小猪，就算你们怪我，我也无话可说。我已经下定决心，等到小猪满半岁我就离开，也就是11月20日吧。

崇文看见这条短信后，一时手足无措，他知道是自己首先对不起妹妹，让她过这种暗无天日的生活，耽误了她谈恋爱的美好年华思来想去，唯一的办法就是将小猪送回潇湘省，交给母亲去照顾，当然也不是她老人家一个人，因为崇芳也回去了，多少可以搭把手，和母亲共同照顾成峰和小猪这两个小屁孩。

崇文说话算数，既然崇芳已无心待在长安，强扭的瓜不甜。11月20日，他果真带着清照、崇芳和小猪回到了神下村，当然这个无奈的决定也是经过清照同意的，她不同意又能怎么办？难道她有三头六臂能想出别的办法来？在路上，崇文背着清照偷偷地塞给崇芳4000块钱，算是对妹妹半年来的感谢，崇芳开始死活不要，后来也勉强接受了。

崇文和清照在神下村一共待了三天，决定启程返回东莞。告别时，小猪正躺在奶奶的怀抱里嬉戏，眼睛滴溜溜地转着，小手乱蹭，小脚乱蹬，她浑然不知将要发生什么事情。清照一步三回头，好像生离死别似的，眼泪扑簌簌地往下流。崇文尽管心如刀割，也只能强忍住内心的酸楚，用右手拍着清照的肩膀说："别回头看了，长痛不如短痛，我们走吧！"

第十章
清照再孕

"人算不如天算，择日不如撞日。"这句话用在崇文和清照两口子身上实在是再恰当不过了。

一个星期六的晚上，崇文从东莞厚街照常回到长安。这时的崇文已跳槽进了东莞东彩印刷包装有限公司，从事一份外贸跟单员的工作，他跳槽的理由很简单，一则厚街离长安比较近，二则可以每天接触ABC，尽管他的英语不咋的。唯一美中不足的是，这家公司一周需要工作六天，而不像上家公司每周都有双休日。

睡觉时，清照对崇文说："我的老朋友突然不来了。"

崇文没有反应过来，脱口而出："什么老朋友？"

清照戳着崇文的头说："你真是一个木头疙瘩，老朋友就是女人的例假啊！"

崇文惊讶地说："不会吧，莫非又怀上了？小猪现在才三个月哦，这可如何是好？"

两人讨论了半天，最后一致决定，要清照明天去买个测试条检验一下。

翌日，清照一大早就去附近的药店买了一盒大卫早早孕检测试条，尿检之后，在CT区上下呈现两条红线，结果呈阳性，这表示清照有百分之九十九的可能性怀孕了。

两人都感到很意外，这个孩子来得真不是时候，他们根本就无计划再要一个孩子，就算再要一个，也绝不是今年。去年刚生了一个女儿，那个小东西已经把两人折腾得够呛，若今年再生一个，岂不是要把两人拖垮。要知道，这年头在城市里抚养一个小孩，代价实在是太高了，不纯粹是经济问题，还有精力、照料和教育等一系列问题，想到这些，两人头都大了。接下来，诸位读者都猜得到，肯定是两人讨论该不该留住这个孩子的问题，说不定言辞还很激烈呢，也难保两口子会为此事大动干戈。

　　崇文首先说道："现在各方面的条件都不成熟，还是去医院做掉的好。等过两三年，小猪稍大一些再说。"不过，虽说崇文不谙女人，但他也知道人工流产对清照的身体有伤害，于是又温和地说："还是你自己根据实际情况定夺吧！"崇文这句话说得很漂亮，既表明了他的立场，又巧妙地将皮球踢给了清照。

　　清照沉默了好久，终于开口了："这也是一条生命，我真不忍心让它消失，还是顺其自然把它生下来吧！苦虽是苦了一点儿，但车到山前必有路，将来总有办法解决的。再说，我们都不是体制内有编制的人，不存在所谓的铁饭碗，我们只是一个普通的新莞人而已，生两个算不上违反行政纪律。我是这么想的，一个孩子未免太孤单，两个孩子挺好，长大之后彼此有个照应，如果是个男孩，还可以帮他姐姐干点儿力气活。"

　　清照既然已经下了这么大的决心，崇文也不好反驳，他根本就没有充足的理由反对，因为清照说的在理，报以一声叹息后，他的心思却在琢磨到底是哪一天播下的种子？

　　崇文想起来了，如果没记错的话，应该是2007年12月8日的那天晚上。那天是星期六，他照常回到长安，那时候小猪被送回了潇湘省，交由母亲照顾，从此两人过上了温馨甜蜜的二人世界。说来也凑巧，那天晚上，清照请了几个同事在家里吃狗肉火锅，杯盘狼藉之后，女人们个个脸色红润，男人们个个酒酣耳热，崇文也不例外。清照的几个同事走后，两人收拾桌椅，打扫卫生，洗澡上床睡觉。小两口一周未见，真是小别胜新婚哪，犹新婚宴尔般彼此好像有说不完的甜言蜜语。后来，清照告诉崇文，她对自己的生理安全期估算失误，于是导致了这出"悲剧"。

　　想到这里，崇文不得不叹道酒真是一样好东西，他想起了《金瓶梅》中的那句话"风流茶说合,酒是色媒人"。他不知道别人喝醉后会怎样,他只知道当酒精充溢在他的每一根血管里时,他是断不会乱来的,他会找到一种飘飘欲仙、云里雾里的感觉,然后便沉沉地睡去。就算醉得一塌糊涂,也只是翻江倒海将胃掏空而已,绝不会像别人那样胡言乱语、打架斗殴乃至寻衅闹事。

这天晚上,崇文像个哲学家似的,清照的再次怀孕让他陷入了更深层次的思考:为什么那天晚上我会冒冒失失犯下普天之下的男人都有可能犯下的错误呢?为什么那一天清照偏偏处在非生理安全期呢?为什么我和清照的生理会如此正常呢?为什么那两个细胞会如此顺利地结合在一起呢?在科技高度发达和经济相对富裕的今天,我们为什么却要为第二个孩子的到来如此畏手畏脚如此瞻前顾后呢?崇文实在想不通这些宏大的社会问题,一番辗转反侧,他干脆不去想了,唯一要做的事情就是如何应对未来更加残酷的生活。

崇文来自农村,虽说受过高等教育,重男轻女的思想多少还是有那么一丁点儿,从内心里而言,他非常渴望第二胎是个男孩,况且这又不是他个人的一厢情愿,清照自己都说过她也想要个儿子。前几天,崇文在网络上看见这么一段话:一个儿子是建设银行,两个儿子是民生银行,三个儿子是汇丰银行;一个女儿是招商银行,两个女儿是浦发银行,三个女儿是兴业银行;若是一个儿子和一个女儿,则是平安银行。哦!崇文多么渴望家里能开个平安银行,龙凤组合绝对是最佳搭档,这样一来,姐姐可以照顾弟弟,弟弟可以保护姐姐。当然,崇文的这个朴素愿望也掺杂他个人的一点儿私心,他希望儿子长大之后可以为他分担一些重体力活,比如扛一罐煤气罐啦,扛一袋大米啦,搬一桶纯净水啦,毕竟女儿天生就干不来粗活。

崇文想要个儿子怕是想疯了,为了预测第二胎的性别,他竟然做出了好几件荒唐事。

有一天,崇文从厚街坐车来到长安的厦岗村,他打算从这里坐12路巴士去长安广场。候车时,他看到一位慈祥的老者正在摆摊占卜。崇文读高中时从父亲那里看过一本关于四柱预测的书,于是很有兴趣找老者占卜一下。崇文报上他的生辰八字后,老者拿出纸和笔,时而翻翻万年历,时而掰着手指，最后郑重其事地对崇文说："第二胎一定是个男孩，如果不准，等出生之后你再来找我。如果是女儿，我不收你的钱；如果是儿子，你能不能再意思一下？"崇文欢欣雀跃，当即扔给老者一张二十元的钞票。事后证明，老者的话完全是错误的，崇文当然没去找他，他心想这种走鬼式的算命先生哪里找得到哦！

有一天，崇文从长安的汇安人才市场步行前往智通人才市场，广深高速公路和S358省道交叉的下面有一块很大的草坪，当崇文经过这里时，一个白发苍苍形象有点儿猥琐的老者很热情地向他招手，崇文便走上前去和老者聊天。老者知道崇文的意图后，狡黠地说："不管是男还是女，他都是来投生而不是投死的，你想要个儿子，这种心情我可以理解，万一是个女孩，我又怕你把它流掉，这却是我的罪过，所以收费要贵一点儿。"崇文说："钱不是问题，我只是出于好奇想提前知道而已。你放心，若真是女孩，我也不会要老婆做掉的。"崇文报上生辰八字后，老者翻翻书本，掐掐手指头，最后说没把握，要崇文再报上清照的生辰八字，崇文照做。过了一会儿，老者说道："这一胎生女孩的概率比较大。"崇文对这种模棱两可的回答十分不满意，生气地说："到底是男孩还是女孩？"老者故作高深地说："预测本来就不是绝对的，要考虑方方面面的因素。这样吧，你再加点儿钱，我帮你再仔细算算，认真地再排查一遍，你最好将长女的生辰八字也报上来。另外，你要先给钱，我才帮你算。"崇文想动怒，但胃口被老者调到这个分儿上也无可奈何，只好妥协，又扔给老者三十块钱。老者在一张纸上写写画画，过了十来分钟，老者说道："经仔细推敲，这一胎生女孩有70%的可能性。"崇文彻底被老者激怒了，怒不可遏地说道："为什么只是70%，难道你就不能说100%吗？"老者竟然辩驳道："科学的事情是没有绝对的，你若真想知道，最好直接去医院做个B超。"话一说完，老者从身后抄起那个塑料小板凳一溜烟地跑了。崇文哭笑不得，花了五十块冤枉钱，最后只买来一个似是而非的结果，他真想追上去将那个招摇撞骗的老者狠狠地揍一顿，但最终还是克制住了。

有一天，崇文在深圳市宝安区石岩镇的街道上闲逛，看到一位中年男子在摆地摊，其招牌上写着"本人最擅长预测生男生女"，这让他顿时来了兴趣。崇文报上他和清照的生辰八字后，中年男子时而翻书，时而在纸上写着什么，时而掰着手指头，最后对崇文说："我预测这一胎应该是个男孩。"崇文有点儿诧异，一脸狐疑地说："我之前已经找人算过一次了，那个算命先生说是女孩，而你说是男孩，到底是听你的还是听他的？"他一脸窘态，马上堆起笑脸说："你不要着急，这种事情有很多可变因素的，这样吧，你最好报上你老婆的预产期，我精确到每一个月好不好？"崇文照做。过了一会儿，中年男子说道："若是9月1日之前所生便是女孩，若是9月1日之后所生便是男孩。"这种预测让崇文啼笑皆非，他真是服了这些江湖术士，道行肤浅得浅，却胆大包天四处骗钱。他心想，胎儿在母腹中的性别早就板上钉钉了，总不能因为早产就更改性别吧？这又不是孙悟空变戏法。不过，崇文还是给了中年男子20块钱，就当自己闲得慌，纯粹娱乐一下呗。

为了鉴别清照肚子里的小人儿到底是男儿身还是女儿身，崇文已经折腾三次了，他对《周易》的四柱预测已完全失去信心。其实呢，崇文和清照并不是很在意胎儿的性别，既然决定生下来，男女都一样。

根据经验，其实他们自己感觉第二胎应该是女孩。

一天晚上，清照对崇文说："帮我们的老二取个名字吧！"

崇文略一思索，说道："叫徐其姝如何？《诗经·邶风·静女》曰：静女其姝，俟我于城隅。"

清照淡淡地说："老二的名字我之前想了好久，你看啊，老大叫菡萏，我看就叫老二梁芙蕖好了。菡萏是一种尚未绽放的荷花，芙蕖是一种已经绽放的荷花，反正两个都是女孩，不如干脆都象征荷花算了。至于老二的小名嘛，因为今年是鼠年，叫小鼠不太好，干脆就叫小树算了，希望她将来能够成为一棵参天大树。"

"你刚才说什么？梁芙蕖？你好大的胆子，连姓氏都改了，我可是她爸爸哦，我姓徐，不是姓梁，哪有女儿跟妈妈姓的。"崇文有点儿生气了。

清照慢条斯理地说："这有什么不可以的，你少来那套大男子主义，现在都什么年代了，改革开放都快三十年了，你还这么死脑筋。如果老二是个儿子，我改了他的姓氏，断了你徐家的香火，那是我不对。可老二偏偏是个女儿，老大已经跟你姓了，为什么老二不可以跟我姓？一个女儿跟一个家长，既体现了公平，又彰显了民主，何乐而不为？你要知道，妇女能顶半边天，还真当是男权社会啊，我也在上班赚钱哦，你并没有养着我，让我做上了养尊处优的全职太太。"

"反正就是不可以，你少跟我讲那些大道理，我是男人，我需要一点儿面子和尊严，当别人问我你家老二叫什么名字时，我该如何回答？若说成跟她妈一个姓，我会被人说成气管炎（妻管严）的?"崇文的脸色都变了。

清照提高了嗓子，大声地吼道："好啊，你还怕别人说你是气管炎啊，让老二跟你姓也可以，你若有能耐就像别的男人那样挣钱养活一家四口人，我明天就去辞职，然后将小猪从潇湘省接回长安来，你若没这个本事就不要和我争。"

清照的这句话真是一剑封喉，直接戳中了崇文的软肋，金钱一直以来都是崇文的阿喀琉斯之踵，以至于让他羞愧得一句话也说不出来。

这天晚上，两人背对背而睡，谁也不说话。崇文心里只嘀咕着一件事：这样也好，万一哪天我们真的离婚了，就将徐菡苕判给我，将梁芙蕖判给你，岂不两全其美，皆大欢喜？

第十一章
雪灾惊魂

2008年注定是风云变幻、惊心动魄的一年。这一年，伟大的中华人民共和国至少发生了四件大事情。这一年发生了金融危机，好多企业宣布破产，纷纷倒闭，有的老板跑路出逃，有的老板因不堪重负而跳楼自杀；这一年的5月12日，四川省阿坝藏族羌族自治州汶川县发生了8.0级特大地震，造成69227人遇难，374643人受伤，17923人失踪；这一年的8月8日，首都北京举办了举世瞩目的第29届夏季奥林匹克运动会，中国队取得了傲人的成绩，一共夺得51枚金牌、21枚银牌和28块铜牌，共计100枚，位列奖牌榜第一名。喜也好，悲也好，悲喜交加才是原汁原味的生活，而拉开2008年序幕的大事件竟然是一出悲剧，是一场百年一遇触目惊心的特大雪灾。

2008年也是崇文的本命年，老话说得好："本命年犯太岁，太岁当头坐，无喜必有祸。"这一年，崇文除了职场失意，屡屡失业外，在生活上也是一团糟。

东莞长夏无冬，作为普通老百姓，按理说雪灾与崇文和清照两口子毫无关系，根本就不会影响他们的生活，但是，他们有一个留守儿童徐菡苕在潇湘省老家，而潇湘省正是深受雪灾肆虐的地区。

年轮交替之际，在中高纬度的欧亚地区，高空出现了一个阻塞高气压并长期持续，极涡在西伯利亚停留不动，导致北方冷空气连续不断入侵中国。冷空气来袭的同时，来自印度洋与西太平洋的暖湿空气又源源不断地向华南地区输送，冷暖两股气流在西南、江汉、华南、江南、江淮一带交汇，最终导致一场罕见的长时间兼大范围的低温雨雪冰冻天气。自2008年1月3日起，中国的大范围内发生了低温、雨雪、冰冻等自然灾害，波及全国二十个省、直辖市、自治区，其中潇湘省等七个省份的受灾情况最为严重，而七个多月的徐菡苢正在潇湘省郴州的神下村津津有味地喝着三鹿牛奶，完全不知这个世界发生了什么。

一天晚上，清照对崇文说："2008年春节我们回潇湘省看小猪好不好？"

崇文说："我也想啊，就是不知道能不能回去，你没看电视吗？中国出大事了，因上个月气候反常，南方出现了百年难遇的冰灾，潇湘省等七个省的部分地区出现了大面积的电力瘫痪，京广线上的电力机动车已经停运，京珠高速公路也被封路，现在报纸、电视和广播等媒体铺天盖地宣传的消息除了雪灾还是雪灾，我们哪里回得去哦，难道步行走回去？"

清照叹口气："哎！小猪刚被送回潇湘省就发生了雪灾，都怪你，要是当初将小猪留在长安就不用回去了。"

崇文知道清照又在挑事，他理解作为母亲那种思女心切的心情，只好安慰道："不要急嘛，雪灾总会停的，我现在每天都看电视，密切关注着京广线上的电力机动车什么时候开通，一旦开通我们就马上启程回潇湘省。"

崇文和清照等待了差不多一个月，果不其然，京广线终于开通了。2月3日这一天，徐崇文、梁清照和李志武三人就从长安出发了。李志武是崇文的高中同学，他也在长安打工，两人关系不错，经常在一起喝酒，聊解无尽的寂寞与绵长的乡愁。

三人从长安金三角汽车站上了一辆开往广州的豪华大巴，当大巴抵达广州时，崇文惊讶地发现，巴士竟然停在琶洲国际会展中心的附近，而不是省客运站。不过，政府已经做好了应急处理措施，随后三人免费乘坐一辆中巴来到了广州火车站附近的人民北路。在广交会展馆下车后，眼前的场面让三人目瞪口呆，想不到春运期间，广州火车站附近竟然滞留了上百万人的旅客，放眼望去，尽是黑压压的人群，人民北路、站前路、流花路、环市西路等几条主干道已被人潮堵得水泄不通。

既来之，则安之。三人只好在广交会馆前耐心地等候着，前后左右，人头攒动，光这一片区域少说也有几万人吧，所以每个人都只能静静地站着，哪有空间让你坐哦。

火车的容量实在有限，返乡的旅客又是如此之多，个个都巴不得能够马上挤上火车，然后在一声长鸣中驶向寄托乡愁的远方。对于这种情况，政府高度重视，举一城之力，调动了大批的警察和武警来现场维持秩序。此外，还有一些志愿者和媒体人也纷纷来到这里做义工，希望能对乘客提供一些帮助，他们穿着印有"青年志愿者"的红色外套，为现场注入了一丝温暖与感动。

在现场维持秩序的工作人员正有计划地分批放行，周边摆满了无数的可移动的交通护栏，工作人员砌成一道人墙，每放行一批人，立马就将交通护栏合拢，以阻止下一批人肆无忌惮地强行闯入。人流挪动得很慢很慢，慢过爬行的蚂蚁，慢过蠕动的尺蠖，时间像凝固的冰激凌长期不见融化，空间像暗无天日的集装箱长期不见阳光，每个人都在无尽的焦虑、期待、煎熬和烦躁中等着工作人员的一声口令。

三人从下午六点钟一直站到凌晨一点钟，才挪动了一百米。天哪！站了整整七个小时才前行一百米，这对人们的心理和身体都是一种无比的考验，也是一种巨大的折磨。这时的清照已再次怀孕，应该有两个月了，肚子稍稍鼓起来那么一丁点儿，但她为了能够返回潇湘省看见小猪，也只能默默地忍受这一切，像一个钢铁战士似的，意志无比的坚强。

突然，工作人员放闸了，人群像决了堤的洪水一样，一窝蜂地往前冲，哪里有空隙就往哪里钻，谁的步伐快谁就往前赶，现场完全失去了正常的秩序。三人被裹挟于一股人流的正中间，崇文负责在前面开路，清照被当成特级保护动物大熊猫夹在中间，李志武负责殿后。崇文本身就瘦小，被左右的人挤得东倒西歪，根本就站不住脚，一度和清照拉开了距离，三人经奋力挣扎终于又走到了一起。在挣扎的过程中，清照差点儿被别人撞倒在地，要不是李志武在后面拼命帮她挡住后面的人流，完全可以想象，同样瘦弱的清照肯定会被汹涌的人流活活踩死在地上。

已经凌晨一点钟了，三人还没有走进广州火车站的候车室，仍在人民北路上迎着寒风无助地干站着。崇文估计今晚上火车的希望非常渺茫，于是做出了一个明智的决定，因为清照的二妹清婉恰好住在广州，为了孕妇清照，他决定带着清照并顺便邀请志武去她家过夜，至于回潇湘省的事情，到时根据电视新闻再定夺。可是志武死活不愿意去，于是崇文和清照便告别志武，费了九牛二虎之力，艰难地挤出人群，然后打的去了清婉家。

　　崇文和清照在清婉那里一共住了两个晚上，与此同时，广州火车站的情况发生了惊人的逆转，人群纷纷散去，他们或许早已回到了自己的家乡，说不定此时此刻正和亲人们享受难得的天伦之乐呢。2月5日那天早上，崇文和清照如入无人之境轻松地上了一辆绿皮火车，而且不用排队，不用安全检查。虽说整辆火车显得脏兮兮的，乘客也寥寥无几，但两人能够在除夕的前一天顺利地回到郴州，已经是菩萨保佑，谢天谢地了。

　　这个春节清照开心死了，一是因为她见到了天天念叨的小猪，小猪穿着厚厚的红色棉衣，脸蛋红扑扑的，不知道是天然的，还是被冻成这个样子。两个月不见，她发现小猪似乎长高长胖了，头发也蓄起来了，小脑袋上扎着两根小辫子，像两根电线杆似的，可爱极了。清照抱着小猪要她叫妈妈，小猪睁大着一双好奇的眼睛，盯着这个从天而降的陌生人，根本就不搭理清照，最后哇啦哇啦地哭起来，让清照甚是懊恼。清照是岭南茂名人，茂名都快挨着海南岛了，那里一年四季热得要死，清照长到三十多岁，这是她平生第一次见到雪，而且是特大的雪，足有半米厚，白雪皑皑，让她大开眼界，所以她感到特别的兴奋。不要说清照没见过这么厚的雪，就是土生土长的崇文记忆中也没有见过这么大的雪，他一样兴奋得要死。在春节那几天，他带着清照和小猪在神下村到处欣赏自然风光，然后拿着前不久刚买的 Canon PowerShot A640 数码相机一顿咔嚓咔嚓，为她们母女俩定格了无数的美丽瞬间。

　　2月8日那一天是正月初二，一家三口，哦，不对，是一家四口经受了一场酷寒的洗礼，因为清照的肚子里还有一个小人儿，尤其是水土不服的清照为此付出了身体的代价，一度让清照怀疑自己是不是流产了。

　　那天吃完早饭后，崇华开车送崇文、清照、崇芳和小猪去清和乡长乐村的大舅家拜年。在大舅家吃完中饭后，崇华就一个人开车回神下村了。崇文需领着清照、崇芳和小猪去二舅家拜年，但二舅家在溪口村，也属于清和乡。溪口村离长乐村并不远，中间隔着一条河，还有一座小山包，如果天气晴朗阳光明媚的话，站在这个村可以看见另一个村的房子。这当然说的是直线距离，而真要走过去，至少也有五里路，因为要绕过一条河，还有那些弯来弯去七拐八拐的田间小道。

　　那天，路上的积雪足有一尺那么厚，雪被冻结了，光溜溜的，真的是天寒地冻，让这条必走之路十分难走，稍不留神就会摔跤。崇文是男人，担子最重，自然是抱着用厚棉衣和厚棉裤包裹起来的小猪走在前面，清照居中，崇芳殿后，这两个女人都穿着长筒靴。三人小心翼翼地走着，用一个成语"如履薄冰"来形容他们这种状态实在是再恰当不过了，平常不到半小时的路程，他们居然花了一个多小时。来到二舅家后，崇文因长时间抱着小猪，一双手早就麻痹了，感觉手已不属于自己，而清照和崇芳两人则冻得直打哆嗦。三人在二舅家坐了一会儿，寒暄一阵子，因日程紧张，顾不上吃晚饭就返回神下村。崇文继续抱着小猪，三人踩着积雪步行几里路来到清和墟，搭上一辆巴士，坐到太和镇地界村长毛坪组，翻过一座山，终于回到了神下村。回到自己的家后，崇文的双手再次麻木，他在火炉上烤了好久，血液才恢复正常循环。

　　到了晚上，尴尬难堪的事情终于发生了，清照竟然拉肚子，频频往厕所跑。农村不像城市，家里根本就没有厕所，茅房一般都在百米开外的地方，清照没办法，只好叫崇文起床拿着手电筒送她去茅房，被窝里热乎乎的，外面却冻得要死，谁也经不起这样的折腾，以至于两人一晚上都没有睡好。翌日，清照起床后，大家发现她消瘦了许多，神情憔悴，脸色黯淡。清照后来自我反省，原因可能出在大舅家，当然也不排除天气的缘故。那天在大舅家吃中饭时，热情过度的舅母频频为第一次见面的清照夹菜，作为地道岭南人的清照出于礼貌不好意思当面拒绝，勉为其难吃了蛮多美食，要么消化不良，要么水土不服，要么因长时间在雪地里跋涉受了风寒，最终导致身体全线崩溃。

　　多年以后，清照对着六岁的梁芙蕖说过这么一句话：你真是穷人的孩子，命硬得很哪。雪灾那一年，妈妈饿着肚子在广州火车站硬是站了几个小时，还差一点儿被人家撞倒，你安然无恙；妈妈在潇湘省的那天晚上，我拉得眼冒金星，胃里空空如也，四肢乏力，感觉快要死了，你还是安然无恙，你真是我前世的小冤家啊！

第十二章
鸡飞狗跳

对崇文和清照两口子来说，2008年真是一个多事之秋。或许是崇文处理不当，或许是清照处理不当，两口子不知吵了多少次架，打了多少次冷战，不过，清照是个孕妇，单从这一点来说，主要责任还得归咎于崇文，毕竟好男不跟女斗，他多少缺乏一点儿绅士风度。

两口子的经济状况并不太好，说捉襟见肘也不为过。两人都是打工的，属于工薪阶层，工资总不见上涨，而物价却噌噌地往上涨，两人又没有外快。更糟糕的是，崇文的性格似乎有点儿缺陷，虽说有点儿才情和能力，能写一手好文章，自负、清高、孤傲的影子却总蛰伏于他的身上，与世俗格格不入，导致他经常失业。为了养家糊口，不得不重新找份工作，为生活疲于奔命，于是高不成，低不就，眼高手低，一事无成。这让清照很是恼火，感觉没有安全感，却也无可奈何，毕竟嫁鸡随鸡，嫁狗随狗，开弓没有回头箭。

两口子租的是两室一厅的房子，空间说大也大，因为那个客厅的确很大，如果打地铺的话，可以睡下蛮多人；说小也小，毕竟只有两个独立的小房间，且逼仄得很。这一年，先后来了好几拨客人进驻长安，像赶集似的将这个小家庭弄得鸡飞狗跳，乱成一锅粥，而且都是崇文那边的亲戚。为吃喝拉撒睡和生活上的琐事两人没少怄气，以至于每一次客人走后，清照都指着崇文的鼻子骂道："你是不是又跟别人吹牛了？说自己在外面混得好，说自己有能耐，说自己发财了。"崇文哑口无言，他真的很委屈，事情的真相根本就不是清照想象的那样，亲戚来了，我能拒人于门外吗？只不过是今年凑巧而已，亲戚竟然抱团似的纷纷选在清照怀上二胎的时候赶过来凑热闹。

　　五一劳动节来临，东莞早就进入了夏季，天气闷热，让人骚动。4月30日，崇芳带着母亲、小猪、张芳宇、徐成峰、徐成霏五个人来到了东莞长安，母亲抱着小猪，崇芳抱着徐成霏，张芳宇抱着徐成峰。张芳宇是徐崇华的老婆，是崇芳的三嫂，是崇文的弟媳妇。徐成峰是张芳宇的儿子，刚满两岁，这是他第二次来长安，上一次是他奶奶带过来的；徐成霏是张芳宇的女儿，是徐成峰的妹妹，刚满一岁，比徐菡苕早一个月出生。来之前，崇芳也没有和崇文商量，竟然先斩后奏，到了长安后才对崇文说："三嫂说想来东莞走走，所以我们就一起来了。"这让崇文哭笑不得，为照顾小猪，崇芳之前在长安待过近半年时间，她又不是不知道崇文和清照的实际情况，况且，她哪是带芳宇一个人来啊。崇华赚钱养家，芳宇是个家庭主妇，母亲要照顾小猪，芳宇若是要来，肯定是将她的儿子和女儿一并带过来，所谓拔出萝卜带出泥。更要命的是，侄儿侄女还那么小，屁臭都不懂，崇文完全可以预见，三个小朋友一定会将家里搅个天翻地覆，就看清照那边怎么想了？也不知清照的度量和胸襟到底如何？

　　崇文想得过于简单了，岂不知更大的麻烦和矛盾还在后头，崇芳的到来像多米诺骨牌一样，引起了连锁反应。五一劳动节那天上午，崇文接到了吴艳萍的电话，她说她正在毛家饭店的门口等他，崇文感到很诧异。艳萍是崇文的表妹，她是崇文的大舅的女儿。这个时候，崇文刚好失业，有的是时间接待。崇文后来得知，表妹在清远打工，因为与男朋友分手了，心情很不好，她与崇芳玩得好，昨天给崇芳打过电话，知道崇芳在长安，于是就跑过来散散心。来就来吧，因为表妹的到来，又牵动了她的父母和哥哥，真的是牵一发而动全身。当天下午，艳萍的父母也来到了长安，舅舅和舅妈来了，崇文心里就算有一万个不愿意，出于亲情也必须接待，谁知道舅舅和舅妈是由他们的儿子吴华兵从佛山护送过来的，华兵是崇文的表弟，是艳萍的哥哥，华兵正好在谈恋爱，于是他又将他的女朋友带过来。崇文后来才知道，舅舅和舅妈当时在华兵那里玩，当舅舅和舅妈得知艳萍失恋的消息后，于是给艳萍打电话，才晓得她现在在崇文这里，做父母的都是为孩子好，怕艳萍想不开，两个老人家才亲临长安，一来可以做女儿的思想工作，二来可以看望他们的姐姐，也就是崇文的母亲，而华兵又不放心两个老人家，这才亲自送他们过来的。

　　这一天，崇文家人头攒动，热闹得过了头，在一个不大的空间里竟然聚集了十三个人：徐崇文、梁清照、母亲、徐菡苕、徐崇芳、张芳宇、徐成峰、徐成霏、吴艳萍、崇文的舅舅和舅妈、吴华兵和他的女朋友。如果清照肚子里的那个胎儿也算是一个人的话，就是十四个人。看见这一幕，崇文的脑袋都大了，他们都是自己的亲人，有着割舍不清的血缘关系，他哪能说什么呢，一言不慎是会伤人心的，今后回老家走亲戚就没脸面了。崇文不事烹饪，君子远庖厨嘛，清照虽然会烹饪，但这样的大场面她根本就驾驭不了，况且她还是一个孕妇，心里本来就憋着一肚子的火。但是，崇文知道崇芳会煮饭菜，而且手艺还不赖，因为她之前在饭店打过工，崇文尽管囊中羞涩，但还是要打肿脸充胖子，于是给崇芳一笔钱，要她和母亲加上她三嫂同心协力应对一下。劳动节这天的晚餐就是这样应付的，非常将就，崇文作为当家的知道自己失礼了，但也只能这样搞，若请他们进馆子实在没底气。

　　当天晚上睡觉的时候，清照带着小猪去麻烦她的同事，母亲说要带小猪睡，清照死活不同意，好像小猪就是她的命根子似的，才三个月不见小猪就急成这个鬼样子。母亲当然理解她的心情，用母亲的话来说，她带着小猪出去睡，为的是眼不见，心不烦。华兵和他的女朋友吃完晚饭后，自觉地去外面开房。崇文带着侄儿成峰睡一间房，舅舅和舅妈睡一间房，剩下的五个人全是女性，她们统统在外面打地铺。

　　亲人毕竟是亲人，终究是通情达理的，虽然嘴巴上不说，但心里是明白的。第二天，华兵就带着舅舅、舅妈和他的女朋友返回佛山，这天少了四个人。第三天，艳萍返回清远，这天少了一个人。第四天，崇芳和芳宇带着成峰、成霏返回潇湘省，这天少了四个人。剩下的就是母亲、崇文、清照和小猪，这当然是清照最愿意看见的场面，只是不能说出来而已。这几天，清照受了不少委屈，暗地里也掉过不少眼泪，因为她挺着个大肚子，面对一屋子的人实在是招呼不过来。况且，潇湘省和岭南省的风俗及人情世故迥然不同，语言也不通，作为女当家的清照没有尽心尽力招待好他们，她有一种说不出来的滋味，但她那不悦的脸色分明在暗示崇文，不！是暗示所有的客人，她对崇文的那些亲戚颇有微词。而崇文本人呢，他是内疚的，他是过意不去的，他已经知道这些亲戚今后再也不会来麻烦他了，因为舅妈走的时候留下一句话，她对崇文说："你老婆是不是不欢迎我们？怎么老是绷着一张脸？"崇文尴尬万分，也不做过多的解释，只能说句客套话："舅妈，对不住了，没有招待好你们，是外甥失礼了。"崇文心里也明白，这些纠缠不清的人情往来都是母亲在背后为儿子打圆场，里里外外帮儿子招呼客人，帮儿子说好话。知子莫若母，崇文根本就不擅长处理这些乱七八糟、千头万绪、剪不清理还乱的人际关系。

一波未平，一波又起，谁知道过了几天，家里又来了一拨亲戚。5月12日那天，崇文的表嫂谭淑敏带着她的公公婆婆来到了长安。淑敏的老公是崇文的表哥张爱民，她的公公婆婆是崇文的姑姑和姑父，姑姑是崇文的父亲的姐姐。表嫂有个儿子叫张晓飞，前不久她请求崇文帮晓飞在东莞找份工作，崇文没有办法，只好委托清照出面在毛家饭店帮晓飞谋份差事，做什么都行，清照照做。所以表嫂这次来长安就是来看望她那个在毛家饭店做服务员的儿子，不过她有孝心，一并将公公婆婆也带了过来，说是让两个老人家出来见见世面。

崇文对姑姑有着很深的感情。小时候他曾经与表哥经常在一起玩，他曾经为姑姑写过一篇文章《姑姑是条河》，也为表哥写过一篇文章《"兴旺"的表哥》。如今他们大老远从潇湘省过来，岂有不作陪之理？第二天，崇文便带着姑姑、姑父和表嫂三人去东莞虎门看海。崇文自己都不知道他来过多少次虎门了，但为了让亲戚开心，他陪着他们去了威远炮台和海战博物馆，并坐游艇登上了上横档岛，看见了雄伟壮观被誉为"世界第一跨"的虎门大桥。今天崇文的心情本来很好，哪知道虎门一日游结束之后，崇文刚回到家，清照就对他破口大骂："你就知道玩，只顾自己潇洒快活，全然不顾女儿的安危，如果女儿真出了事，你永远都别回来。"崇文不明就里，丈二金刚摸不着头脑，后来母亲告诉他，今天发生大事情了。原来小猪突然发高烧，体温高达40度，母亲急得束手无策，于是抱着小猪去毛家饭店找正在上班的清照。万分火急之下，清照也懒得请假，匆匆忙忙收拾行李，便打的去了长安医院，急奔急诊科，一路亮绿灯。母亲和清照两人折腾了一个上午，小猪的体温才降下来。崇文明白后，一方面自责不已，清照骂得对，是自己不好，毕竟清照是一个身怀六甲的孕妇；另一方面，崇文很是纳闷，小猪在我们四人出发之前还好好的，一副活蹦乱跳的样子，咋就突然发高烧了呢？同时，崇文也感到自己很委屈，一把年纪的姑姑好不容易来趟长安，我总得陪他们玩一天吧，难道这也做错了？姑姑看见这一切，心里觉得过意不去，想不到自己的到来给侄儿崇文添了这么大的麻烦，于是改变原计划，他们三人第二天就返回潇湘省了。

崇文刚因为小猪的事情被清照骂得狗血淋头，谁知道在姑姑离开的第二天又因为尚是胎儿的老二的事情被清照骂了一顿，她骂他猪八戒照镜子，里外不是人，骂他根本就不顾老婆孩子的死活。事情是这样的：这一天，清照去长安图书馆上课，是关于财务会计方面的培训。下课之后，清照觉得有点儿头晕，便打电话叫崇文现在打的去接她回家。这个时候，崇文抱着小猪正站在废品回收站，旁边的母亲正忙着处理今天上午好不容易从家里搜集出来的废品，崇文根本脱不开身，于是要清照自己打的回家。哪知道清照因轻微贫血，突然觉得一阵头晕目眩，当场晕倒在长安图书馆的电梯里。后来，旁边的一个好心人扶她起来，让她喝了一些水，待精神状态好些后，清照强打着精神打的回的家。

这件事情余温未退，由小猪扯出来的麻烦接踵而至，一件接着一件，根本就消停不下来。6月1日，崇文在东莞市南城汽车站非常无奈地送母亲上了一辆开往潇湘省郴州的豪华大巴，为什么无奈呢？因为崇文的大哥崇武拟在6月18日举行婚礼，母亲需提前回去做些准备工作，到各个亲戚家里发请帖，她不方便带着小猪回去。如此一来，小猪又没人照顾了，而这个时候，崇文已经在深圳旺盈彩盒纸品有限公司上班，万般无奈之下，崇文和清照不得不轮流请假来照顾小猪，直至6月22日母亲再次回到长安。崇文想不到成家之后添个小孩会多出这么多的麻烦，在某种程度上完全限制了父母的人身自由，去哪儿都不再那么随心所欲。母亲不在长安的那段日子里，清照请不到假的时候，真的是病急乱投医，她竟然叫她那个还在读大学的弟弟新宇来长安帮忙照顾了三天，而崇文为了小猪，以至于连大哥的婚礼也没有参加。

母亲回到长安没多久，又迎来了一位亲戚，她是崇文的七奶奶。崇文的爷爷和七爷爷都是高洪公的曾孙，高洪公有四个儿子，这四个儿子一共为他添了十二个曾孙，在这十二个曾孙里面，然后再按照各人的出生日期进行排序，七爷爷排第七，其辈分比崇文的父亲还要高一辈，按照礼数，崇文当然得叫他七爷爷，于是就叫七爷爷的老婆为七奶奶。多年以后，七爷爷去世了，崇文有感于七爷爷一家人的恩情，自发地写了一篇文章《七爷爷和他的家人们》。七奶奶在长安一共住了三天，母亲显得特别高兴，两个老人在一起，似乎有说不完的心里话，但清照就有点儿不开心了，因为其间小猪再次发烧，每天要去医院打点滴，在清照眼里，母亲只顾着和七奶奶说话，聊着那些家长里短、陈芝麻烂谷子的事情，对自己的亲孙女倒不那么上心，而将担子推卸给了清照，这让她很不痛快，为一些小事情受了不少委屈。

　　七奶奶走后没多久，家里又来了一位神秘的客人罗大叔，说是要教母亲做一场法事。这位客人是母亲邀请来的，是母亲在长安新结识的朋友。罗大叔说他老家在潇湘省的古丈县，那是历史上有名的蛮荒之地。有一天，母亲带着小猪在外面嬉戏，他发现小猪的头发既稀疏又枯黄，有些头发还开叉，便好心地提醒母亲，你这个孙女可能走胎了。母亲信以为真，于是邀请他来家里坐一坐，悉心向他讨教民间偏方。

　　8月17日那天，正好是农历七月十七日，按照母亲的说法，只能选择农历的单日做法事。吃完晚饭，崇文和母亲便提着道具出发了，都是些什么道具呢？尽是一些檀香和戳有钱币印迹的冥纸，这些道具是崇文在母亲的强烈要求下，骑着自行车去增田农贸市场买来的。两人来到德政西路的路口，母亲拿出两个已经切好的红萝卜，将其摆放在公路上，算是临时设了一个祭坛，然后用打火机点燃了六根檀香，在每个红萝卜上各插上三根，随后拿出一堆冥纸，点燃打火机将它们焚烧殆尽，最后将焚烧之后的灰烬分别装在两个塑料瓶里，要崇文将这两个塑料瓶横放在公路中间，务必让经过这里的每一辆车从上面碾过。一辆辆小车碾过塑胶瓶，"嘎吱嘎吱"的声音不绝于耳，崇文看见这一幕很想笑，但又不敢笑，他很不情愿做这种无聊的事情，可又不能忤逆母亲，让她老人家不高兴。崇文心想，这样做之后附在别人躯壳上而又本属于小猪的灵魂是不是马上就回来了？到了明天，小猪的头发会不会像一丛蓬勃茂盛的野草一样？崇文想不明白，但他唯一能做的事情就是将这件啼笑皆非的事情写成文章《小猪走胎记》。

第十三章
芙蕖降临

中国有句老话：多年的媳妇熬成婆，其中这个"熬"字就蕴含着"前车之鉴，后事之师"的意味。

这已经是清照第二次怀孕了，有了第一次分娩的惨痛经历，对于这次分娩她自然是准备得妥妥当当的。2008年建军节那一天，崇文刚一回到家，清照就传达了她的意思，根本不用征求崇文的意见，俨然一家之主，家里的所有事情由她一人大包大揽。她对崇文说道："我已经想好了，这一次就在长安医院生，虽然收费不菲，但豁出去了。若回高州生，免得被荔枝村的人说闲话，说什么去年生了一个，今年又生一个，好像我是一头专门用来生崽的老母猪似的。"

清照的话正中崇文的下怀，他早就不想回高州了，那个鬼地方除了水果和蚊子多得要命，连个湘菜馆都没有，之前如果不是为了老婆孩子，他压根儿就不会去高州。他心里其实偷着乐，表面上却打趣道："老婆大人是不是漏了一个地方，可以考虑回潇湘省生啊？"

"你想都别想，你老家那个鬼地方，说话像鸟语一样听不懂，吃饭如果一餐不放辣椒就会死。"清照一句话就驳回去了。在清照的眼里，桂花县是个鬼地方；而在崇文的眼里，高州是个鬼地方，谁也瞧不起谁的家乡，哦，这对可怜的夫妻，也不知月下老人搭错了哪根神经，竟然将他们凑成了一对冤家。

清照的预产期还有两周，崇文就从公司回来了。崇文有一个致命的缺陷，那就是对金钱和物质看得很淡，说得不好听，他是今朝有酒今朝醉，明日愁来明日愁，仗着自己求职能力强，与上司一言不合就敢辞职，明明知道清照怀上了二胎，家里的开销越来越大，他也敢拍着屁股走人；但崇文也有优点，那就是乐观豁达，韧性十足，抗压能力强，更重要的是，他特别喜欢孩子。关于最后一点，清照无可挑剔，所以当崇文这次卷着铺盖回到家时，她并没有像以前那样甩给他脸色看，只是淡淡地说了一句"多个帮手也好"。这个"帮手"确实是清照的真心话，因为小猪这时才一岁多一点儿，虽能走路了，但颤颤巍巍，也不会说话，仍需要母亲寸步不离地看护着她，所以在这个非常时期，不是英雄的崇文大有用武之地。

不知是清照特别能吃苦，还是想钱想疯了，她直到距离预产期的最后一周才正式告别毛家饭店。9月1日那天，吃完早餐后，清照突然觉得腹部有点儿疼，她估计是快要生了，虽然这比预产期早了五天。崇文二话不说，匆匆忙忙收拾好行李，包括清照要用的，还有宝宝要用的，整整两大袋子，搀着清照步行到圳地新村路口，拦了一辆的士直奔医院。

医院并不远，十分钟左右的车程。两人来到住院部，崇文先在一楼交了三千元押金，办好住院手续，然后坐电梯来到五楼的妇产科办公室，向医生说明来意。一位护士问了清照许多问题，全是一些关于妇科的私人问题，然后拿出几张表格，要崇文一一填好并签名。崇文看见某张表格的内容有点儿吓人，上面写着：妇女在分娩过程中，医院会尽职责确保母子两人的生命安全，但母亲若是出于自身的一些不可知疾病或其他人力不可抗拒性因素，致使母子双方受到某种伤害时，医院拒不承担相关的医疗责任，请家属知悉并签字。这个时候，崇文的大男子主义又犯了，他心想清照去年已经闯了一次鬼门关了，今年第二胎还怕个锤子，便毫不犹豫龙飞凤舞地写下了"徐崇文"三个字。

填好表格，清照搬进了病房，有了一张属于她的病床。屁股还没坐热，一位护士就领着清照去了待产室，然后为清照做产前检查。护士先量体温，然后用一个仪器在清照那滚圆滚圆的肚皮上挪来挪去，也不知检测什么，估计是检查胎心和胎位吧。崇文待在这个女人扎堆的地方，感觉很不自在，因为住在这里的女人似乎丧失了羞耻心,不是露着一个圆圆的肚皮,就是撩起衣服给出生不久的婴儿喂奶,也不避嫌。崇文突然想起清照有个妹妹江秋菊,就是那个过继给清照的姑姑抚养的妹妹,她也在长安打工,崇文立马打了一个电话,要她来医院帮忙。秋菊果真来了,这一下崇文乐得一个清闲,自己倒回家找小猪嬉戏去了。

吃完午饭,崇文骑着那辆破自行车再次来到医院。当他来到病房时,发现清照并没有躺在病床上,而是被医生推进了产房,而秋菊正坐在产房外的一张塑料凳上,旁边放着一袋她买的产妇用卫生巾。

产房的门紧闭着,需要医生刷卡才能进去。崇文透过嵌在两扇门上的玻璃,看见里面的过道除了几张凳子,什么也没有,过道两边分布着四间产房,也不知里面的人在干什么,偶尔一个医生从里面走出来,脚步仓促,又或是一个护士从外面走进去,神色紧张,在开启门时伴随着沉闷的"哐啷"声,产房里鸦雀无声。

时间嘀嗒嘀嗒地流逝着,崇文在外面踱着方步,烦躁了就坐在长条凳上发呆,心里只盼着宝宝能早点儿降临,让清照少受一点儿痛苦与折磨。此时,他突然想起了爱因斯坦的相对论:如果你很痛苦,你会觉得时间很漫长,感觉度日如年;如果你很快乐,你会觉得时间很短暂,感觉稍纵即逝。

突然,一个医生推着一辆婴儿车出来,对着外面的人大声喊道:"谁是梁清照的家属?"崇文正在发愣,一时没有反应过来,医生于是又喊了一遍:"谁是梁清照的家属?"崇文终于回过神来,心里咯噔一下,突突地跳,他以为清照像上次生小猪一样又难产了,医生走出来征求家属的意见,便答道:"我是。"医生说:"恭喜你!你老婆顺利生下来了,是个女孩,母女平安,现在让你看一眼。"崇文如释重负,看见婴儿车上挂着一张纸牌,纸牌上写着:母亲:梁清照;性别:女;出生时间:14:50;体重:2.95kg。待崇文想看清楚婴儿那张小脸蛋时,医生转身就将婴儿车推回产房了,他只依稀看见那个显得有点儿苍白且毫无血色的小鼻子。

两个小时后,医生推着一张有着四个轮子的大床从产房里出来,躺在上面的人正是清照,人显得有点儿憔悴,头发被汗水濡湿了,凌乱不堪,身上裹着一张床单,下面似乎没穿裤子。另一个医生推着一辆婴儿车,躺在里面的正是小树。医生将母女俩送进病房，调节好床位的高度，将清照抬起来小心翼翼地放在病床上，再将婴儿车挪到清照的枕头边。

待医生走后，崇文立马凑过去欣赏小树的小脸蛋。她的脸蛋还算大，皮肤白皙，肤色红润，不过，她的鼻尖的确是苍白的，毫无血色。令他惊讶的是，额头上的皮肤竟然皱巴巴的，像个小老头似的，脑袋也光秃秃的，竟然没有一根头发，尽是一些稀疏且泛黄的绒毛。清照躺在病床上，也默默地注视着那个正在酣睡的小家伙。两口子偶尔四眼相对，此时此刻，所有的语言皆显得多余，一切尽在不言中。

傍晚时分，崇文叫秋菊留在医院，他要回家吃饭。晚饭后，母亲已经煲好了鸡汤，崇文将鸡汤盛在保温瓶里，又添加了两勺米饭，踩着那辆破自行车再一次来到医院。

崇文来到医院后，叫秋菊回去吃晚饭，明天上她的班，不用来医院了。这时，清照已经穿上了医院派发的统一服装，上面印着"长安医院"四个字。崇文扶清照起来，将保温瓶和汤匙递给她。清照恢复得很快，气色看起来还不错，已能独立照顾自己了。在清照吃饭的时候，崇文给崇芳打了一个电话，看她是否愿意来长安，一来帮忙照顾清照，二来和母亲做个伴。

夜已经很深了，病房里那盏刺眼的荧光灯已熄灭，大家都在休息。崇文和清照挤在一张床上，各睡一头，他的脚傍着她的头，她的脚傍着他的头，条件有限，床也就那么大，只能凑合着。不过，两人的身材还算苗条，挤在一起并不显得拥挤。旁边的小树似乎汲取了清照所有的养分，如冬眠一般，两只眼睛死死地关闭着，只在深夜时分啼哭了一下，清照起床为她喂了一点温水后继续冬眠。而崇文觉得今天这个夜晚特别的漫长，医院里杂声太多，根本就不是一个正常休息的地方，外面走廊上的荧光灯明亮如昼，一下子传来婴儿"哇啦哇啦"的哭喊声，一下子传来父母们窸窸窣窣的忙碌声，还有从未消停过的脚步声，这让他翻来覆去，辗转难眠，凌晨时分好不容易迷迷糊糊地进入梦乡，旋即又被搞清洁的护工给吵醒。

清照需要住院观察一周的时间，为了履行丈夫的职责，崇文硬是在这张狭窄的病床上睡了一周。接下来的六天里，每天的工作程序千篇一律。六点多钟，护工前来搞卫生，拆换床褥、扫地、拖地、倒垃圾。上午八点多，护士为清照打三瓶点滴，药水通常要滴上两三个小时。上午十点钟，医生来查房，向清照询问一些身体康复方面的问题。下午，护士为清照量体温、测血压、为下面消毒。崇文感觉无聊透顶，但又没办法，他每天最重要的工作就是骑着那辆破自行车奔波在医院和家之间，解决两人一日三餐的问题。

于两人而言，一天当中最难熬的还是漫漫长夜，既要轮流服侍小树，又要在万分的倦意中忍受着各种各样的噪音。崇文好想提前出院，有一次，他和医生开玩笑说出了自己的想法，医生脱口而出的一句话"出了问题你负责？"就将他顶回去了。

与此同时，小树却在发生着微妙的变化，这让两人备感欣慰，虽然累得够呛，却也痛并快乐着。第一天，小树只顾着呼呼大睡，几乎不吃任何东西。第二天，小树一旦睁开眼睛就是哭，慌得崇文忙不迭地冲奶，然后小心翼翼地抱起来喂奶，吃饱后，她又沉沉睡去。清照分泌出来的乳汁并不多，导致小树以喝牛奶为主，虽然她的食量不大，只需冲一勺奶粉就够了，但她的睡眠时间越来越少，喝奶的次数越来越多，分量也在不断地上升，一天当中，老是这样不断地冲奶、抱起、喝奶、喂水、换纸尿裤，还要用湿纸巾擦拭那脏兮兮的屁股，白天这样搞，晚上也这样搞，这还让不让人活了。崇文甚至想，她要不是自己的亲生骨肉，早就将这个小东西扔到垃圾堆里喂狗算了。更让崇文气愤不过的是，有两个晚上，小树的大脑似乎神经错乱，分不清白天黑夜。到了白天，她睡得像死猪一样，到了晚上，她躺在婴儿车里竟然手舞足蹈，哼哼唧唧，神采奕奕，精神抖擞，似乎想将亲生父母折腾个半死。两人唯一的乐趣就是端详小树醒来时的样子，这个小家伙还是蛮可爱的，两只大眼睛忽闪忽闪，神情专注地注视着父母，然后两人互相打趣，清照说她的鼻子像崇文，有点儿丑；崇文说她的嘴巴像清照，好难看。每当小树笑起来的时候，这种笑容是那种童真的会心的笑容，是那种肌肉完全放松丝毫不矫揉造作的笑容，两人一下子就将生活的所有烦恼抛到九霄云外去了。但是，小树的这种微笑完全不分时段，白天微笑，当然受欢迎。晚上她也这样，崇文恨不得想掴她一巴掌。除此之外，小树有时还莫名其妙地嗷嗷大哭，这个时候，打又打不得，爱又爱不来，只能千般万般地哄着她。小树睡觉的时候，那两只如竹节般的手动来动去，那两条如莲藕般的大腿踢来踢去，始终踢不出那个"O"形，依然保持着在清照肚子里的那种姿势，崇文每每看见这一幕总是笑得合不拢嘴，这让他想起了一个成语"负隅顽抗"。

9月4日的上午，崇芳带着母亲和小猪打的来到了医院，五个人待在一起，其乐融融。15个月大的小猪在房间里走来走去，这里摸摸，那里瞧瞧，觉得一切都很新鲜。有时，她定定地看着婴儿车上的小树，甚是好奇，母亲要她叫妹妹，她鹦鹉学舌般吐出那两个含糊不清的字眼"妹妹"，让所有在场的人忍俊不禁。哦！这两个可爱的小宝贝，都还只是一个需要别人照顾的婴儿而已，但这却是崇文和清照生活的全部，并成为两人在这个残酷的世界里坚强活下去的精神支柱。

在房间里逗了一会儿小猪，崇芳抱着小树，母亲抱着小猪，她们一起去四楼为小树洗澡，崇文待在病房里觉得乏味，也跟着过去看热闹。四楼的人可真多，竟然排成了一条龙，医生说今年是奥运年，所以才会扎堆生下不计其数的奥运宝宝。每个大人都抱着一个婴儿，有对父母抱着双胞胎，一人抱一个，其模样真是像极了。崇文去排队，崇芳抱着小树，母亲照看小猪。当轮到崇文时，崇芳已提前为小树宽衣解带，医生将小树抱过去，放在一个淋浴头下，涂上洗发液，首先清洗她的小脑袋，随后在全身抹上沐浴露，擦遍全身。洗完后，递给另外一个医生，医生将肚脐上的旧纱布拆掉，用一根棉签蘸上医用酒精在小树的肚脐周边涂了一遍，换上一块干净的纱布，扯两截医用胶带将其固定好，然后穿上崇芳事先准备好的小褂子，全程清一色的流水线操作，分工明确，动作娴熟。崇文一眼就看见了那个熟悉的医生，他记得她是专门负责打防疫针的，为婴儿接种卡介疫苗和乙肝疫苗。他记得在小树出生后第二天的下午，他抱着小树来到这里，医生在小树的左臂上扎了一针，又在小树的右臂上扎了一针，两针扎下去，痛得小树哇啦哇啦地嚎叫，那声音像杀猪一样惨绝人寰，弄得崇文也隐隐作痛，似乎扎在女身，疼在父心。按照规定，凡在长安医院诞生的婴儿凭借出生卡可在此免费洗澡三次，所以小树在这里一共享受了三次贵妃式的沐浴。

在医院里住了三天后，同一个病房的孕妇偷偷地对崇文说："如果你老婆自我感觉良好，其实住三天就够了，一天到晚打点滴也没那个必要，况且还有其他杂七杂八的费用，开销还是蛮大的，我们都不是有钱人，能省一点儿是一点儿，你不如给主任医师送个红包，兴许她会批准你们提前出院的。"崇文听了，觉得她说的也有道理，想想清照去年生小猪的时候，她在那个镇上的龙眼医院只睡了一个晚上，第二天下午就回到荔枝村了。不过，崇文后来还是打消了提前出院这个念头，一是真心为清照好，钱花了可以再赚，身体才是最重要的；二是押金都交了，万一医生又用那句话"出了问题你负责"驳回来呢？双方岂不是显得很尴尬。

　　崇文和清照硬是在医院待了整整七天七夜，9月8日上午，主任医师终于开了金口，告诉崇文打完今天的点滴就可以办理出院手续了。在清照输液期间，崇文迫不及待地收拾好行李，又例行公务般填完护士派给他的表格，是一些关于妇产科在医疗服务及后勤保障方面的问卷调查，崇文实事求是地填了，也不知道他那些负面答案对医院今后的改善工作有没有一点儿参考价值。当崇文去住院部一楼办手续的时候，谢天谢地，他竟然还有三百块钱的结余，他心里嘀咕着：算你医院还有点儿良心，若是再住上一天，我就该欠你的钱了。

　　出院这一天，崇芳来了，母亲抱着小猪也来了，热闹得很。五人来到医院的门口，叫了几辆的士，开价都是十五块，比平时无端多出五块钱，长安的的哥从来不打表，去任何地方皆一口价，一般是五的倍数。崇文心里暗自骂道：这帮孙子真会趁火打劫。不过，最终还是碰上了一个厚道的的哥，只收费十块。崇文送他们四人上了的士后，便折回医院找自己的那辆破自行车。崇文今天的心情特别好，像一只刚被放出笼子的小鸟一样，他铆足劲儿一路狂飙，竟然与的士同一时间抵达圳地新村，真可谓两种交通工具，一场生死时速啊！

　　多年以后，崇文送给他的次女梁芙藻一份礼物，这是一份她一辈子都可以反复咀嚼的精神食粮，他将她的出生经历写成了一篇文章《花开奥运年》，其中有一段这样写道：这是上苍赐给我的另一个重要礼物。我不奢求你的任何回报，因为父亲的爱是深沉的，是浓烈的，是含蓄的，也是无偿的，我只希望我的女儿能够茁壮成长，一生健健康康、平平安安、快快乐乐、幸幸福福，这就足够了。若能如此，夫复何求？

第十四章

奶爸生涯

"屋漏偏逢连夜雨,船迟又遇打头风。"这句话用在崇文身上实在是再好不过啦。

小树出生后,家里添丁,表面上看似其乐融融,实则暗流涌动。清照坐月子期间,因为小猪有母亲照顾,小树有崇芳照顾,清照有母亲和崇芳的共同照顾,崇文得以外出找工作。可是,崇文想得太简单了,长安的智通人才市场和汇安人才市场他去过若干次,居然找不到合适的工作,真是咄咄怪事。

眼看一个月马上就到了,清照要去毛家饭店上班。更让崇文感到意外的是,母亲和崇芳居然集体叛变,崇芳说:"哥哥,我隐瞒了一件事情,其实我怀孕了,现在妊娠反应比较严重,我明天打算回潇湘省。"母亲也直接向崇文下通牒:"六个人待在这里,没有一个人上班,每天要吃要喝要用,不要钱啊,明天我就带着小猪和崇芳一起回潇湘省,你赶快去找事做,什么时候上班了我再来。"母亲的话让崇文哭笑不得,这不是废话吗?你们都走了,我还能找工作吗?我若上班了,小树谁来照顾?但他没有说出来,却寻思着替小树物色保姆的事情。睡觉的时候,崇文和清照就未来何去何从的事情商量对策,讨论了老半天,终究束手无策,最后清照冒出一句:"我看你就别找工作了,干脆你来做小树的保姆吧!"崇文"啊"了一声,却也无可奈何,这不是让一个大男人吃老婆的软饭吗?

第二天，清照上班去了，崇芳带着母亲和小猪果真回潇湘省了。她们说一不二，根本就没有回旋的余地，将一副冷冰冰的现实直接扔给了崇文，从此开启了崇文的职业奶爸生涯。

清照起床上班去了，崇文先是为奶瓶消毒，将部件拆下来，用清水洗一遍，再用刷子刷一遍，将奶瓶里面的奶渣刷掉，将它们扔进奶锅里，打开电磁炉将其煮沸，消毒过后，将部件组装好，放入一个塑料小盆里。接下来，崇文小心翼翼地为小树穿衣服，退去那浸满尿渍既厚且沉的纸尿裤，换上一条干净的白色棉质尿布。刚出生的小树胃口小，身体机能还不完善，一天要吃七八餐，平均三到四个小时喝次牛奶，且分量小得很，每次喝上60毫升就够了。

天气晴朗的话，崇文会抱着小树去七楼的天台晒上半个小时的太阳，正值深秋时分，阳光柔和，感觉很舒服。晒太阳时，崇文会找个凳子坐下来，将小树的尿布退去，晒下臀部，晒下胯部，再将衣服捋下来，晒晒脖子和头颅，至于小树的面部，那是万万晒不得的，因为小树的眼睛尚未发育成熟，阳光会对眼睛造成伤害的。小树虽说不足十斤，在崇文的手中如同一个玩偶，他可以不费吹灰之力将她玩弄于股掌之中，但也不能乱来，因为小树的脑袋直不起来，仍耷拉着，没有方向感，四肢也软绵绵的，没有一点儿力道。小树也很享受晒太阳，她从来不哭，总是瞪大着眼睛看着这个陌生的世界。有时，崇文逗她，用手指敲打着她那两个粉嫩的腮帮，或是用嘴亲吻她的小脸蛋，她会冲着崇文"咯咯"地笑，嘴角流下一道长长的涎沫。

晒完太阳后，崇文回到家里的首件事情就是为小树冲奶。这时的小树不会爬，也不会翻身，将她放在沙发上即可。崇文旋开奶嘴，倒入60毫升温水，如果温度太高，兑一些事先由开水冷却好的凉水，再倒入两平勺多美滋奶粉，搅拌均匀就可以喂奶了。小树很乖，崇文将她抱起来，自己坐在沙发上，将小树抱在怀里，用左手臂托住她的脑袋，右手拿着奶瓶帮她喂奶，小树"吧嗒吧嗒"地吸着，憨态可掬的样子活脱脱像个宠物。小树吃饱后，崇文抱着她上网消磨时光，这个时候是崇文最快乐的时光，他可以在虚拟的网络世界里做自己感兴趣的事情。

崇文的中饭极其简单，他将昨天晚上的剩饭剩菜倒入一个塑料盒里，再用微波炉加热两到三分钟就行了。吃完中饭后，崇文通常会打开电视机，观看岭南卫视的系列电视连续剧《外来媳妇本地郎》，这部电视剧每天这个时候都会播放，像无底洞一样，永远都看不完。看完电视剧后，崇文会陪着小树一起睡觉，不！确切地说，是小树陪着崇文睡觉，因为在大多数情况下小树是被崇文用牛奶强行催眠的。崇文哄小树进入梦乡的办法很简单，将她放在床上，冲好牛奶，将奶嘴硬性塞入她的口中，她一边左右摇摆一边吸嘬牛奶，牛奶喝得差不多时也就合拢了双眼。

　　小树中午一般能睡上一两个钟头，待她醒来之后，崇文会卸下她的纸尿裤，再换上尿布，陪她玩一会儿，然后又去上网消磨时光。下午五点多钟，太阳下山了，外面仍旧一片明亮，崇文锁好门，抱着小树在附近的大街小巷溜达一圈，算是为自己放风。放风回来，已经六点多钟了，夜幕降临，崇文将小树放在沙发上，以最快的速度洗涮电饭煲、量米、淘米、兑水、塞上插头做饭。清照下班后，她从市场买菜回家已经七点多钟了，这时米饭早已经煮熟，处于保温状态，只待清照煮菜。在清照煮菜的同时，崇文要忙着帮小树洗澡、擦脸、擦小手、擦屁股，帮她脱去小衣裳，换上新的纸尿裤，然后冲一瓶牛奶，服侍她睡大觉。清照吃完晚饭后，自会将小树抱过去，这个时候，崇文暂时获得了空前的自由，但他还有体力活要干，他需要拿着一个空瓶子去附近的那台水博士净水机打水，然后气喘吁吁将一瓶差不多四十斤的桶装水从一楼扛到六楼。

　　小树虽然睡着了，但留给崇文和清照的事情仍然一大堆。两口子分工合作，倒也有条不紊，在照顾小树的问题上，两人达成了高度的统一。清照负责洗衣服，崇文负责晾衣服。有时，清照心情烦躁，就叫崇文去洗衣服，虽说家里有洗衣机，但小树的尿布总不能用洗衣机吧，崇文每次清洗小树那些满是粪便臭气熏天让人恶心的尿布或裤子时，总是捂着鼻子，被清照骂过几次后也就释然了。此外，崇文还要将小树今天用过的奶瓶消毒，他还得洗碗筷，搞清洁卫生。最让崇文难以忍受的是，小树饿得快，晚上还要喝两次牛奶，第一次大概是在零点左右，第二次大概是在凌晨四点左右。清照心情好时，她就带着小树睡，崇文单独睡一个房间，这个时候崇文开心死了。一旦清照心情不好,她就将小树扔给崇文,她自己关起门来睡一个房间,这个夜晚崇文肯定苦不堪言,有时被小树那不休不止的哭声惹恼了,掐死她的心都有。

想归想,小树毕竟是亲生女儿,崇文哪会下得了手哦,况且每天都在变化的小树也给他带来了说不出的欢乐与感动。老实说,崇文照顾小树还是有那么一点点快乐,他可以神情专注地看着她那张纯真的甜甜的笑脸,也能感觉到她正在一天天地长大,比如喝牛奶越来越多了,从60毫升上升到90毫升,从90毫升上升至120毫升;比如,喝牛奶的间隔时间越来越长了,由一天喂八九次下降到五六次,晚上只需喂一次了;比如,小便次数越来越少了,由原来的一天十多次下降到七八次;比如,身体也发生着细微的变化,头发变长了,身体沉重了,人长高了,脑袋变大了,脖子能直起来了,面部表情更加丰富了,看东西更加专注和有神了,能辨别亲人和陌生人了,躺在床上能仰起脖子了,小脚更有劲儿了,小手会拿东西了,睡眠时间越来越少了,能独立翻身了,甚至还能在床上蠕动一小段距离了。崇文觉得,在婴儿成长的黄金期,只要你细心一点儿,每天都能发现那么一点儿细微的变化,若是以周或月为单位,你所发现的可能是质的变化。尽管这样,但小树带给崇文的仍是诸多麻烦。小树一天当中要喂多次牛奶,频繁地洗奶瓶、消毒、冲奶,有时让崇文觉得烦不胜烦。有时小树胃口不好,到了规定时间,任崇文怎么灌,她就是不喝,崇文只好将剩余的牛奶忍痛倒掉,又想狠狠地掴她一巴掌。还有,小树小便频繁,崇文为了节约成本,避免产生红屁股,只在晚上睡觉或外出时才用帮宝适纸尿裤,其他时间一般用白色棉质尿布。崇文也懒得为她把尿,反正是尿湿一条换一条,一天下来居然要换十多条甚至二十多条,崇文将这些尿布统统扔到一个桶里,以至于家里总是散发着一股淡淡的尿臊味。最麻烦的事情莫过于小树排大便,崇文稍不留神,小树就拉得稀里哗啦的,除了尿布上沾满秽物,甚至还蹭到了崇文的裤子上。这个时候正是秋冬时分,崇文一般为小树穿三条开裆裤,里面是一条薄薄的绒裤,中间是一条毛线裤,外面是一条较厚的棉裤。小树每次大便时,崇文总是提前备好温水和毛巾,再找来一张旧报纸垫在沙发上,将小树放在报纸上,再将裤子和尿布退去,把毛巾拧干，擦干净胯部和腿部的秽物，找来裤子，一件一件地帮她穿好，最后套上新的尿布。有一次，崇文带着小树去长安医院保健科检查身体，医生竟指着小树的下面对崇文说："你是怎么当爸爸的？女婴的私处一定要清洗干净。"从此以后，小树每次大便后，崇文不得不重点清洗小树的下面。其实，好多事情都是被生活逼出来的，比如帮小树洗澡这件事情，崇文就老大不愿意，清照有时生气了，就骂道："帮你女儿洗澡有什么见不得人的，她只是一个婴儿而已，你怕什么。"崇文只好硬着头皮去做，为小树备好温水，脱掉小树的衣服，将她泡在沐浴盆里，洗头、涂沐浴露、洗躯体、擦干水渍、抹爽身粉，一直到穿衣服，往往要折腾半个小时。最折磨崇文的事情还不是这些，而是小树深更半夜的啼哭，可能是小树的身体不舒服，或是生理周期紊乱，深夜时分她不老老实实睡觉，却莫名其妙地号哭起来。清照第二天要上班，不能过于影响她的休息，大多数情况下，都是崇文抱着小树在客厅里踱来踱去，但她依然嗷嗷大哭。崇文恨得牙痒痒，忍不住挥手就在小树的脸蛋上拍了一下，谁知她的哭声越来越大，实在是没有办法，反复折腾近一个小时，她哭累了，也就渐渐地进入了梦乡，而这时崇文的双手往往是麻木的。

2008年行将结束的时候，崇文有一次打电话给母亲，询问小猪最近的情况，母亲无意中说了一句："小猪刚刚病了一场，老是不肯吃饭，瘦得像猴子。"崇文听见"猴子"二字，心如刀绞。他心想：一个孩子是带，两个孩子也是带，何不破釜沉舟将小猪接过来，大不了就是自己再辛苦一点儿，不逼自己一把，不知道我这个奶爸到底有多优秀。说到做到，趁清照休息的那两天，他将小树扔给清照，回了一趟潇湘省，将小猪接了过来。当然，他这样做是有前提条件的，一方面，他需要获得清照的鼎力支持；另一方面，万一应付不过来，可打电话叫母亲来长安帮忙。

崇文的缺点固然很多，但他有一个值得肯定的优点，那就是发自内心地疼爱孩子。事实证明，他这个职业奶爸是合格的。自小猪来长安后，不用说崇文和清照的担子重多了，个人的支配时间越来越少，用崇文的话来说，不就是多一个调羹和一个小碗嘛！事情总是相对的，虽然崇文忙得像个转动着的陀螺似的，没有时间上网了，但小猪的到来也给他带来不少生活中的乐趣，因为一岁多的小猪会走路了，而小树连坐都坐不稳。小猪对什么东西都很好奇，一会儿爬上沙发，将沙发顶上的东西翻个底朝天，一片凌乱不堪；一会儿爬进学步车里面，因为出不来而在里面哇哇大哭；一会儿钻进小树的藤制推车里面，因为重心不稳，结果摔了个前仰后翻；一会儿又去摆弄饮水机，摁下扣盖，水流得哗哗响，当崇文佯装打她的时候，她灰溜溜地跑开了。有一次，小猪去搬弄饮水机，因塑胶桶里的水用得差不多了，而饮水机被放在一个塑料凳子上，饮水机被她挪动了位置，因失去重心而"哐啷"一声倒在地上，吓得她嗷嗷大哭；一会儿又将桶里的脏衣服和尿布统统扔进洗衣机里面；一会儿又神经质地将衣服一件一件地拿出来放在桶里；一会儿将电视机或影碟机的开关键按来按去，当电视机或影碟机启动后显示图像或声音的时候，她在那儿傻乎乎地笑，一副乐不可支的样子；一会儿趁崇文不注意的时候跑到厨房里，鼓捣那些还没洗的碗筷，甚至还用汤匙舀脏水喝；一会儿又玩起搬家的游戏，将篮子或面盆挪到那头，又将鞋子移到这头；一会儿调戏她的亲妹妹，将一些小东西往小树的嘴巴里或鼻孔里乱塞，崇文看见了，一巴掌打在她的屁股上。总之，只要两个女儿不睡觉，崇文的眼睛就不会闲着，像猫头鹰一样一直在暗中监视着小猪。

　　对崇文而言，一天当中最快乐的时光莫过于带着两个女儿放风。下午五点钟，是小猪最开心的时候，当崇文对她说："我们出去玩啰！"她像只快乐的小鸟一样迈着欢快的步伐径直向门口奔去，一副欢欣雀跃的样子。崇文打开房门的一瞬间，她一溜烟从门缝里钻了出去。崇文锁上房门，抱着小树在前面引路，从六楼走到一楼，崇文每走到一个楼梯拐弯处，便静静地欣赏小猪是如何下楼的，她左手扶着墙壁，小心翼翼地迈动右腿，下得一个台阶后，双腿并拢，再习惯性地迈动右腿，她就是这样一个台阶一个台阶地下楼。后来，崇文为了节约时间，因为小猪下楼梯实在是太慢了，便左手抱着小树，右手抱着小猪，将两人面对面合抱在一起走到一楼。来到小巷后，崇文抱着小树在前面引路，小猪在后面边走边玩，她时而弯腰捡一些毫不起眼的垃圾，时而去逗弄一只不知从何处蹿出来的小狗，时而看着一样新鲜东西傻傻地发呆，时而用小手指着一辆小车，口中念念有词

"车——车——车——"。天色已晚，回家时，瘦弱的崇文不知哪里来的力气，像项羽一样力拔山兮气盖世，抱着两个女儿一口气从一楼走到六楼，这也许就是父爱的力量吧！

人毕竟不是铁打的，崇文撑到后面，觉得好累好累。一个人照顾小猪和小树，开始还蛮有新鲜感，到了后来，累得连放风这项正常活动也取消了，整天就是将她们两个锁在家里，让她们有饭吃有衣穿就行了，已经顾不了那么多。不过，母亲也履行了她的诺言，在2009年春节之前终于来到了长安，崇文的担子一下子轻松了许多，小猪和小树重新赢得了放风的正常权利。

人生百年，没有人能够一帆风顺，命运总是在我们的道路上设下障碍，让我们去经历种种苦难。蓦然回首，我们会发现走过的路是神圣的，苦难竟然是人生中的一笔宝贵财富，闪耀着金色的光芒。多年以后，崇文将这段为期半年的奶爸生涯写成了一篇文章《我的奶爸生涯》，其中有一段这样写道：人生有很多事情是不可预测且不可抗拒的，我压根儿没有想过我会拥有两个女儿，更没有想过我会全职服侍女儿整整半年。我一直认为，照顾小孩是女人的事情，但方方面面的客观因素撞在了一起，在残酷的现实面前，我不得不低下了高昂的头颅。事物总是具有两面性，通过这半年奶爸生涯炼狱般的历练，我学会了许多许多，我不敢说我是一个合格的丈夫，也不敢说我是一个合格的保姆，但我绝对敢说我是一个合格的父亲，因为我为两个女儿的成长倾注了大量的心血，我与她们同呼吸共命运，我为她们的一颦一笑而心悦，我为她们的一哭一闹而揪心，我为呵护她们强迫自己不断地学习并试图做好每一件事情，我为她们所制造的种种麻烦不得不改变自己的陈规陋习，而诸此种种，让我获得了一种人性上的升华。

第十五章
债台高筑

婚姻是随着时代而变迁的，无论是观念还是嫁妆。20世纪70年代，女人羞答答的，和男人接个吻都会担心怀孕，嫁人必关心男方有没有三样东西：手表、自行车、缝纫机。手表若是上海牌的，自行车若是永久牌或飞鸽牌的，缝纫机若是蜜蜂牌的，男方若给了女人这三样上档次的东西，其他的女人自会对这个女人羡慕得要死。20世纪80年代，女人也敢和男人手拉着手互相拥抱了，嫁人必关心男方有没有三样东西：冰箱、彩电、洗衣机。冰箱哪怕是单门的没关系，彩电只有黑白的不重要，洗衣机就算是双缸的也行，只要拥有这三个名词，其他的女人肯定会对这个女人说："你真有福气。"20世纪90年代，女人嫁人必关心男方有没有三样东西：空调、电脑、影碟机。空调是什么牌子的不重要，电脑若是奔腾那是再好不过了，录像机若是步步高的倍有面子，其他的女人肯定会对这个女人说："你真会享福。"进入21世纪，女人的婚姻观念发生了天翻地覆的变化，嫁人必关心男方有没有三样东西：房子、车子、银行卡。房子若是别墅，车子若是豪车，银行卡里面的数字若是高达八位数，其他的女人肯定会对这个女人说："你的命真好，祖坟怕是冒青烟了吧？"

崇文和清照既属于闪婚又属于裸婚，清照出生于20世纪的70年代，思想既传统又保守，所以崇文在破瓜那件事上终于做了一回让人艳羡不已的男人。清照嫁给崇文的时候，崇文打工虽然也有好几年了，可他仍是一个穷光蛋，房子没有，只能租房子；车子没有，不知猴年马月才能买车；银行卡里的数字经常是四位数，偶尔飙到五位数，但没过多久就会自发地降为四位数甚至三位数，说他是月光族一点儿也不过分，做不成富翁也就算了，他甚至还做"负翁"，一旦捉襟见肘，他就透支信用卡，寅吃卯粮。清照当然知道崇文的实际情况，却也无可奈何，男人是自己选择的，只能寄希望他是一支潜力股。

崇文一直认为，女人的安全感来源于房子和钞票，房子属于不动产，它是一个用来遮风避雨的地方，它是一个用来休憩立足的固定场所，女人拥有了房子，就算男人哪天抛弃了她，她也不会感到恐惧，因为她有家可回。而较之于房子，钞票的地位显然在房子之下，在中国，房子是可以增值的，而且随着时间的推进可以为主人换回不可估量的钞票。清照毕竟是个女人，在这方面自然也不能免俗，既为她自己，也为她的两个女儿，这不，婚礼的第二年她就找准机会向崇文施加压力了。

2008年12月的第一天，清照下班回到家，正式向崇文宣布了她的决定："我们明天一起去东莞樟木头看房吧！"

"你说什么？看房子？我们哪有钱买房子？你又不是不知道，去年生了小猪，今年又生了小树，钱都花在孩子身上去了，家里根本就没什么储蓄。"

"我又没说买一手房，可以买二手房啊，我当然知道我们没钱，但可以去借啊。"

"我们明明住在长安，你为什么要去樟木头买呢？"

"因为樟木头的二手房便宜啊，樟木头镇虽然面积小，但地段好，交通方便，适合有钱的香港人来东莞活动。早些年，房地产商嗅到了商机，建了好多适合香港人居住的楼盘，于是好多香港人在樟木头置业，其中一部分香港男人置业其实是为了二奶。如今，亚洲金融风暴影响了香港的经济，二奶受到了冷落，于是才有大量的二手房出售。"

从清照的口中一连吐出两个"二奶"，崇文总觉得怪怪的。他当然知道樟木头，那是一个被人叫作"小香港"的地方，他为求职的事情曾经去过樟木头，当年他去樟木头的东莞隽思印刷有限公司应聘过，但没有应聘上，他也知道亚洲金融风暴已经波及到中国，但还是想听听清照的高见，便故意问她:"你怎么知道樟木头也发生了金融危机?"

清照不愧为从事财务会计工作的,她说道:"你没听说吗?樟木头的合俊玩具厂被法院查封了,它可是玩具行业的航空母舰哦,香港老板跑路了,6500名失业员工正在向镇政府讨薪呢。其实呢,金融危机从2007年就开始了,只是今年才影响到中国。去年的2月13日,美国新世纪金融公司发出2006年第四季度盈利预警。8月2日,德国工业银行宣布盈利预警,后来估计出现了82亿欧元的亏损,因为旗下的一个基金因参与美国房地产次级抵押贷款市场业务而遭到巨大损失,于是德国央行召集全国银行同业商讨拯救德国工业银行的篮子计划。8月8日,美国第五大投行贝尔斯登宣布旗下两支基金倒闭,其原因同样是由于次贷风暴。8月9日,法国第一大银行巴黎银行宣布冻结旗下三只基金,同样是因为投资了美国次贷债券而蒙受巨大损失,导致欧洲股市重挫,一连串的蝴蝶效应终于蔓延到了中国。"

"可不可以过几年再买?"

"坚决不行,机不可失,时不再来,今年若不买房,以后就没机会了,我们总不可能一辈子租房子住吧?况且打工总是不稳定的,要看老板的脸色做事,万一哪天老板不要我们了,至少还有一个落脚的地方,你不为自己着想,也要为两个女儿着想吧,我们家的情况你又不是不知道,像你这种三天打鱼两天晒网的人,今后想买房简直是痴心妄想,我能指望你吗?"

"万一借不到钱怎么办?"

清照吼道:"不要再说那些废话了,我们要不惜一切代价,就这么定了。"

第二天,崇文和清照将小树交给清照那个在长安打工的妹妹江秋菊,两人带着小猪就去了樟木头。

清照联系了好几个房地产中介公司,什么宏福地产啦,什么粤新地产啦,什么嘉荣地产啦,什么永广航地产啦,什么新达地产啦……然后在那些热情得要死的地产顾问的带领下,按照清照的要求,去了好几个楼盘看房子,什么帝豪花园啦,什么帝雅花园啦,什么帝都花园,什么御景花园啦,什么翠景花园啦……

两人整整跑了一天,脚都跑断了,口水也说干了,离开樟木头的时候,清照仍没有向崇文表态她到底选择哪个花园的哪种房型,但崇文一点儿也不关心买房子的事情，反正关心也没用。他只管负责照顾小猪就行了，家里的大事情全是清照说了算，他顶多就是一个参谋，帮她敲敲边鼓罢了，还有，需要他出钱的时候，他也会充当集资人的角色。崇文虽然多次来过樟木头，但那都是走马观花，而这一次却是为房子的事情实打实地现场考察，他想不到樟木头这个蕞尔小镇竟然有那么多的花园小区，当然还有雨后春笋般的房地产中介公司。

  坐在回长安的巴士上，清照终于向崇文说出了她的想法："我想来想去，还是觉得帝景花园的那种小户型最适合我们，虽然面积小了一点，不到 70 平方米，但好歹也是三房一厅，我们住一间房，两个女儿住一间房，到时帮她们买一张那种上下铺的儿童床，还有一间房用来做两个女儿的书房，有客厅，有厨房，有卫生间，还有可以晾衣服的阳台，更重要的是，离天一城购物中心近，方便我们买东西，而且附近还有一家幼儿园。"

  崇文不想听这些，直接问清照一句话："多少钱？"

  "估计 11 万左右吧。"

  当天晚上，崇文和清照各自打电话找亲人或朋友借钱。崇文脸皮薄，但逼得没办法，这是清照下达的死命令，他必须借到至少五万块。崇文拨给张三，张三说："老同学，真不好意思，刚刚买了一辆车，手头没钱了，爱莫能助。"崇文拨给李四，李四说："兄弟，对不住，刚刚首付了第二套房，现在我成了房奴，日子不过好呀。"崇文心想："你都两套房了，还向我哭穷。"崇文打给王五，王五说："哎呀！你早不说，我前不久刚借给一个朋友两万块钱，真是不凑巧。"鬼知道王五说的是真是假。崇文对江湖上的同学朋友想得过于简单，无奈之下，只好向母亲、崇武和崇华寻求帮助，最后母亲拉下那张老脸找亲戚借到了两万元，在崇华那里借到了一万五千元，在崇武那里借到了五千元。崇文算了一下，个人任务还差一万元，最后又从老同学徐宝华和谢海那里各借了五千元。而清照这一边呢，她的能耐似乎比崇文大一些，她找了几个亲人和闺蜜，三下五除二就借到了六万元：清婉借给她两万元，清心借给她一万元，张炳妍借给她一万元，孙萍借给她五千元，伍圆圆借给她五千元，康瑞英借给她五千元，梁雅艺借给她五千元，加起来正好六万元。其实，两口子的储蓄加起来也有近两万元，但是这笔钱不能动，那是抚养两个女儿的救命钱，当然也是维持一家人日常开销的硬性资本。

两人厚着脸皮同心协力借到11万元钱后，12月12日，清照再次将小树委托给秋菊照顾，崇文抱着小猪再次来到樟木头。两人上次来是看房，清照这几天在电话里与地产顾问已沟通好所有的交易细节，这次来直接办理二手房交易手续。

两人在樟木头忙碌了一天，累得够呛。清照负责与工作人员沟通，按流程一一办理相关手续，崇文负责照顾小猪，当然，他还有一项光荣的任务，那就是签名画押摁手印，若这套程序免除了，估计也没崇文什么事，何须他抱着小猪在政府的各个办事机构之间跑来跑去，清照一个人完全就可以搞定。糟糕的是，这一天，小猪的身体竟然不舒服，不知道是吃错了东西还是昨晚睡觉时受了风寒，老是不停地拉稀，一会儿拉在中介公司的门口，一会儿拉在东莞银行的门口，一会儿拉在人行道上，崇文几乎什么事都做不了，一直忙着为小猪擦屁股，处理那种既尴尬又麻烦的善后事宜。

日薄西山时分，一抹余晖洒下来，所有的手续终于办完了，清照的文件袋里竟然装满了一大沓收据、单据、发票及重要的文件。崇文将小猪交给清照，好奇地将文件袋拿过来看了一下，有房地产买卖合同，有中华人民共和国岭南省东莞市常平公证处的文书。崇文的数学学得好，买房毕竟是人生的一件大事，他还是蛮有兴趣算下账本：楼价105000元，中介公司的佣金2100元，契税按百分之一计1330元，地税105元，转名费468元，变更费90元，评估费800元，印花税55元，房地产权属登记费50元，二手交易费418元，查档费50元，住房变更登记费40元，工本费10元，一共110516元，约每平方米1275元。

崇文在生活细节上虽然粗心大意，但他还是发现了一个小小的区别。他发现印有"徐崇文"的房产证是红色的，封面印着"房地产权证"字样，而印有"梁清照"的房产证是绿色的，封面印着"房地产权共有（用）"字样。后来，他通过查阅资料才明白这其中的内涵：不同颜色的房产证所代表的意义是不一样的，红色房产证是房屋所有权和土地所有权二者合一的证件，代表你完全拥有这套房子及房子占用的土地的所有权，但绿色房产证只是代表房产所有权,而不具备土地所有权的房产证,俗称为产权证明。所以,红色房产证属于市场商品房,代表着完整的房屋所有权,你可以随意对房屋进行使用、买卖,这是可以在市场上交易的,并且受到法律保护的。但是,由于绿色房产证只代表产权证明,因此绿色房产证在市场上属于不开交易的非市场商品房,这类房产所有权受到一定限制,不得转让和抵押。不过,绿色房产证可以通过上报住宅局补交差价,办理手续之后可转为红色房产证,总之,红色房产证与绿色房产证最根本的区别就在于能否自由交易。

崇文知道红色房产证和绿色房产证的区别后,他对清照简直是感激涕零、爱得要死,因为他知道清照才是大股东,出资60516元,自己是小股东,出资50000元。他不知道这是清照的授意,还是东莞市国土资源局的意思,认为徐崇文是个男人,所以想当然将红色房产证颁给了徐崇文。不管出于哪种考虑,反正这种举措让崇文刹那间找到了作为一个男人的尊严以及一家之主的仪式感。

人生的又一件大事终于完成了,崇文却为此大病了一场,每天不停地咳嗽,从早咳到晚,睡觉也不得安宁,好像得了哮喘病一样,肺都快咳出来了,但他现在处于职业奶爸期间,既要照顾小树,又要照看小猪,他硬是坚持不去医院,只从药店买来两瓶枇杷止咳糖浆。吉人自有天相,一周之后,凭着顽强的意志和潜在的抵抗力,感冒不治而愈。

房子的问题尘埃落定,这让崇文和清照债台高筑,欠下了一屁股的债务,直到多年以后,他们在省吃俭用中在节衣缩食中终于还清了这笔债务。但是,命运却似乎和他们开了一个天大的玩笑,自买房后,因为生存之缘故,一家四口人从未在樟木头那间属于他们的房子里居住过,而是一直辗转在长安的各个社区靠租赁别人的房子居住着。

第十六章

命悬一线

2009年的这个春节,清照过得很开心,因为小猪和小树都在她的身边,当然,作为丈夫的崇文也在她的身边,但与两个女儿比起来,崇文的地位一落千丈。而崇文呢,他是喜忧参半,喜的是一家人难得在一起过个春节,忧的是母亲老是唉声叹气,用母亲的原话来说:"你们城市里过年一点儿气氛也没有,鞭炮也不放,团圆饭也简单,一点儿也不热闹,邻居之间也没有人情味,还是老家好过日子。"母亲真真切切在长安体验了一回春节的味道,于是这个春节成了她老人家在东莞度过的唯一。

正月初一那天晚上,睡觉之前,清照破天荒拿出她之前写的两首宋词给崇文看,一首是《八声甘州·除夕》:问潇潇冷雨,年将晚,凄调寄谁知?时有爆竹声,新联各领,喜气连城,岁岁翠竹交影,惆怅怕重咏,十载重回望,零落如星。明朝闲里偷醉,会五湖归客,谈唱心声,对前程无着,空和易安情。花弄影,层楼幻灭,送旧桃,春归燕云轻,把酒上,潼关应去,孤鸿照影。另一首是《蝶恋花》:又到新年忆旧事,遍寻来迹,未与收获遇,端午节后伤酒醒,黄花摘来重阳误。欲问前程拜中秋,茫茫十载,清露湿裙裾,了却身前身后名,和诗化作青衫泪。崇文虽然不谙宋词,但还是略懂一点儿,便质问清照:"大过年的看这种伤感的宋词做什么?我看你今天也蛮开心嘛!"清照淡淡地答道:"说不定福兮祸所伏呢。"

清照的话竟然一语成谶。不久之后,小猪和小树就因肺炎问题双双住进了长安医院，命悬一线，直接引爆了两口子的经济危机。

正月初六那天，先是小猪感冒，一天当中总是不间歇地咳嗽，崇文和清照开始并不重视，以为是轻微的感冒。清照买来三公仔小儿七星茶、妈咪爱、八宝惊风散和七厘散等药物，后来听说龙牡壮骨颗粒有治疗小儿多汗、夜惊、食欲不振、消化不良和发育迟缓等症状的作用，也一并买来。过了两天，小猪的病情不见了点儿的好转，反而更加严重了，在她身上，鼻塞、流涕、咳嗽、发热的现象一应俱全，偶尔还伴着气喘，呼吸声很重，像那种打气筒打气的声音。更糟糕的是，将近半岁的小树不知是不是被小猪传染了，看上去也没有精神，对奶瓶、玩具和动画片丝毫提不起兴趣，眼神呆滞，一副恹恹欲睡的样子。

崇文觉得不对，再这样耗下去可能会出问题。这个时候清照为着那两个臭钱正在毛家饭店上班，餐饮行业都这样，除非老板不想开门做生意。崇文二话不说，要母亲抱着小树，自己抱着小猪，打的去了长安医院。

儿科医生检查完小猪和小树的病情之后，将崇文骂得狗血淋头："哪有像你这样当爸爸的，两个孩子都感染上肺炎了，今天才来医院就诊，要是再晚点儿过来，怕是小命都保不住了，你赶快去办理住院手续。"

医生的话有没有这么夸张啊，将崇文吓个半死，他没想到女儿的病情竟然这么严重，他只是一个学印刷工程的打工仔而已，对医学一窍不通，平时也无兴趣钻研，而且他现在是个职业奶爸，说出来真是丢死人了。母亲可能觉得医生的态度有点儿粗暴，就用家乡话替她的儿子解围："这也不能完全怪他，我也有责任，这两三天我们也在喂孩子吃药。"医生听不懂母亲的话，缓和了语气，温和地说道："不要说了，都是为孩子好，快去办理住院手续吧！"

崇文现在是职业奶爸，已经好久没有工作了，身上才一百多块钱，于是将小猪放在医院一楼的座椅上，抱着小树的母亲坐在小猪的一边，由母亲临时看管着，他则打的去了毛家饭店。

崇文找到清照，开口就说："小猪和小树因肺炎需要住院，快拿一万块钱用来交住院费。"

清照感到事情发生得太突然，叹了一口气，然后说道："我现在没有这么多钱啊，前不久我们为买二手房欠了一屁股的债，你是知道的。另外，小猪的分红型平安鸿利两全保险必须得交，上个月一次性交了三年的保费10500元，还有，上个月的工资没有发下来，这两三天买药又花了不少钱，你也看见了，再加上春节期间买这买那你以为不要钱哪，所以根本就没有什么存款。你是不当家，不知柴米油盐酱醋茶的贵，这年头出门在外，吃的喝的穿的用的哪一样不需要钱？"

清照一提起那个中国平安人寿保险股份有限公司的事情，崇文就来气。当初崇文曾建议清照不要买，但清照硬是被她的高州老乡做通了思想工作，说什么只要交费15年，在17年保险期间内，小猪可享受少儿高中教育年金保险，在21年保险期间内，小猪可享受平安附加少儿大学教育年金保险，不是说买保险不好，崇文似乎天生就对保险有点儿排斥，他只是觉得像他这种家庭不适合买保险，别人为你提前画了一个香喷喷的大饼，鬼知道今后会发生什么事情？政策有何变动？但现在不是和清照讨论这个的时候，便和清照商量："两个女儿都这样了，你还不想点儿办法？你可以找你的老板借啊，然后在工资里面扣。"

清照面露难色，停顿了好久才说道："我当然知道她们是我的女儿，我何尝不心疼？但找老板借钱，我实在开不了这个口。我看这样，你不是有一个额度为五万的交通银行信用卡吗？不如拿来应下急，先刷卡消费，今后再还上就是了。"

事到如今，也只能如此了，崇文于是回了一趟家，拿着信用卡匆匆赶往医院。

在缴纳费用的时候，工作人员出于好心问崇文有没有医疗保险卡，崇文说没有，工作人员摇了摇头，隐隐约约听见她说了一句："真遗憾，你要是有医疗保险卡的话，个人只需承担一半的医疗费用，这样压力就要小很多。"

崇文当然知道医疗保险制度的好处，这是一种由用人单位和职工共同缴费的机制，切实保障职工的基本医疗，建立基本医疗保险统筹基金和个人账户。是人就吃五谷杂粮，是人就要吃喝拉撒睡，是人就会生病，谁没有一个头疼脑热的，不怕一万，就怕万一，所以医疗保险卡就是为了那个"万一"。

其实，他之前在深圳工作时，某公司也曾经为他办过医疗保险，但是因为工作不稳定，时而按月交费，时而一停就好几个月，他自己也不重视这个问题，更何况深圳的医疗保险卡在东莞根本就派不上用场。至于清照，她就更不用提了，她在东莞打工压根儿就没有办过医疗保险卡，老板不会严格按照《中华人民共和国劳动法》一丝不苟地执行，个个鬼精鬼精的，算盘打得噼里啪啦响，不恶意克扣你的工资就不错了。

小猪和小树在长安医院硬是住了一周，打了七天的点滴，在屁股上扎了若干次针，接受了若干次雾化治疗，病情才得以完全康复。住院期间，因为清照白天要上班，主要是崇文和母亲一起服侍，一日三餐都是崇文叫外卖，偶尔回家吃一餐。清照下班之后，崇文会让母亲回去，然后崇文和清照两人一起服侍。睡觉时一人和孩子睡一张床，一般是崇文和小猪睡在一起，母亲和小树睡在一起。清照休假那一天，清照就来代替母亲，整天守在医院里，但母亲说一个人待在家里闷得慌，不想回去，于是小猪和小树享受了史上最高待遇，由她们的爸爸、妈妈和奶奶三个亲人共同照顾。

不经一事，不长一智，住院期间，由于医生的言传身教，崇文对肺炎有了更深一步的认识。他本来对医学不感兴趣，但因为关系到两个女儿，也耐着性子从医生那里学到了一点儿皮毛知识。他知道肺炎是由病原体感染、吸入羊水或油类和过敏反应等所引起的肺部炎症，主要临床表现为发热、咳嗽、呼吸急促、呼吸困难以及肺部啰音等，咳嗽开始为频繁的刺激性干咳，随后咽喉部会出现痰鸣音，咳嗽剧烈时可能会出现呕吐和呛奶的现象，而这些临床表现在小猪和小树身上全都体现了。肺炎常由细菌、病毒等感染所致，有细菌性肺炎、病毒性肺炎、支原体肺炎、衣原体肺炎和真菌性肺炎，小猪和小树就属于病毒性肺炎，这种肺炎由腺病毒、流感病毒、呼吸道合胞病毒、麻疹病毒所引起，一般症状有发热、拒食、烦躁、喘憋等症状，早期体温为 38 至 39 摄氏度，有时高达 40 摄氏度。除了呼吸道症状以外，还伴有精神萎靡、烦躁不安、食欲不振、腹泻等全身症状，而几个月大的婴儿则会出现拒食、呛奶、呕吐和呼吸困难的现象，怪不得小树早几天老是呛奶，好不容易喝进去的牛奶全被她吐了出来。

小猪和小树痊愈那天，崇文去一楼办出院手续，无意中听见两个女人的聊天。女人 A 问女人 B："你家儿子住院花了多少钱?"女人 B 用一种骄傲自豪的语气说："不用花一分钱，我老公能用单位的公款报销。但是，虽然不用自己掏腰包，但孩子遭罪啊，你说是不是？所以今后还是少来医院。"妇女 A 啧啧地恭维道："你老公真有本事。"崇文听到这些，再看看自己手中的一沓单据，其中面上的那张单据印着"**9678 元**"，心里有一股说不出来的滋味，这种心理落差就好像在海上冲浪的人突然间从波峰坠入了波谷。

从医院出来，崇文抱着小猪，清照抱着小树，母亲跟在后面，然后打的回家。本来的士无须经过莲湖路，但因为那天德政西路的部分路段实行交通管制，的哥只好经长青北路、莲湖路、横增路、园山仔路、利成路回到圳地新村。当的士经过莲湖路的时候，崇文看见了那一幢幢独栋的锦厦农民公寓，全是别墅来的，红瓦绿树，蓝天白云，蔚为壮观，而其对面的不远处却是规划不一普通得不能再普通的民宅，这让崇文莫名地想起了杜甫的那句诗"朱门酒肉臭，路有冻死骨"。要知道，锦厦农民公寓的环境好得令人忌妒，前面有小河，后有大岭山森林公园，离莲花山近在咫尺。除此之外，商业地位也很好，比邻长青路商业街、地王广场、沃尔玛等大型商业体；在教育方面，附近有长安实验小学、长安实验中学；在休闲健身方面，前面就有长安体育公园，离长安公园也不是很远。总之，在居家生活、商业购物、子女教育和散步锻炼等硬件配套方面堪称一体化，简直无可挑剔，集长安人的万千宠爱于一身。

说老实话，崇文真羡慕长安镇的本地人，居住福利真是好得没话说，他们享受了改革开放的大好政策，成立股份经济联合社，以土地为资本，然后坐收红利，几乎每家每户都过上了有豪车有别墅衣食无忧的神仙日子，这就是长安本地人无与伦比的优势，而作为外来工的新莞人只能靠自己勤劳的双手和聪慧的头颅去努力打拼。其实，新莞人的前身就是外来工，当时的东莞本地人根本就瞧不起从四面八方拥到东莞来讨生活的外市人，尤其是外省人，后来政府觉得"外来工"的这个"外"字在本地人和外地人之间造成了一种概念上的隔阂，提出要综合征集各方面意见，经广泛征集社会各界人士对"外来工"称谓的变更意见，最终确定"新莞人"为"外来工"的新称谓，而这正是"东莞向上"的其中一方面。

羡慕归羡慕，但路还得自己坚强地走下去。两个女儿的肺炎事件之后，本来就对物质没什么欲望又有点儿阿Q自嘲精神的崇文慢慢地明白：当灾难来临时，才能体会到亲情和家人的重要性，钱财都是身外之物，生命最是无价。人的生命真的是太脆弱了，说要死时也就是一瞬间的事情。"今日脱了鞋和袜，不知明日穿不穿"足以道出灿若夏花的生命的确是生死无常的真谛，所以人生在世，什么荣华富贵，什么名利钱财，这一切都是身外之物，赤条条地来，最终还是赤条条地走，生不带来，死不带去，我们还有什么理由为这些荣华富贵或名利钱财争得你死我活呢？人活在世上应该珍惜生活，应当尽其所能好好地爱自己所爱的人，否则当你从世间突然消失了的时候，你可能就什么也来不及了，甚至连说声"遗憾"的机会也没有。

第十七章
志同道合

泱泱华夏，上下五千年，在文学方面，不乏一些志同道合的夫妻。譬如西汉时期的司马相如和卓文君，司马相如为卓文君写过《凤求凰》，卓文君为司马相如写过《白头吟》，被后人传为佳话；譬如东汉时期的梁鸿和孟光，孟光是否具有文学才情不可考，但至少她深爱着梁鸿，两人相敬如宾，成语"举案齐眉"的故事就来源于此；譬如宋代的李清照和赵明诚，在赵明诚病死之前，两人志同道合，赋诗作词，一唱一和，而且两人还喜欢收集金石，是当时著名的金石家；譬如民国时期的萧红和萧军，因为文学曾经有过短暂的志同道合，后来萧红又嫁给了端木蕻良，直至萧红病逝，两人缘于文学而志同道合。

崇文和清照缘于文学而结为连理，曾经有一段时间，他们也是志同道合的，用六个成语"夫唱妇随""相敬如宾""举案齐眉""相濡以沫""耳鬓厮磨""同甘共苦"来形容两人的生活也不为过。

有一次，东莞市长安镇宣传文体局、东莞市长安镇文学艺术界联合会、东莞市作家协会长安分会、东莞市长安报社和东莞市长安镇图书馆这五家单位联合举办了一个征文比赛，崇文知道消息后，便对清照说："长安最近有一个征文比赛，主题是抒写自己在长安生活的心灵感悟，我们各写篇文章投稿如何？看看我俩谁的水平高一些？如果文章获奖了，还可以赚点儿奶粉钱，何乐而不为？"

"写就写，谁怕谁啊！"清照一点儿也不示弱。

两人说干就干，崇文写了一篇文章《我与长安有个约定》，他这样写道：

东莞市有个长安镇，一个人杰地灵、钟灵毓秀和物阜民安的蕞尔小镇，因其又是一个经济富庶的工业强镇，故它一直都是中国的百强镇，而且总是名列前三甲。关于这一点，想必很多人比我还清楚。

关于对长安的认识，我曾闹出一个天大的笑话。2000年的某一天，我给一位同学打电话。他说："我在长安打工。"我很惊讶，大声问道："你说什么？你不是在岭南吗？怎么跑到陕西去了？"他忙解释："不是啊，我是在东莞市的长安镇，而不是你说的那个陕西省西安市。"我应道："哦！是这样，我还以为你去了唐朝的首都呢？"后来，我去长安拜访了他，也便知道在东莞市的西南角有一个长安镇。

2004年，我在广州从事销售工作，因东莞这块市场由我负责，于是我跑遍了东莞的每一个镇，而长安又是一个富得流油的地方，这里工业区众多，厂房林立，企业不可胜数，为此，我又跑遍了长安的每一个村。可以这么说，在长安的乌沙、锦厦、霄边、长盛、咸西、涌头、新民、新安、上沙、沙头、厦岗、厦边和上角都留下了我的足迹，也曾淌下我的一滴汗水。我记得当时这些地方被叫成管理区，而现在改成社区了，一个名称的更新，从而也折射出长安的进步。这段经历，让我领悟了长安的经济是何其的繁荣，长安的人民是何其的富足。我不得不叹服，长安实实在在抓住了改革开放的历史契机，充分利用了国家的良好政策和毗邻深圳市的地理优势，在短短的二十六年里从一个昔日的边陲农村成为一个现代化的工业重镇，这是一件多么了不起的事情啊！

2006年，我在深圳市工作，已不再从事销售工作。我曾想，我是不会再去长安了，事后证明我错了。每到周末，我依然义无反顾地乘上开往长安的巴士。为何？因为我恋爱了，我在网络上认识了一个在长安工作的女朋友，为了爱情，我还得经常去长安出差。不过，与两年前不同的是，之前是利用工作日去长安出差，销售的是产品，而现在却是利用周末去长安，推销的是我这个人，这可真有意思。我当时曾对女朋友说："我觉得我就是一只候鸟，有规律地在深圳和长安之间迁徙，记得有一部电影叫作《开往春天的地铁》，我觉得我所乘坐的巴士就是一辆开往长安的地铁。"她娇嗔地说："做候鸟好啊，这不正说明长安的'风景这边独好'吗？"

2007年元旦节，也许是我"精诚所至，金石为开"的锲而不舍，而立之年的我终于走进了婚姻的殿堂。谁说网恋是虚拟的，是骗人的，我的事实就证明网恋同样是一种时髦且行之有效的觅偶行为。是日，我在长安镇的毛家饭店大摆宴席，我们请了在珠江三角洲工作的亲人、同学和好友。他们为着一个期待已久的喜宴，纷纷走进长安，进而了解长安。

2008年，北京奥运会甫一结束，我的女儿就在长安医院诞生了。因为奥运宝宝的缘故，我成了长安医院的常客，想不到我这个原先对医生有抵触情绪的人也渐渐地改变了自己。譬如说，夫人分娩期间，我在长安医院目睹了医生和护士是如何照顾夫人的；女儿在感冒咳嗽发烧抑或打防疫针的时候，医生又是如何对待女儿的。医生终究是白衣天使，是我们的安全卫士，我们不能讳疾忌医啊！

长安，让我说你什么好呢？虽然我只是一个新莞人，始终融入不了你的怀抱，但我的生活却与你有着千丝万缕的关系。我在这里恋爱，我在这里结婚，我在这里育女，当然，如果可能的话，我还打算在这里长久地居住。长安给了我太多美好的回忆，我曾在长安广场拍拖，我曾和夫人一起爬莲花山，我曾牵着女儿的小手在树木蓊郁的长青路漫步，我曾带着母亲登上了长安公园的宝塔，我曾在长安图书馆汲取营养，我曾在长安体育馆强健体魄……一言之，长安俨然是我的第二故乡，我虽是你的普通一分子，而你却是我的全部家园。

长安，或许你是我前世注定的情人，我今生今世必与你有一场约定。

清照也写了一篇文章《我与长安图书馆的不解之缘》，她这样写道：

小时候我就喜欢书，但生在20世纪70年代的种田人家，因为家贫而买不起书，便想尽一切办法向家住煤矿生活较好的同学借，但借来借去，也只是那几本有限的小人书，实在借不到的时候便学会了望梅止渴和画饼充饥——在放牛打柴的时候编，甚至在烧禾草煮饭的间隙也在想，思而不得有时做梦的时候就会梦到一捆捆散发着油香的书籍……

及至读初中时，我才知道学校有图书馆，兴冲冲办了借书卡去借，但管理员说学生当以学业为重，要借学习资料可以，文学书不能借给你。我看着那可望而不可即的一排排书暗自发誓，以后我就要做图书管理员，想看什么书就拿什么书，谁也管不着。后来上高中时，我阴差阳错读了理科，在填报考志愿时才知道理科生不能报读图书管理专业，于是，誓言中的那个图书管理员也做不成了。

大学毕业后，为生计我辗转漂泊于珠江三角洲，因机缘巧合，2004年我来到了东莞长安做财务工作。刚来长安时，生活十分枯燥，和绝大多数人一样，我在工厂过着三点一线式的生活，周末闲暇时便翻翻从学校里带出来的几本书，当《白门柳》《平凡的世界》《红楼梦》等几本书都被我看过多次之后，百无聊赖的我又泛起了对图书馆的向往，忍不住向同事们打听，才知道长安公车站旁就有个图书馆。好不容易等到周末，我一大早便坐上公交车出发了，及至看到那栋白色的建筑沐浴在晨光中，一种有别于工厂的自然文化气息扑面而来，我小心翼翼一步一个惊喜地走了进去，从此开始了我与长安图书馆的不解之缘。

很多人都说性格内向喜欢看书的人不善言谈，而我可以算得上是其中的典型。以前总有同学开我的玩笑，美其名曰"书呆女"，说我看书的时候六亲不认、眼光呆滞，置周边事物于无形。其实只有我自己知道，我最大的缺点是胆怯，没有自信，也没有侧重点，这个缺点在以考试为前提的读书生涯中还可以置之不理，但工作之后却成了我最大的绊脚石。2010年，我在老爷客栈任职财务主管，半年后来了一个酒店总监，走马上任第一天便召集我们开见面会，让我们自我介绍并谈谈对工作的感想，当其他部门的同事一个个挥洒自如娓娓而谈时，我却面红耳赤、张口结舌、不知所云地越说越小声，最后低下头来只看到自己手心里的汗。当然，总监并没有批评我，但心中的挫败感却让我羞得抬不起头，我搞不懂为何自己心中有话却无法自然大胆地表述出来。

当时跟我住二室一厅宿舍的是人事经理宋小姐，虽然她表达能力很好，但她仍想着提高，本着多年来对长安图书馆的信任和依赖，我们结伴去了图书馆，在四楼听李老师的《演讲与口才》培训课。当我们刚走进教室时，李老师便领着学员们向我俩表示热烈的欢迎，他们热情洋溢轮着上台介绍自己并即兴发表了各自的欢迎语，随后李老师让我和宋小姐上台分别做个自我介绍，宋小姐的表达言语姿势得到了李老师的肯定，而我眼神飘忽、表达不清、词不达意的一段自我介绍却引起了李老师的注意，李老师让我留在台上，在我心跳加速大脑空白再也说不出话的时候，李老师和同学们纷纷为我鼓掌加油，其时唐老师也在教室外面听我们上课，见到我的情形便进来点拨我，说我在心理上害怕人嘲笑并缺乏自信，只有攻破这个瓶颈才能水到渠成。受到两位老师的谆谆教导，又得到同学们的热情鼓励，我终于放下"面子""怕丑""输不起"等不必要的精神束缚，在反复试讲多次之后，敢于抬起头来直视同学们那一双双真诚的眼睛，以自信的姿态去讲述属于自己的故事与人生。这其中当然少不了老师和同学们帮我从小处挖掘出深埋在我内向性格中的自信。有一位同学在描述我的时候甚至用到了"佩服"这个词，他说我作为两个孩子的母亲，不但坚持工作，还为发挥自己的潜能不断进修学习，这本身就是大勇气和大智慧的表现。当然，这位同学是本着鼓励我的原则才这样说的，但我还是从中增添了自信并坚定了积极上进的信念。在老师和同学们的鼓励下，课程结束后我不仅学到了如何去表达和发言，更多的是感受到了老师与同学们的团结与互助。这门课程从小处来讲只是一个培训课，但从大处而言，倘若人人都能从中学到自信与互助，修好自身再惠及他人，那社会大环境又岂会如当下一样冷漠自私呢？

还有一件事情留给我的印象非常深刻。2008年4月，已有五个月身孕的我去长安图书馆上会计职称考试培训课，也许自小体弱吧，又或者是一直打工的我没注意补充营养，课才上了一小半便觉得浑身冒汗，四肢发冷，我硬撑着想去洗个脸清醒下，谁知才走到洗手间门前脑中便闪过一片白光，双眼发黑不由自主地往地板倒下去……待大脑渐渐恢复意识后，我才发现一双有力的手稳稳地扶住我，避免了我与地面之间的亲密接触。我脑中晃过很多电视剧中因摔倒而导致流产的片段，耳畔听到一个男人的声音：

"你还好吗？现在觉得怎么样？"。但我一下子说不出话来，那个男人见我没回应，便扶我走到一旁的椅子上坐下来，又打电话让人送了一杯糖水给我，我喝下糖水，恢复了部分体力，他才说道："你可能是严重贫血，营养跟不上才会晕倒的，这对孕妇来说很危险，要不要我送你去医院检查下？"。我摇了摇头，心中更多的是感激与害怕，那一股情绪从心底慢慢上升至脑海，再慢慢地在眼中涌出来一股雾气——是的，我流泪了。打工至今，我被抢劫的摩托车拉倒在地半身擦伤时，没有人伸出手扶我一把，我坐公交车识破老千的骗局被半路扔下车的时候，整车的人没一个人敢帮我，我被别有用心的同事排挤打压也从来没有人站出来说句公道话……经历了太多的冷酷无情，以至于我对人性渐渐绝望，却不期然在此处遇到了那久违的一抹温暖，虽然这种乐于助人的事情对那个男人来说也许再正常不过，但却在当前那个被过度扭曲了的打工社会尤显得珍贵。

  过了一会儿，我先生在得到消息后赶了过来，那个男人交代我先生几句便匆匆走进了教室。因为放心不下自己的身体情况，我们来不及致谢，也来不及询问那个男人的姓名便匆匆打的去了长安医院。我不知那个好心的男人是老师、学员，还是图书馆的工作人员，但在这个浮躁喧嚣金钱至上的社会，只有放下功利之心投身到文化传播、学习或进修的人才会毫不犹豫地去做自己认为对的事情，于我看来，这样的人是最可爱也是最值得敬佩的。

  因为这件事情，次女出生后，我曾多次抱着她去过长安图书馆，希望可以遇到当初扶住我从而间接保住次女性命的好心人，哪怕只是让他看一眼我那健康可爱活泼的女儿，在我的私心里权当作我未及道谢的遗憾，惜乎从未遇见过。

  每次抱着次女来到长安图书馆，当听到女儿那银铃般的笑声时，我的眼中总会升起一股不可自控的雾气，我知道雾气里氤氲着什么，那是糅合着感恩之心的希望。是的，我希望好人好事能经由图书的力量，经由我的女儿以及许许多多像我女儿那样在感恩中诞生的新生代传递下去，在不久的将来呈现出一片姹紫嫣红。

一个月后，征文比赛的结果出来了，崇文获得了一等奖，清照获得了二等奖。崇文在清照面前耀武扬威地说："还是我厉害吧，写那些'少年不识愁滋味，为赋新词强说愁'的宋词我不如你，因为我不喜欢像你那样无病呻吟，多愁善感，悲天悯人，但写散文尤其是长篇大论却是我的强项。"

　　"一次哪能决定胜负，体育竞技都讲究三局两胜。"清照有点儿愤愤不平。

　　第二年，那五家单位又联合举办了一个征文比赛，主题不限，只要与长安有关就行，字数不限，尽量控制在五千字以内。这一次，崇文写了一篇文章《馆溢书香惠吾家》，清照也写了一篇文章《长安七载披星月，家有双姝自温馨》。征文比赛结果公开后，崇文真是撞了狗屎运，再次获得一等奖，而清照屈居二等奖。崇文嬉皮笑脸地对清照说："服气不？喝酒你不如我，写文章也不如我，只有生孩子我不如你。"清照不说话，一记粉拳打在崇文的胸脯上，然后扔下一句话"写文章不能当饭吃啊"，转身就去厨房了。

　　自此以后，清照再也不参加征文比赛了，而是将所有的精力与心思放在了工作、家庭和孩子的教育问题上，而崇文似乎中了魔，在后来的岁月里，凡是那五家单位联合举办的征文比赛，他都积极参与，且榜上有名，他写的文章《上沙，一个不容忘却的历史暗角》和《舌尖上的广告》皆获得了一等奖，他写的文章《我与〈长安〉报的前世今生》获得了二等奖，他写的文章《触手可及的幸福》获得了三等奖。他之所以屡获奖项应该与那句老话"一个成功的男人背后总有一个默默付出的女人"不无关系，不过，崇文肯定不是那个世俗意义上的"成功的男人"，但清照绝对是那个"默默付出的女人"。

　　多年以后，当崇文被残酷的现实逼得无路可走的时候，他才幡然醒悟清照多年前说的那句话："写文章不能当饭吃啊！"的确是对的，是亘古不变的真理，是颠扑不破的至理名言，是无可辩驳的真知灼见，写文章还真的不能当饭吃，心灰意冷之下，他就再也不参加征文比赛了。

第十八章
三年之痛

佛曰：人生八苦，生老病死，爱别离，怨长久，求不得，放不下。

崇文与清照结婚三年了，在"爱别离"这个问题上，两人经受了一次撕心裂肺的痛楚。

崇文发现清照变了，变得不再是原来的那个清照了。在身材方面，自从生了两个女儿之后，她的胸部挺了一些，她的臀部翘了一些，她的大腿粗了一些，她的头发短了一些，她的脚步慢了一些。如果说这些变化还算好的，那么另外一些变化崇文就不太喜欢了。她的脸庞沧桑了一些，她腹部的妊娠纹愈发明显，她的肌肤愈发粗糙。在情感方面，两个母女之爱完胜一个夫妻之爱，工作之余，她几乎将所有的时间与精力都花在了小猪和小树的身上，对崇文不冷不热，爱理不理。在兴趣方面，清照不再喜欢看崇文写的那些狗屁文章了，她甚至对崇文骂道："你不要再写文章讨好我了，这一招不管用，我没兴趣看，也不想看，你也是有两个女儿的男人了，应该去琢磨赚钱，赚大钱，买豪车豪宅，让我们母女三人过上体面的生活。"虽然清照对崇文的文章不感兴趣，但在其他方面却蛮有兴趣，趁崇文洗澡的时候，她会偷偷地查看崇文的手机的通话记录和短信记录，甚至还会检查崇文的公文包。在性格方面，清照似乎患上了产后抑郁症，动不动就为一些鸡毛蒜皮的事情和崇文大发脾气，之前的包容和谦让荡然无存。情绪波动的时候，她甚至还对小猪和小树发脾气，说你们两个都不是省油的灯，是前世的讨债鬼，是小冤家，是活菩萨，生下来就是来折磨她的。在饮食方面，崇文是潇湘省人，喜欢吃辣椒，色香味俱全，重口味，而清照是岭南人，喜欢吃清淡一点儿的，更喜欢煲汤，但清照下厨时，她从不迁就崇文，从未煮过一餐带辣椒的菜肴，也无兴趣学习如何烹饪湘菜。有一次，崇文小声地说："你没听说过这句话吗？要想拴住一个男人的心，就要先拴住一个男人的胃。你一月当中好歹也为我煮次湘菜啰！"她马上反驳道："你想得美，你当自己是老爷啊，想吃湘菜自己去煮，或是你去外面吃，我才懒得服侍你。"

崇文对清照有诸多不满意，新鲜感尽失，相反，清照对崇文也有诸多不满意，以往的激情、柔情和妩媚统统丧失殆尽。

清照首先就对崇文这个人不太满意。他形象有点儿猥琐，不够帅气，无潘安之貌，不够强壮，没有史泰龙的肌肉，不够高大魁梧，与高仓健比，简直差了十万八千里。以前读书的时候，她是听着刘德华、郭富城、黎明和张学友这四大天王的歌曲长大的，可崇文呢，差不多是五音不全，唱起歌来难听得要死。另外，崇文赚不来大钱，工作差不多是三天打鱼两天晒网，今天在这个公司，明天在那个公司，今年在这个城市，明年在那个城市，自己一点儿也没有安全感，也不知他为何那么喜欢折腾，就不能在一个公司好好地干到天荒地老吗？工作之余，他不去琢磨赚外快，多赚点儿钱用来改善一家人的生活，要是能为我买一套漂亮衣裳，再买上戒指、手链、脚链、玉镯、项链、耳环、发簪等首饰就好了，若能再为我买上一套雅诗兰黛护肤品以及 LV 或普拉达包包，我会谢天谢地，我会每天煮湘菜像老爷那样供着他。而他呢，为两个女儿写那些《凤诞于天》和《花开奥运年》有用吗？还美其名曰精神食粮，我看纯粹就是找借口，文章能当面包啃吗？文章能当牛奶喝吗？他这个人吧简直就是懒得起蛆，不喜欢进厨房，也不喜欢研究烹饪，你就不能学学别的男人迁就一下为我们母女三人煮顿饭菜？竟然还美其名曰君子远庖厨。哎！我当初也真是一时头脑发热，瞎了眼，怎么会喜欢上这种男人，时光若是能够倒退三年，我宁愿嫁不出去做个老处女也比现在好。

清照想起了张爱玲的那句话"生命是一袭华美的袍子，上面爬满了虱子"，学生时代，她多么喜欢张爱玲啊，没事就看她的书，张爱玲写的《倾城之恋》《小团圆》《金锁记》《半生缘》《红玫瑰与白玫瑰》她都看过。她还看过钱钟书的《围城》，再对照现在这种尴尬万分的婚姻，难道真应验了那句话"围在城里的人想逃出来，城外的人想冲进去，对婚姻也罢，职业也罢，人生的愿望大都如此"？

　　清照想起了身边的同事和同学。你看人家蔡秀华，嫁给了长安本地人，现在成了老板娘，是自己的顶头上司，人家住的是别墅，开的是豪车，她老公开的是陆虎揽胜，她自己开的是丰田陆地巡洋舰，有儿有女，日子过得多滋润啊。婚姻改变命运，一嫁定终身，人家从之前的灰姑娘一下子就变成了现在的贵妇人；你看人家梁茵，虽然嫁得晚一点儿，但最终还是嫁给了老板，至少比崇文强，人家梁茵根本就不用上班，哪像我这样起早摸黑，早出晚归；你看人家孙小萌，嫁给了他的男同学，那是她的初恋，但人家老公争气啊，努力打拼几年，现在已是两个公司的老板了；你看人家康晓雅，虽然在深圳至今未婚，似乎这辈子也不打算结婚，但人家是个单身贵族，日子过得潇洒快活啊，三天两头就往外面跑，她利用假期几乎走遍了整个中国；你看人家张春霞，虽然长相不怎么样，但人家是高学历啊，在广州的外资企业做财务主管，年薪几十万，她老公的能力尽管没她强，甚至不排除吃软饭的可能，但他听话呀，在春霞面前服服帖帖的，对家庭负责任，对老婆和孩子好得没话说。她想起蔡秀华、梁茵、孙小萌、康晓雅和张春霞的生活，就觉得自己哪儿都不如她们，真是人比人，气死人，一个在天上，一个在地下。当然，她也想起了两个貌似不幸的女人。一个是她现在的同事孙佳莉，她虽然嫁给了一个窝藏废，但人家做事有魄力啊，既然不喜欢现在的生活，索性离婚算毬，心一狠起来，母性也丧失，将兼有拖油瓶、绊脚石和累赘身份的女儿也扔给男方，从此不闻不问，再嫁一个有能耐的男人，开启崭新的人生之旅。另一个是她的大学同学姚丽倩，那个已婚的男人借她的肚子为他生了一个儿子，她过的是一种有性无爱没有名分的生活，从表面上看，既没有婚姻，也没有幸福，但是人家乐意啊，因为那个男人特有钱，既送她一套房子，又送她一辆红色的宝马 X3，只要她喜欢就行，何乐而不为呢？哪像自己，买的房子远在樟木头却不能居住，只能在长安租房子住，至于私家车，现在孩子都两个了，家庭压力又那么大，凭崇文的那点儿能耐今生今世若能买上豪车，我看是痴心妄想。

　　婚姻就像一条地下河，平时不显山，不露水，没有涟漪，也没有浪花，实则在事实真相的掩盖下暗流涌动，一旦挣脱山峦的束缚与羁绊，喷出的可能是一股足以吞噬爱情的巨大漩涡。

　　某周末，崇文照常回家，经过长安百佳超级市场时，一位陌生男子硬塞给他一张名片，崇文也懒得看，顺手就将它放在右边的裤兜里。回到家后，崇文洗了一个澡，洗完澡后他就感觉清照的脸色不正常，板着一张脸，不过崇文已经习惯了，之前经常打冷战，床头吵架床尾和的事情又不是第一次。

　　第二天，清照下班回到家后，右手扬着一张名片，左手拿着一份文件，淡淡地对崇文说："看看你做的好事吧，我已经忍耐你好久了，我什么都不想说，趁母亲带着小猪和小树外出的这段时间，你赶快在这份《离婚协议书》上签个字吧，我们好聚好散，如果不同意我的条件还可以再谈。"

　　崇文接过那张名片，大概地瞟了一下，这才明白是怎么一回事，原来那是一张关于莞式桑拿服务的名片，上面不但有性感妖艳的美女图片，还有别人的手机号码，崇文解释道："我真没有做那事啊，是昨天晚上我回家时别人派给我的，我看都没看就将它塞入裤兜了，想不到你竟然趁我洗澡的时候乱翻我的裤子，有点儿过分了啊！"

　　"哼！谁信哪，说我过分？我今天不想跟你吵，也懒得跟你吵。我昨天一个晚上都没有睡好，也不纯粹是因为这一件事情，我想好了，我们离婚吧。"

　　崇文接过清照递过来的《离婚协议书》，这显然是她今天上午拟好的内容：

　　男方：徐崇文，男，汉族，1977年11月8日生，现居住于岭南省东莞市长安镇乌沙社区沿中街十巷联丰楼605，身份证号码：43102119771108XXXX。

　　女方：梁清照，女，汉族，1974年10月8日生，现居住于岭南省东莞市长安镇乌沙社区沿中街十巷联丰楼605，身份证号码：4409221974100XXXX。

　　双方于2006年11月1日在潇湘省郴州市桂花县民政局登记结婚，婚后于 2007 年 5 月 28 日诞生长女徐菡荙（绰号：小猪，居民身份证号码：43102120070528XXXX），于 2008 年 9 月 1 日诞生次女梁芙蕖（绰号：小树，居民身份证号码：44092220080901XXXX）。现夫妻感情已经完全破裂，没有和好的可能性，经双方协商达成一致意见，兹拟订离婚协议如下：

一、男女双方纯属自愿离婚。

二、子女抚养、抚养费及探望权

（1）长女徐菡荙抚养权归男方所有，其法定监护人为徐崇文。但因现时跟随在母亲身边读书，故由男方委托女方暂时代为抚养，在代养期间长女徐菡荙读书所产生的一切学杂费由男方支付，另男方还须从 2013 年 11 月算起，每月 15 日前支付女方人民币贰仟元整（¥2000），作为徐菡荙的生活费及保姆费用，这个费用必须按月准时支付，直到男方将长女徐菡荙接回或长女可以独立生存为止。

次女梁芙蕖交由女方全权抚养，随同女方生活，其法定监护人为梁清照，其读书或生活所需的一切费用由女方自行解决。

除以上协议之外，男女双方视其自身经济状况在本人自愿的情况下可给予对方援助，但不得干涉、索取或过问对方的财务；

（2）本着对孩子身心健康负责的原则，在不影响孩子学习和生活的情况下，男方在征得女方同意的情况下可来探望孩子或在长假期间接孩子们外出或接回老家玩耍，但必须按约好的时间准时将孩子平安送回女方手中；若男方将长女接回身边抚养，上述情况男女双方互相适用。

（3）孩子们在生活学习中需父母出席的公众事务，如家长会、亲子游、夏令营等，男女双方如有时间或自愿参加，都可以按时出席；

（4）因长女的户口目前落在男方的老家，长女的监护人即男方徐崇文今后若需帮长女迁移户口，以及其他因长女事务需涉及户口簿的事情，女方有义务协助男方给予办理；

（5）自离婚后，若男方再婚，继母对长女粗暴、冷漠，令长女对继母充满仇恨和反感，而男方却无谓地偏袒继母，不利于长女的成长，女方知悉此情况后，有权夺回长女的抚养权；反之，若女方再婚，继父对次女粗暴、冷漠，令次女对继父充满仇恨和反感，而女方却无谓地偏袒继父，不利于次女的成长，男方知悉此情况后，也有权夺回次女的抚养权；

（6）自离婚后，不管男方是否再婚，女方不得干涉男方的私生活；反之，不管女方是否再婚，男方也不得干涉女方的私生活；

（7）为了孩子们能健康成长，男方若变更手机号码，应第一时间告知女方，不得恶意隐瞒其联系方式及个人住处，更不得玩人间蒸发游戏；反之，女方若变更手机号码，应第一时间告知男方，不得恶意隐瞒其联系方式及个人住处，更不得玩人间蒸发游戏。

三、夫妻共同财产的处理

（1）存款分配方式：现双方以各自姓名开户的存款归名字所有人拥有，不做重新分配；

（2）房屋：夫妻共同拥有的房产，地址位于岭南省东莞市樟木头镇帝景花园8栋A单元（房地产买卖合同编号为0075867，持证人为徐崇文：粤房地证字第C6070200号；持证人为梁清照：粤房地共证字第C1573612号）的房产（含家具家电），其所有权和使用权自离婚后归女方所有，男方应无条件搬出；

（3）自离婚后，对于夫妻共同拥有的房产，女方拥有终身居住权和使用权。但若是女方想变卖这套房产，对于女方通过变卖所获得的收入，两个女儿均拥有三分之一的房款继承权（属于两个女儿的款项届时将存入指定账户，待孩子们读完书或年满18周岁方可取出自用），自离婚协议签订之日起，男方应配合女方无条件办理房产过户手续；

（4）其他财产：以女方名字为长女于2007年11月购买的平安保险（单号：P036600001835260）自离婚后由女方退保，所退款项归女方所有；

（5）自离婚后，因女方已拥有长女的退保费以及男方在购买房产时所投入的首期款，作为补偿，男方不再缴纳由次女所引发的社会抚养费；

（6）婚前双方各自的财产归各自所有，男女双方各自的私人生活用品及首饰归各自所有。

四、债权与债务的处理

双方确认在婚姻关系存续期间没有发生任何共同债务，任何一方如对外负有债务，由负债方自行承担。

五、一方隐瞒或转移夫妻共同财产的责任

双方确认夫妻共同财产在上述第三条已做出明确列明，除上述房屋、家具、家电及银行存款外，并无其他财产，任何一方应保证以上所列婚内全部共同财产的真实性。

六、经济帮助、精神赔偿及其他

因双方纯属自愿离婚，男女双方自离婚后不再言及额外的经济帮助与精神赔偿。

本离婚协议书一式三份，男女双方各执一份，婚姻登记机关存档一份，自婚姻登记机关颁发《离婚证》之日起生效。

男方：（签名）　　　　　　　　　　女方：（签名）
＿＿＿年＿＿＿月＿＿＿日　　　　　＿＿＿年＿＿＿月＿＿＿日

崇文默默地看完后，一不表态，二不签字。他知道清照的性格，有点儿闷骚，也有点儿冲动，而冲动往往是个魔鬼。这个时候，冷静，冷静，也只有冷静才能够拯救婚姻，才不会将小猪和小树陷入万劫不复之地。果不其然，两人打了一周的冷战，其间，两人从不说话，清照事后也没有再提起离婚这件事情，一场弥漫着硝烟的战争最后被崇文的忍让与克制化为无形。

第十九章
婆媳大战

中国有一句老话说得好：清官难断家务事。家庭里那些琐哩琐碎的事情一旦与伦理道德绑架在一起，真的是说不清道不明，公说公有理，婆说婆有理，若是长辈做错了，因为他（她）是长辈，做晚辈的也只能忍让与迁就。若是晚辈做错了，不明事理的长辈丝毫不顾及晚辈的面子或感受，当面就指手画脚，这其中的复杂与纠缠就像那被拧得弯弯曲曲的麻花一样找不到由头，又像那爬满青藤的老树一样，不知是树缠藤呢？还是藤缠树呢？

自古以来，婆婆与媳妇之间的和睦相处一直是个老大难问题，是媳妇夺走了婆婆对儿子的爱？还是婆婆觉得媳妇对她的儿子不够好，于是以她自己的那套高标准强加于媳妇，吹毛求疵，乃至横加干涉，这似乎是一道怕是神仙也破除不了的魔咒。

崇文夹在母亲和清照的中间处于一种尴尬的两难境地，一方面是崇文的亲生母亲，是将崇文抚养成人的长辈，一方面是崇文的妻子，是两个女儿的妈妈，他经常听到一方说另一方的坏话，母亲有时会背着清照在崇文面前说她的坏话，清照有时也会在床上数落母亲的诸多不是，母亲投诉清照，清照也会投诉母亲，不管谁投诉谁，共同的倾诉对象一定是崇文，崇文听得耳朵都快起茧子了，索性做顺风耳算了，要么左耳进右耳出，要么右耳进左耳出，要么做个好好先生，宁愿做甫志高也绝不帮一方捎话给另一方，免得惹火上身，引起不必要的家庭纠纷。

母亲首先就对清照不满。在清照还没有正式嫁给崇文之前，那个时候清照还不是母亲的媳妇，母亲就开始挑三拣四了。崇文带着清照回潇湘省见亲人的那天，吃过晚饭后，母亲将崇文拉到一边说道："崇文哪，你怎么找这样的女朋友，我看她的年纪比你大啊，人也长得不太好看，你看脸蛋瘦成那样，颧骨都凸起来了，还有那两排牙齿，上面竟然绑着铁丝，吓死个人，还有那身材也单薄了一点儿吧，将来生孩子都成问题。"

母亲既然提到了"铁丝"二字，崇文得先解释这个问题："妈妈，那是清照正在箍牙，花了好几千块钱呢。箍牙你懂吗？就是将原来位置有点儿乱的牙齿矫正过来，像明星一样变得更漂亮更美观一些。"

母亲小声地应道："这种钱应该花，若是不箍牙，怕是丑得出不了门。"

崇文继续解释："妈妈，姻缘天注定，我找这样的女朋友也是没办法啊，是被残酷的现实逼出来的。她愿意嫁给我，我应该知足才是。那两三年你不是帮我介绍了好几个姑娘吗？老是叫我去相亲，花了那么多冤枉钱有用吗？全部打了水漂。你又不是不知道，爸爸去年患胃癌去世了，家道中落，而我呢？虽然五官端正，外表儒雅斯文，但是，要身高没身高，要体重没体重，要钱财没钱财，要权力没权力，我拿什么去讨女人的欢心哪！"

母亲唉声叹气："哎！一切都是命，不说了，你自己喜欢就好。"

此后，崇文结婚了，小猪和小树也出生了，母亲在长安照顾小猪的时候，有一次，她背着清照向崇文苦口婆心地说道："崇文哪，我已是半截身体进黄土的人了，我观察清照好长一段时间了，发现她不像一个善茬啊，她对两个孩子，这个没话说，因为那是她的亲生女儿，等她老了还指望她们养老，可她对你似乎不太好，说话粗声粗气的，经常指手画脚要你做这做那，有些事情她自己就可以做嘛，又不费吹灰之力，举手之劳而已。还有，她从不愿意迁就为你煮我们那边的菜肴。还有，2008那年，你家不是来了好几拨亲戚吗？人家回去之后，没一个亲戚说她的好话。反正现在都这样了，孩子都两个了，妈妈想说的是你要存点儿私房钱，不要什么钱都交给她啊。我还不了解女人，女人个个见钱眼开，精得要死，我估计等你老了靠她不住啊，你要是生病了或瘫在床上，我猜她不会服侍你的，所以你一方面要多存点儿钱，一方面要保护好自己的身体。"

崇文真是佩服母亲的那双慧眼，想不到她将清照看得如此透彻，母亲的话尽管有失偏颇，但也八九不离十。对于清照，崇文哪能不了解哦，可是一年之守和三年之痛都挺过来了，难道时光还能倒流吗？婚姻不就是两个人将就着过日子吗？崇文心里这么想，但并没有回应母亲的话。

与此同时，清照对母亲的负面情绪也越来越大。有天晚上，清照在卧室里心怀不满地对崇文说："你能不能跟母亲说一说，叫她也讲点儿卫生啰。塑料盆有好几种，有洗脸的，有洗菜的；桶也有好几种，有洗澡的，有洗衣服的，不能混淆啊，将用来洗脸的盆拿来洗菜，将用来洗衣服的桶拿来洗澡，这不太好吧？还有，我有一次看见母亲照顾小猪的时候，她竟然将自己用嘴巴嚼过的米饭吐出来喂给小猪吃，这也太恶心了吧？还有，她在长安的时候，别老是带一些乱七八糟的陌生人来家里坐，社会很复杂的，万一别人随手顺走东西呢？还有，有些八竿子打不着的亲戚就不要邀请来长安做客了，我们家的经济条件你又不是不知道，人情往来伤不起啊！"

崇文听了清照的话，心里不太舒适，但又不想顶撞她，只针对小猪的事情解释道："那是小猪太小，牙齿都没长全，母亲是怕她嚼不烂嚼不动才这样做的，母亲也是为小猪好，我的兄弟姐妹当年也是她老人家用这种方式喂大的。"

清照回应了一句："都什么年代了，还那样做，小猪既然嚼不动硬饭，可以喂粥啊，万一母亲有个什么小毛病，那是会被传染的，我的女儿可不能那样做！"

崇文觉得这个说得在理，改天还真的向母亲冒死进谏，母亲淡淡地说了一句："是她叫你这样说的吧？"后来母亲也纠正了这个习惯。

家庭纠纷就像那火山里的岩浆，平时无声无息，相安无事，一旦情绪酝酿到了临界点，岩浆必汹涌而出，最终导致火山爆发，势必掀起一场轩然大波。

有天晚上，崇文从深圳照常回到家。吃完晚饭后，清照对崇文说："拿五千块钱给我，明天我去幼儿园帮小猪交学费。"

"我没有这么多钱啊，你又不是不知道，我正在找工作。"

真应验了"诚知此恨人人有,贫贱夫妻百事哀",清照恼怒地说道:"一天到晚就是找工作,口袋里从来就没有几个钱,小树的学费要我出,难道小猪的学费也要我出?是不是你故意这样吊儿郎当,想吃我的软饭,我可没那能耐养活一家人。"

清照提到了一个词"软饭",这让崇文觉得很委屈,本来找工作就不顺心,他已经很努力地在找工作,心里憋着一肚子火,现在又被清照污辱成吃软饭,便顶了一句:"你当初为什么不去嫁给老板呢?要他帮你请个保姆,既不用上班,还可以化化妆,美美容,养养生,做个贵妇人多好啊!"

清照一听就来气,也不知受了什么刺激,突然发飙了,先是用右手甩碗甩筷子甩杯子,后来索性将那张用金属架支撑的简陋桌子掀翻在地。伴着乒乓、咣咣、锵锵、砰砰的声音,东西滚落一地,碎瓷片溅得到处都是,剩饭剩菜撒了一地。

接下来,一家人陷入死一般的寂静,谁也不说话,清照进了卧室,"哐啷"一声顺手将房门关了起来,然后传来嘤嘤的啜泣声。崇文站着发呆,手足无措。母亲带着小猪和小树提前避开了,她似乎有先见之明,预料今晚会发生这种事情。幸好小猪和小树没有伤着,两人躺在墙角吓得瑟瑟发抖,眼睛里尽是恐惧和惊慌。

崇文脾气还算好,早就将忍让炼到了炉火纯青的地步,他当然知道主要责任还得归咎于自己,是自己没能耐,赚不来大钱,不能挑起一个男人的大梁。过了几分钟,崇文默默地收拾眼前的残局,随后母亲也过来帮忙一起收拾。

殊不知,夫妻之战的硝烟还消有散去,一周后,又爆发了一场婆媳大战。

一天下午,母亲当着崇文和清照的面说:"崇芳两口子在桂花县买了房子,元月七日我要回潇湘省参加进屋宴,这次回去我就不带小猪了,你们要自己想办法,夫妻之间要和睦,要好好地过日子,再苦再累也就是这几年,熬过去就没事了。"

崇文问:"我们带不了两个啊,你为什么不将小猪带回去呢?"

母亲说:"我要去亲戚家里帮崇芳下请帖,带着小猪办不了事情啊!"

崇文用一种商量的语气："你可以吃完进伙宴后再来长安啊，然后在长安再过一个春节。"

母亲之前在长安已度过一个春节，知道城市里的春节是什么滋味，说道："吃完进伙宴都已经腊月二十几了，还来长安做什么？况且，春节前后的车费贵得要死，何必浪费钱呢？"

这个时候，清照接话了，清照与母亲相处久了，多少也能听懂母亲的方言，而母亲虽然不会说普通话，但普通话还是听得懂的。

清照脱口而出："不就是钱吗？你往返长安的车费我来出。"

母亲见清照插话了，不方便直接说出原因，只好答道："不是钱的问题。"

清照步步紧逼："我来替你说吧，崇芳真的很自私，也不考虑我们的实际情况，恨不得马上嫁出去，甚至连买房、进伙、怀孕、结婚和分娩都安排得那么紧凑。我三十多岁才嫁人，她才二十岁咦，有必要这么着急上火吗？难道晚一年就不行吗？依我看，她这个姑姑是不想照顾侄儿侄女们。"

母亲的脸色变了，激动地说道："崇文是我的儿子，崇芳是我的女儿，手心手背都是肉，都是我生出来的一坨肉，你要我帮谁？我要么谁都不帮，要么谁都帮，反正一碗水端平。你们说话讲点儿良心好不好？我看是你们很自私，崇芳不是来长安帮你们照顾小猪有半年时间吗？还有你崇文，你一个电话，人家崇芳就从潇湘省去了高州，你作为二哥，你又为你的亲妹妹做过什么？帮过她什么？你只顾自己的幸福，有没有考虑过她的前途呢？"

清照说道："崇芳来长安照顾小猪的确不假，但我们付了工资啊，她也没有吃亏啊！"

崇文觉得清照说得有点儿过分，忙用右手拽拽她的衣袖，示意她保持沉默，崇文真后悔那天晚上不应该将他私下里给崇芳4000块钱的事情告诉清照，亲人之间哪能随便将钱搬上席面呢？又不是做生意，那样做很伤感情的。

清照的这句话一下子激怒了母亲，她气得暴跳如雷，一屁股坐在地上，捶胸顿足地哭道："这么说我也是你们请来的长工喽？你们太没良心了，我这样顾着你们，你们竟然还不知足，我连崇华的两个孩子都晾在一边，三天两头跑到这人生地不熟的长安来帮你们带孩子，我是看你们可怜，在外面活着不容易，若不是这样，我一天都不想在这里待。"

母亲停顿了一下，接着又呼天抢地地说道："我真是命苦啊，你父亲撒手归西独自享福去了，留下我继续做长工，帮你们这些没良心的崽女带孩子，我这是何苦呢？早知道这样，我还不如一头撞死算了。"

此时此刻，清照似乎失去了理智，脱口而出："既然你老人家一天都不想待了，我们也不留你，我明天就叫你的宝贝儿子送你回去，是死是活那是你的事情，与我无关。我就不信，离开了你，小猪和小树会活不下去，我也不求你老人家，以后你想来就来，不想来拉倒。"

崇文尴尬万分，一方面是越说越离谱的清照，一方面是痛哭流涕的母亲，一边是趾高气扬的母夜叉，一边是伟大的生母，都不知道帮谁？他知道帮任何一方都是自讨没趣，他看见母亲呆呆地坐在地板上，脸色苍白，用纸巾不停地擤鼻涕，拭眼泪。

清照自知理亏，已回卧室去了，留下崇文和母亲。崇文蹲下来哽咽着说："妈妈，你千万要想开点儿，是儿子没本事，请不起外面的保姆，我尊重你的意见，明天就送你回潇湘省。"

第二天，崇文送母亲上了一辆开往桂花县莲塘镇的汽车，却不料母亲在临别之际向他说了一番语重心长的话，她说道："崇文呀，我昨天一晚上都没有睡好，都是因为你的事情。你要理解妈妈的苦楚，你再辛苦一个月，等过了春节，你将小猪送回去吧，到时我和崇华的老婆说一下，明年还继续帮你照顾小猪，这样兄弟姐妹之间才不会伤和气。"

闻听此言，崇文潸然泪下，感到羞愧不已，还是母亲的胸襟广阔啊，她考虑的是全局，而崇文考虑的仅仅是他那个小家庭。如此看来，母亲对昨天所发生的事情已经释怀，也原谅了崇文和清照，都说母子之间没有隔夜仇，天下哪个母亲会没完没了地记恨自己的孩子哦！

第二十章
保姆风波

2010年,东莞继续向上,全市GDP达到4246.25亿元,比上年增长10.3%。这一年发生了很多可圈可点的事情,但有一件事情我们不能忘记,那就是东莞第一高楼台商大厦的落成。12月17日,东莞地标性建筑高达289米的台商大厦举行封顶仪式,当时国务院台湾事务办公室主任王毅、国民党副主席蒋孝严等出席仪式,该大厦启用后将成为东莞台商扎根东莞、布局大陆内销市场的总部基地,助推台企转型升级。

这一年,崇文和清照两口子的核心工作就是为小树物色一个合适的保姆。春节一过,按照之前的约定,崇文本应该将小猪送回潇湘省交给母亲照顾,但清照突然又改变了主意,她说小猪都快三岁了,干脆将她送到高州去,让她提前上幼儿园算了,然后由岳父和二伯父负责接送,由岳母负责吃饭,由堂嫂负责沐浴和睡觉,刚好堂嫂有一个正在读小学的女儿,小猪于是晚上就和她新结识的姐姐睡在一张床上。

小猪这个累赘终于被清照处理掉了,但家里还有一个更大的累赘,那就是才一岁多的小树。提起这个小树,崇文就一肚子气,她的到来简直是将这个家庭拖入了深渊,彻底改变了崇文和清照既定的人生轨道,让本应该很美好的生活变得狼狈不堪,让本应该很顺畅的道路变得弯弯曲曲。较之于小猪,小树的待遇明显要比她姐姐高一些,小猪是在乡下的龙眼医院出生的,花了不到1500块钱,而小树是在长安医院出生的,花了将近3000块钱，也就是说，小树刚一出生，就狠狠地割了崇文一刀，放了一次血。除此之外，小树喝的牛奶也比小猪高档一些，小猪喝的奶粉一般是国产的伊利和三鹿，而小树喝的奶粉一般是进口的多美滋和惠氏。说到三鹿，崇文就来气，因为石家庄三鹿集团股份有限公司后期利欲熏心，竟然在奶粉中掺加三聚氰胺，导致全国爆发婴儿肾结石。2008年经媒体曝光，引发三鹿奶粉事件，举国上下一片哗然，崇文想到小猪喝了那么多的三鹿奶粉，对此忧心忡忡，特地带着小猪去桂花县人民医院检查，不知是不是吉人自有天相，所幸小猪并无大碍，崇文心头的那块石头终于落了地。

　　崇文已记不清为小树买过多少次奶粉和纸尿裤了，反正有一段时间，崇文为了省钱，经常骑着自行车穿梭于长安的沃尔玛、好又多、华润、百佳和大润发等超级购物市场，为的是货比三家，后来干脆又在淘宝网上那些不计其数的婴儿用品店铺里淘货，俨然成了电子商务领域的半个专家。有一次，小树还收到了一箱从北京寄过来的雅培奶粉，那是崇文的挚友徐华锋赠送的，他说他的儿子现在不吃奶粉了，因为之前买多了，不如送一箱给小树，这让生活陷入困窘的崇文感激涕零。崇文也想不通小树的待遇为什么会比小猪好，是因为她的脸蛋讨人喜欢？还是因为之前亏待过小猪，欲将对小猪亏欠过的爱弥补在小树的身上，不让小树重蹈小猪之覆辙？还有，在保姆方面，小树也完胜小猪，如果说奶奶、爸爸、妈妈和姑姑这种亲人类型的保姆属于无偿免费性质的话，那清照至少为小树请了两个专职保姆，而小猪一个也没有。小树更厉害的一点是，一个乳臭未干的婴儿竟然将崇文拖下了水，逼得崇文度过了长达半年的保姆生涯，日子过得暗无天日且不说，不仅没赚到一分钱，还倒贴几千块钱，这就是小树的能耐。如果非要在两个孩子之间证明一个公平的话，那就是在纸尿裤这种用品上，因为两人所使用的品牌都是帮宝适，谁也不比谁好，谁也不比谁差。尽管小树计划外的到来搞得崇文和清照措手不及，在生存方面疲于奔命，生活变得很被动，但两口子乐观向上，为了女儿的一抹微笑，依然在这个残酷的世界里坚强地活着。

　　有一天，崇文和清照为小树请保姆的事情展开了深入的讨论。

　　清照问："小猪送走了，接下来小树怎么办？"

崇文说："你可别指望我来当保姆，你又不是不知道，2008年至2009年期间，我已经做过半年的职业奶爸了，况且，我们还买了房子，导致债台高筑，为了还掉那一屁股的债，我需要出去打工。"

崇文停顿了一下，继续补充道："哎！自从小树出生后，生活搞得好狼狈，早知道这样，当初就应该做掉。现在的情况是，母亲在老家帮崇华带孩子，崇芳要照顾自己的孩子，你妈指望不上，不知道现在还能指望哪个亲人？只有一个办法，那就是花钱请保姆，可现在的问题是合适的保姆也难找啊，我老家那边的不知道找谁，请外面的保姆也麻烦，一是工资开得高，人家有钱人请的保姆都是来自菲律宾、印度和缅甸的，这样好啊，早早就会说 English 了；二是根本就不熟悉，万一碰上一个道德品质有问题的保姆就会惹火上身，我看还是要找一个知根知底的保姆，这段时间我来照顾小树，等一找到合适的保姆我就去打工。"

清照沉思了好久，缓缓地说道："我前两天与表妹江莉联系过，她是我姑姑的女儿，她现在东莞虎门，离长安并不远。上次我跟她开玩笑说，有空帮我照顾下小树好不好？她说她正在家帮别人做点儿手工活，赚得小钱，闲着也是闲着，如果我将小树送过去也行，但是……"

"但是什么？"崇文不解地问。

"你真是一个笨蛋，当然是钱的事情啊！"

"那一个月应该给多少？"

"都是亲戚，我建议你一个月给个888元意思一下，但是小树要用的东西由我们提供。"

说到做到，第二天，崇文右手抱着小树，左手提着一袋东西，然后坐车去了虎门镇怀德村，将小树放心地交给了江莉。

崇文对江莉还是很满意的。这个时候的江莉年轻漂亮，人长得高挑，有精力有体力，对小孩子也有耐心，虽然有男朋友，但还没有结婚。

一个周末，崇文下班后直接就去了虎门，而不是长安。长安那个家现在只有清照一个人，小猪在潇湘省，这个时候，长安对崇文来说一点儿吸引力也没有。崇文有个弱点，潜意识里总是将小猪和小树当成自己的情人，所以孩子在哪里，他的心就飞到哪里。

进屋后，崇文看见江莉正在帮小树喂奶，喂完奶后，又为小树洗澡，动作娴熟利落。睡觉的时候，崇文将小树抱过来，打算与小树一起睡，可小家伙死活不肯，一直哭个不停，而且还重复着一个词"妈妈"。哦！我的天哪，她只是在这里待了一个月而已，就将江莉误认为是她的亲生母亲，这让崇文喜忧参半，喜的是江莉带得好，完全是以一个母亲的角色全身心地投入；忧的是如果哪一天江莉将小树交还给清照，小树不肯叫清照妈妈，她会有何感想？

第二天，崇文带着小树去怀德广场玩耍。这个时候的小树会走路了，虽然颤颤巍巍，样子却可爱得要死。小树的脸蛋圆润，肌肤细腻，对于这个粉雕玉琢的小人儿，崇文总是抱不够，亲不够。唯一美中不足的是，小树看上去好像是一个男孩，而且头发稀稀拉拉，头发泛黄，既不浓密，也不黝黑，也不知道到底缺少哪种微量元素。多年以后，当小树长成一个有点儿女人味的小姑娘后，崇文才发现自己之前所有的担心都是多余的，他总会回忆起父女两人在虎门嬉戏那一幕温馨感人的画面：柔和的阳光照耀着大地，崇文在怀德广场一路小跑，回头望时，憨态可掬的小树正在后面小心翼翼地追逐着她的爸爸，时不时传来银铃般的笑声，在空中悠悠地飘荡着……

生活总是在不断地考验着崇文和清照，故意给两人出难题。小树的保姆问题好事多磨，两个月后，江莉竟然撂挑子，她说她要搬到东莞的大岭山镇和她的男朋友住在一起，所以带不了小猪。针对这种紧急突发事件，清照启动了预备方案，她似乎早就预料到恋爱中的女人随时都有可能变卦，清照于是将她的小学同学张凤莲的母亲请到了长安。在江莉照顾小树期间，清照就和张凤莲做了无数次的沟通，什么条件都谈好了，清照信誓旦旦地说："只要你妈过来，我就会将她当成自己的亲妈，待小树长大之后，我还会叫小树将你妈当成亲奶奶对待。只要你妈过来，包吃包住，一个月工资1000块，我们一家人吃什么，她就吃什么，我们吃干的决不让她喝稀的，她若有事需要外出也没问题，打声招呼就行。还有你关心的健康问题，请你放一万个心，我们两家隔得不是很远，彼此知根知底，我会重视她老人家的身体，她若真出了问题，我会亲自送她去医院的。"

崇文对小树的这个新保姆张阿姨还是比较满意的，就算不满意又能怎么样，事情都逼到这步田地了，生活已陷入绝境，难道崇文有孙悟空那本事，从后脑勺拔一根猴毛，吹一下就能变出一个保姆来？张阿姨将近七十岁，人不太高，长得很富态，有点儿臃肿，头发已白了一半，皱纹密布，像一层松树皮，她的脸上总是堆着笑容，和蔼可亲，像个农村里的老妪。更重要的是，小树讨人喜欢，惹人疼爱，崇文每次从深圳回长安时，总会看见动人的一幕：张阿姨一边帮小树喂米粉，一边狠狠地亲一口，口中喃喃道："小树好乖哦！快吃快吃，吃多点儿，长高点儿，长快点儿，将来长成一个漂亮的大姑娘，嫁个好老公。"不知张阿姨是不是很久没有带过小孩了，看她那表情，看她那架势，是真的将小树当成了她自己的亲孙女，正怡然自得地享受着一份难得的祖孙之情，正沉浸在一份其乐融融的天伦之乐当中。

　　张阿姨毕竟是上了年纪的老人，体力不行，精力也不济，加上身体虚胖，有高血压症状，但她自备了药物，崇文看见她时不时拿出两颗药丸含在嘴里。因为这个原因，崇文总感到一丝隐隐的担心，生怕她老人家突然哪一天莫名其妙地倒在自己的家里，那就麻烦了。于是每到周末，都不要张阿姨照顾小树，让她多休息，多喝水，多看她喜欢的电视剧，另外还特别强调，希望张阿姨不要背着小树去外面逛街，免得出事，而事实上，较之于崇文自己的母亲，张阿姨也没那个能耐，她每次从一楼爬到六楼时都累得气喘吁吁，若是再背着一个二十多斤的小树，岂不累个半死，所以张阿姨绝大部分时间都待在家里，喂小树吃饭，看护着小树，免得小树磕着碰着摔着伤着。

　　张阿姨除了年纪大了一点儿，绝对是一个称职的保姆。一段时间后，小树对她的依赖性越来越大，也会叫她婆婆了，每当小树奶声奶气地叫她"婆婆"的时候，张阿姨笑得合不拢嘴，然后将小树抱起来，使劲儿用她那张松树皮般的老脸亲小树那张水嫩水嫩的小脸蛋，就好像剥去外壳的鸡蛋一样光滑而圆润，并说道："小树真有良心，不枉婆婆白疼你，爱死你了。"张阿姨说这些崇文倒能理解，她随后又说道："小树啊，婆婆哪天要走了，你要哭一声啊，婆婆对你有感情，舍不得你，还有婆婆哪天去世了，你要回高州参加我的葬礼啊，也不枉我照顾你一场。"

天下没有不散的筵席，人生就是不停地相遇和告别，张阿姨只照顾了小树半年时间，后来就因为身体问题回老家了，是她的女婿亲自开车来长安接她回去的。回去那一天，小树真的哭了，将张阿姨感动得泪流满面。多年后，崇文和清照带着七岁的小树回高州去看望张阿姨，小树居然又不认识她老人家了，只瞪着一双好奇的大眼睛，却始终没有自发地喊出那一声"婆婆"，气得张阿姨不停地说道："小树没良心，小树没良心啊，你是一只白眼狼，你真是一只白眼狼。"

　　人生就像炼狱，残酷的现实再一次摆在崇文和清照的面前。岳母打电话告诉清照，小猪在健苗幼儿园读了一个学期，感觉变化太大了，性格变得很内向，整天不见她说一句话，喜欢和村里的小猫小狗玩，是不是哪里出问题了？严峻的现实横亘在眼前，有家庭的生计问题，有儿童的教育问题，有儿童的心理问题，有儿童的成长问题，有儿童的抚养问题，一大堆的问题缠绕着崇文和清照，提前在高州读幼儿园的小猪怎么办？还需要人看护的小树何去何从？她的下一个保姆又是谁？这些问题差不多将崇文和清照两人整疯了。最后，清照做了一个决定，将小猪接回来，送到长安的福娃幼儿园读小班算了，不能再让小猪做留守儿童了，让她继续待在荔枝村迟早会出问题，她的成长需要父母的呵护与疼爱。与此同时，崇文也做了一个决定，不管此时的母亲在干什么，有什么难处，她是否愿意，崇文必须将小树送回潇湘省，母亲就是崇文为小树钦定的下一任保姆，崇文已经顾不了那么多了，因为他根本就没有退路，更没有选择的余地。

　　多年后，这些事情竟然成了清照与崇文吵架的呈堂证据。每次吵架时，清照都会将这些往事搬出来，气势汹汹地吼道："都怪你当初没本事，赚不到大钱，你要是有能耐养活我们一家四口人，我又何须去上那个工资少得可怜的破班，像别的女人一样在家做个全职太太，在家照顾两个女儿多好啊！"崇文每次听到这句话时总是保持沉默，脸红得像鸡冠，羞愧得无地自容，恨不得立马找个地缝钻进去。

第二十一章
留守儿童

　　这个世界,公平中裹挟着偏袒,不平等中亦暗藏着一线捕捉曙光的生机。
　　作为地球的万物之灵——人类,最大的公平之处就在于谁也不可能主动选择自己的出生,而这恰好正是人类最大的不平等之所在。俗话说得好:龙生龙,凤生凤,老鼠生崽打地洞。徐崇文不能选择他的亲生父母,梁清照也不能选择她的亲生父母,但崇文可以选择迎娶清照,清照也可以选择嫁给崇文,一番机缘巧合与阴差阳错下,崇文和清照联手为地球制造了两个生物:徐菡苢和梁芙蕖,于是导致了另一个死循环:小猪和小树又没有权利选择她们的亲生父母。多年以后,她们经受过一番风风雨雨,被残酷的社会和无情的现实虐待过后,一定会跺脚歇斯底里地呐喊一声:我怎么会生在这样的家庭?
　　庞大的人类群体就像一个金字塔,有的人生来就矗立在塔尖上,口里衔着金钥匙,衣食无忧,安富尊荣,站得高,看得远,享尽人间的繁华与荣光,不知道向前一步的风景是什么,即使不小心退后一步也无大碍,毕竟瘦死的骆驼比马大;有的人生来就落在塔身上,比上不足,比下有余,不甘于现状的向上一步是天堂,故步自封的退后一步是悬崖,战战兢兢,如履薄冰,日子似乎也不那么好过;有的人生来就滑落在塔基上,一无所有,完全没有退后一步的空间,只有硬着头皮咬着牙关大无畏地向前走,所谓置之死地而后生,但终究囿于眼界、视野、胸襟、抱负、智慧、学识与涵养，绝大部分人穷其一生也没有往前迈出一步，仍免不了沦为蝇营狗苟之辈。

　　站在孩子的角度，父母最优秀的品德就是无私无畏，天下的任何一对父母对自己亲生的孩子绝没有半点儿嫉妒心理，所有的父母都希望孩子比自己更优秀，更卓尔不群，更出类拔萃，青出于蓝而胜于蓝，并竭尽全力调用父母的所有资源助力孩子开拓道路，因为孩子就是父母死之后生命的延续，这也是人类生生不息社会不断往前发展的内因所在。

　　自 1978 年 12 月 18 日中国实行改革开放政策的那一天起，一股无形的力量完全改变了无数人的命运轨道，而崇文和清照只是千千万万普通人当中的两个。为了活着，崇文和清照也加入外出乞食的盲流，并在东莞组建了一个家庭，为社会输送了两个女性，限于双方的家庭状况和经济条件，新的问题接踵而至：有工作的地方没有家，有家的地方没有工作，他乡容纳不下灵魂，故乡安置不了肉身，灵魂与肉身相互交织就要加入春运的队伍，在年复一年的春运中便有了漂泊、远方和思念。

　　如果说东莞是生活的原点，桂花县和高州是流放之地，在小猪和小树入读幼儿园之前，崇文已记不清她们究竟被父母狠心地流放了几次，但小树显然比小猪幸运一些，因为小树流放的次数要少一些，与父母待在一起的时间要长一些，而小猪作为长女显然作出了更大的牺牲。但不管怎样，小猪和小树皆被流放至桂花县，时间长达一年以上，以至于患上了不同程度的自闭症，以及还有留守儿童一般都会具备的心理缺陷：性格柔弱内向、有自卑心理障碍、有孤独无靠的心理乃至产生怨恨父母的心理。多年以后，在崇文和清照的共同努力下，她们才逐渐步入正轨，变得阳光而开朗，活泼又可爱。

　　与此同时，较之于其他千千万万的留守儿童，小猪与小树又是幸运的，因为在她们的成长过程中，她们那个喜欢舞文弄墨的父亲为她们的留守岁月留下了一些弥足珍贵的文字。

　　崇文曾经为小猪写过一篇文章《小猪归来》，其中有两段他这样写道：

　　　　大概晚上八点钟，一辆大巴在长安门站牌前缓缓停下，这一次我竟然松懈了，并没有一个箭步跑上去看个究竟，依然在原地踱步。当我猛然间听到一个人在大叫"司机，等一下，我还有行李在下面"的时候，这个听了三十多年再熟悉不过的声音唤醒了我此时麻木的大脑，这不是母亲的声音吗？我循声望去，果真是母亲，不过我看到的是她的背影，母亲的背上正背着我那居无定所颠沛流离有点儿命苦的小猪，母亲正在位于大巴下面的行李仓中忙碌地往外拿那些属于她的行李。那颗苍老的瘦削的头颅再加上那个单瘦的小女孩，我瞬间就确定了她们百分之一百就是我正在苦苦等待盼星星盼月亮的两个亲人：一个是我敬爱且慈祥的母亲，一个是我亲爱且心疼的小猪。当我快速走过去正打算帮忙的时候，乘务员已将车门关上，大巴徐徐启动，大巴离开后，呈现在我面前的是这样一幅短暂的画面：一个老人背着一个小孩，脚下是一堆零乱的行李，在对面霓虹灯的映衬下，投射出一个长长的孤零零的身影，这真是一幅令人终生难忘的瞬间剪影啊！此时此刻，我无比自责，这次接人真的很失败，难怪人家老是说"成败往往在最后几秒钟，一时的麻痹大意可能将换来不可挽救的失败"，细细琢磨，此话不无道理。见了面，懒得客套和寒暄，先办正事再说。在路旁随便拦了一辆的士，将一部分行李放在车厢内，再打开后备厢，将剩下的行李一股脑儿地全部放进去，因空间比较大，我又将自行车放了进去，虽露出一个轮胎在外面，但这并不妨碍行驶，这样我就不用骑着自行车单独回去了。

　　坐在的士的后排，母亲将背带解开，将小猪放在我和母亲的中间，这时我才有机会仔细地端详母亲和小猪两人。母亲明显地瘦了，头上的白发似乎也多了一些，但看上去却相当的精神。小猪依偎着母亲，怯怯地看着我。这一次来长安，小猪的头发显得很长，被母亲用梳子分成好几个区域，每一个区域都用一根红色的橡皮筋箍起来，并夹了几个小发夹，想必是长途旅行的缘故，头发显得有点儿蓬松和零乱，好端端的脑袋好像战国时期诸侯割据一样，看起来挺滑稽的，但这种造型对于一个两岁又五个月的小女孩而言，却也显得相当的俏皮。小猪的脸蛋有点儿小，但五官精致。她的皮肤白皙，血色似乎不太好，想必营养跟不上吧。她这副模样，令我不由想起了林黛玉，一副楚楚动人却又弱不禁风病蔫蔫的样子，真惹人无限生怜。

小猪穿得很厚实，将那具躯体包裹得严严实实，因为刚从潇湘省过来，毕竟潇湘省要比岭南省冷一些。虽然一身的装束将小猪衬托得相当的丰满，但作为父亲，我对她那具隐藏在服装下的胴体再熟悉不过了，用一个字形容就是瘦。一个将近两岁半的小女孩，体重还停留在二十斤的水平，真是一种悲哀。之前夫人或是母亲帮她洗澡的时候，我曾无数次地看过她的胴体，当然不是用一种猥亵且猎奇的眼光，而是用一种慈爱且审视的眼光，每当看到她的小手小脚和她那躯干上一根根凸起的肋骨，心里总会涌上一股莫名的酸楚。不是我们不给她饭吃，是她几乎不吃饭，一天的能量就依赖那些液体牛奶和一些忽略不计的零食，故她的饮食一直是个老大难问题，为此，夫人、母亲和我也想过不少办法，但收效甚微。

母亲显得很兴奋，在车上不断地对小猪说："小猪，我送你回家了，回你自己的家，回你岭南那个家。哪！这个人就是你爸爸，快叫啊！快叫啊！"但小猪似乎对我很陌生，依旧躺在奶奶的怀里，怯怯地看着我，仔细地打量着我，偶尔露出一丝诡秘的笑容，直令我捉摸不透。我突然想起了"叶公好龙"这个成语，与现在的情形何曾相似哉。也许母亲在小猪的耳旁将这句话"你的爸爸在岭南，哪天我带你去找爸爸好不好？"说了成千上万遍，也许小猪自己也曾多次念叨"我要找爸爸"之类的话。之前我给母亲打电话时，母亲有时会将手机放在小猪的耳旁，小猪总是在电话那头用稚嫩的声音叫着"爸爸"，除此之外，便什么也不说，如今，一旦真实的爸爸突然出现在她的面前，她那幼小的心灵却手足无措，呈现出一副无所适从的样子。悲哀啊！这就是留守儿童的悲哀！

崇文曾经为小猪还写过一篇文章《爱呦，一种难以言表的疼痛》，其中有段文字是这样的：

我步行来到幼儿园，虽说还未到放学时间，但对于他们这种读小班的孩子们而言，其实无所谓学习，只是和一群年龄相仿的小朋友互相嬉戏罢了，故迟到早退都是允许的。我站在幼儿园门口，铁门已被锁上，我极目往里望，想在院子里搜寻到小猪的身影，但徒劳无功。

这时，一位中年妇女走上来，隔着铁门问："你找谁？"

我淡淡地说："我找徐夏萱。"

她继续问："你是她什么人？我怎么从来没有见过你？"

我回答："我是她爸爸，我从深圳来到高州，想来看看她。"

她说道："以前一直是她的本地亲人来接她放学，我不是不相信你，你能否说出她外公外婆的名字。"

我便一一说了。她说："好，我相信你，并不是我为难你，这是幼儿园的规矩，不能随便让陌生人接小孩，希望你能理解。我现在去将她叫出来，如果她能当面叫你一声'爸爸'并乐意跟你走，我就同意，我也就尽到责任了。"

我说："行，这是当然，说明学校对学生还是负责的。"

那位中年妇女也就是幼儿园的校长，当然这是我后来才知道的，她走进左边的一间教室大声呼唤着小猪的姓名，须臾便领着小猪出来了。我终于见着小猪了，时值夏天，她被剪成了短发，鬓角处的头发故意留长了一些，穿着一件粉红色的上衣和一条同样是粉红色且及膝盖的中裤，一副典型的小女孩打扮，她的脸似乎丰满了一些，但身躯依然那样瘦小。她怯怯地看着我，用狐疑的眼光打量着我，既不叫我"爸爸"，也不向我迎面走来，更令人惊讶的是，稍过片刻她便径直返回教室去了。

校长只好对我说："对不起！她似乎并不认识你，我不能将她交给你，你走吧！"

我心里虽则苦楚难当，仍自我解嘲道："是的，我和她有三个月没有见面了，也许她真的不认识我了，但有一点是肯定的，我的确是她的爸爸。"

校长说："还是不好意思，我必须对学生负责，这是我们的原则。"

我以一种蚊子嗡嗡叫般的声音回应道："应该的，应该的。"

我想，这种从心灵深处发出的呓语恐怕连自己也未必听得清楚，别人就更不用提了。随后，我便沮丧地离开了幼儿园。

父爱的天平总是公正的，绝不偏袒任何一方，希望一碗水端平，绝不厚此薄彼。崇文当然也为小树写过文章《小树返湘》，其中有两段他这样写道：

7月15日,我该回岭南了。吃完早餐,我毅然决绝地走了。当我下楼梯的时候,我已然听到了小树那撕心裂肺的哭喊声,真真叫人肝肠寸断。小树看见我突然间离她而去,也许她那小脑袋一下子就明白了怎么回事,只有用哭声这种最震撼人心的语言来表达她的情感。也罢,长痛不如短痛,我亲爱的小树,我的乖女儿,原谅爸爸吧,爸爸只有对不住你了。

我亲爱的小树,爸爸想对你说,其实,你待在潇湘省也挺好的,这里有你的奶奶、姑姑、姑丈、叔叔和婶婶们,他们都是你的亲人,他们会好好照顾你的。这里还有你的堂哥、堂姐和表弟,他们都是你最好的伙伴,你们就是兄弟姐妹,你们天天朝夕相处,一起嬉戏,一起成长,这是多好的事情哪!你要知道城市里的人情很冷漠,如果你留在岭南,你能有这么多的伙伴吗?爸爸妈妈能代替儿童和你嬉戏吗?我亲爱的小树,爸爸想对你说,现在正是你学语言的黄金时期,你就跟着奶奶吧,跟着奶奶学说话,咿咿呀呀随你乱叫,尽情享受这种衣来伸手饭来张口无须劳作无须费神无比舒适无比惬意的生活吧。我亲爱的小树,爸爸想对你说,不是爸爸妈妈抛弃了你,而是我们的工作不稳定,外面的生活有太多的辛酸和无奈,你就再乖一次,向你的姐姐学习,做一回真正的留守儿童吧。是的,爸爸妈妈无能,不能将你留在自己的身边,但我们这样做实出无奈,希望你不要记恨我们,同时也请你放心,时机成熟的时候,我们会接你出来的。好了,我亲爱的小树,爸爸真的要走了。你要明白,从某种程度上来说,你这次回潇湘省是一件好事,这是你人生的一个重要驿站。在这里,你可以学到不同的东西,经受不同的锻炼,给亲人留下许多美好的回忆,还可以和你的亲人们产生深厚的感情。

崇文对小树的爱甚至超越了小猪,有一次,他还为小树破天荒地写过一篇他并不擅长的诗歌《思念,飞越千里之外》:

还有什么比思念更牵肠挂肚
那种苦楚沦肌浃髓

还有什么比空间更遥不可及
那种距离咫尺天涯
还有什么比骨肉更一脉相承
那种亲情天荒地老

有一种悲哀叫作挂念
刚刚才下眉头,此时却上心头
有一种无奈叫作遥远
期冀即日抵达,终究无缘起程
有一种悲凉叫作幻觉
日日梦中相见,醒来空空如也

2010 年 7 月 11 日
头顶流火烈日
心里滂沱大雨
在岭南一个叫作花都的地方
我钻进了一辆贴地飞机的心脏——和谐号高铁
在潇湘一个叫作郴州的地方
我狠心地将你抛下
我的女儿——梁芙蕖
请不要怪爸爸铁石心肠
将你从父母的身边一脚踹开
如同踢走一个破旧的皮球
让你做回留守儿童——一个沧桑而无助的字眼

你稳稳地落在奶奶的怀里
她慈爱地端详着这个从天而降的小仙女
一朵花盛情绽放
在她那爬满沟壑的脸上

我打道回府

潇洒地告别满天的云彩

一声气冲霄汉的啼哭

回旋在我的耳畔

牵动着我的呼吸

心在滴血，肝肠寸断

一阵狂风刮过

日历往前飘下48张纸片

那是你即将爬上两岁台阶的赊欠

岁月的砖头日复一日地叠加

忘怀的野草在心灵里疯长

岁月堆叠成了一堵厚实的城墙

野草蔓延成了一片茂盛的丛林

思念化为一把利剑

一剑劈开了厚实的城墙

记忆变身一团熊熊的火焰

一把火烧尽了无尽的荒野

你的笑靥如花

你的肌肤似雪

你的啼哭如雷

你的声音似铃

你的小手如玉

你的嫩腿似藕

……

如铁马冰河般

统统入梦来

梦醒处

斑斑点点

2010 年 12 月 11 日
炎炎夏日换成了一副凛冽的面孔
我们——爸爸、妈妈和姐姐
回到了故乡
你似乎胖了点
你似乎高了点
隐隐地，隐隐地
你的笑容少了一丝灿烂
你的嚎叫多了一丝忧伤
谢谢你
真诚地谢谢你
还记得我这个冷酷的爸爸
我们如影随形
我们寸步不离
我们朝夕相处
我们同床共枕
我们如胶似漆
生存的现实在三天的蜜月期后划上一个冷漠的句号
幸福的时光总是那么短暂
在你的鬼哭狼嚎中
在无可奈何的纠结中
我们再一次将你抛在了千里之外

思念衍变成了一条漫长的电话线
我聆听到了你的心跳
你的脉搏似乎更强大了
你的躯体似乎更健硕了
你稚嫩的声音赛黄莺

你俊俏的模样胜睡莲
你的每一个微小的变化
你的每一个可喜的进步
我都兴奋不已，为之疯狂
你已化为一个可爱的小精灵
夜夜潜入我的梦乡
你已融为一滴甘露
汇入我快乐的源泉

我要斩断思念这根情弦
飞越千里之外
我要营造一个小窝
将你重新捧回我的鸟巢
好好地呵护你
好好地教育你
看着你
一天天地长大
直到某一天
你扇动着一双坚实的翅膀
再次飞向千里之外

第二十二章
七年之痒

当历史的车轮进入2014年,东莞发生了一件令人拍手称快值得庆贺的事情。2月9日,中央电视台对东莞市部分酒店经营色情的情况进行了报道,引起公安部和岭南省高层关注。中央指示省公安厅要在全省范围内开展专项扫黄整治行动,像去年打击毒品一样扫黄,先治标,打出声威,再治本,综合治理。公安部随即派出督导组赴岭南,要求坚决查处卖淫嫖娼活动的组织者、经营者及幕后"保护伞"。是日,东莞市委、市政府迅速召开会议,统一部署全市查处行动,共出动6525名警力对全市所有桑拿、沐足以及娱乐场所同时进行检查,并针对节目曝光的多处涉黄场所进行清查抓捕。自此,东莞作为"中国性都"的帽子终于被摘掉了。

2014年是崇文和清照结婚的第七个年头,与别的夫妇一样,他们依然也摆脱不了七年之痒的魔咒,婚姻出现了巨大的裂缝,几近形同陌路。

崇文依然在深圳工作,远离清照,较之于从前,每到周末,他现在越来越不想回东莞那个家了,要是放在往日,他总是无限憧憬着周末的到来,恨不得插上一双翅膀马上飞到清照的身边。久别胜新婚嘛,两人难免缠绵温存一番,然后带着小猪、小树外出游玩,虽然小日子过得比较清苦,一家四口倒也其乐融融。可是现在,他回东莞的主要理由就是照顾小猪、小树,逗她们开心,为平淡的生活寻找微不足道的快乐。其实,他完全可以不回东莞的,但因为公司放假了,他也无地方可去,老是去朋友那里蹭饭终究不是办法，所以周末回东莞依然是他的不二选择，只是没有之前那样充满期待了。

受身边同事们的挑唆，崇文有了一丝精神出轨的迹象。同事们老是在他的耳边不怀好意地念叨着一些歪理邪说，什么"家里红旗不倒，外面彩旗飘飘"，什么"家花不如野花香"，什么"孩子是自己的好，老婆是别人的好"。"近朱者赤，近墨者黑"，长此以往，崇文真的开始浮想翩翩，胡思乱想，他愈发觉得现在的清照越来越没有魅力了，就好像一个半老徐娘，不仅人老珠黄，肌肉松弛，形容枯槁，更重要的是，她工作之余，开口就是锅碗瓢盆，闭口就是柴米油盐酱醋茶，人变得越来越俗不可耐。崇文甚至想过和大都市某个寂寞难耐的女人玩玩一夜情。但是，想归想，那只是一瞬间的闪念而已，他并没有跨出实质性的一步，因为崇文有一个最大的优点就是信奉君子慎独，强调自律精神，说一千道一万，他只是一个有色心没色胆的懦夫，一声叹息之后，工作之余，他只好将一些前尘往事写成一篇篇文章，将他的喜怒哀乐与无尽的忧伤统统交付于文字，让自己沉醉于一个虚无的精神世界。

清照这边呢，她也开始对崇文愈发失望了。结婚七年了，她已记不清和崇文吵过多少次架，又有多少次分床而睡。别的男人发奋图强，早出晚归，努力赚钱养家，早就住上了大房子，开上了好车子。而崇文呢，似乎是扶不起的阿斗，在职场方面，三天打鱼两天晒网，不是今天被老板解雇了，就是明天他主动炒了老板的鱿鱼，他以为自己是谁啊，不知天高地厚，还有胆有识敢炒老板的鱿鱼，也不撒泡尿照照自己。他以为他是官二代、富二代、星二代啊，什么时候都可以任性一下，这么多年过去了，家里连辆车子都没有，还算是个顶天立地的男人吗？清照愈发相信，没有物质基础的婚姻总是脆弱的，很有可能经不起时间的深度检验，当激情退去，当理智复苏，当现实抬头，你会发现所谓的共同的兴趣爱好其实都是狗屁，如何活出优雅也许才是生活的本质。她甚至想起那句话"宁愿坐在宝马车里哭，也不坐在自行车上笑"，她自忖自己完全不具备那种条件，人嘛好比残花败柳，况且还有两个拖油瓶，也只能凑合着过日子。她本来就是一个恪守妇道的传统女人，白天要上班，晚上要照顾两个女儿，她几乎将全部的精力和希望都放在小猪、小树的身上，只希望她们快快长大，守得云开见日出，让自己熬出头，而小猪、小树也正是清照和崇文婚姻生活中唯一的交集，一个富有母爱，一个富有父爱，谁也没有丧失基本的人性，谁也割舍不下那两个正茁壮成长的女儿，于是两人之间的交流一般总与孩子有关。当然，也不能说清照对崇文失望透顶，至少在清照看来，崇文还有两个优点，对小猪和小树他是掏心掏肺的好，在这方面，清照还需仰仗他的力量共同将女儿抚养成人，绝不能将他踹出家门，还有一点就是崇文在文学方面确实很有天赋，文章写得好，作为昔日才女的她也自愧弗如，而这也正是两人婚姻潜在的悲剧所在，因为清照对崇文的未来总是看不到希望，他那么痴迷于写作，试问文章能当饭吃吗？能换来大把大把的钞票吗？这样的日子究竟还要煎熬多久？她似乎永远也看不到头。

崇文与清照之间的话语越来越少，两人见面几乎从不说话，眼光扫一下对方就飘过去了，仿佛对方只是一个陌生人而已，谁也不认识谁，之前的卿卿我我、呢喃细语荡然无存。但是，他们还有两个共同的女儿，有时也会为孩子的事情进行深度的沟通，但令人啼笑皆非的是，作为合法夫妻，他们不是面对面地促膝交流，而是在网络中卸下彼此矜持的面具，通过即时聊天软件倾诉自己内心的真实想法。

有一天晚上，身在深圳的崇文和人在东莞的清照共同打开了QQ软件。

紫燕斜飞：今天早上小树起床很乖，自己的事情自己做，还想着帮姐姐装牛奶。6：55下楼，我买了一袋小笼包在农行门前给两个小家伙吃，小树7：10上的车，小猪7：18上的车，然后我买了菜回公司吃早餐，这是这段日子以来最正常的早上了。

湘南徐工：嘀！时间记得这么精确，看来心情很愉快嘛，请继续保持！也希望小猪、小树好好学习，天天向上。

紫燕斜飞：你的文章《回眸2008》我看了，记得那时我带着小树一天只能睡四至五个钟头，整天抱着她累到麻木没感觉。那一年发生了太多事情，站在中间人立场的你可能只是觉得很烦琐，可是那一年正是我前段时间怨气和心理不平衡的累积根源所在，如果不是怀疑你的背叛对我造成太大的杀伤力，我几乎以为我已经不需要你，不再爱你了。

湘南徐工：往事如云烟，其实，苦难也是一笔宝贵的财富。现在不妨想想，2008年的我虽然工作吊儿郎当，却收获了不少亲情，因为这与当时的经济形势及社会大背景有关，当然，也多亏了你在背后默默地支持，让我不至于债台高筑。

紫燕斜飞：网络小说《七年之痒》我是流着泪看完的，我跟里边女主人公晓荷的性格有共通之处，都是从不肯向男人示弱，追求完美，说话尖酸刻薄，从不留余地，里边有很多值得我们学习的地方，有时间的话你也看一看，对我们的婚姻很有帮助。

湘南徐工：我没时间看，况且阅读速度也慢，没有你那种一目十行的功力，但你的自我反省我表示认同。

紫燕斜飞：以前我以为只要教育好孩子，我们的关系好坏与否并不重要，就算没有感情只要过得下去就行了。现在才发觉，其实只要我们感情好，家庭气氛好，孩子们身在其中潜移默化，不用怎样刻意去教，孩子们也坏不到哪里去，希望我觉醒得还不算迟，你认为呢？

湘南徐工：我深以为然，但你的性格属于慢热型，火山爆发了谁都预料不到。另外，小猪长大了，也开始琢磨很多事情了，喜欢问一些为什么？喜欢刨根问底，虽然暂时反应不过来，但有所察觉和领悟，所以我们的亲昵行为一定要回避。小树虽然小一岁，但内心聪慧，也明白许多事情，只是不善于用言语表达而已。另外，赶快教小猪做点儿家务，做些力所能及的事情，比如自己洗脸、刷牙、洗澡、穿衣服、换衣服、扫地、拖地、擦桌子、收拾行李，不要让自己太劳累。

紫燕斜飞：已收到你转账过来的4500元，我明天抽空去将学费交了。

湘南徐工：孩子的事情只有辛苦你了。

紫燕斜飞：应该的，这两个月还是省些用吧，等我将清婉的钱还了后我们再好好计划下，如果不是用钱紧张，我不会逼你要钱的。

湘南徐工：理解万岁！日子会慢慢好起来的。

紫燕斜飞：另外，还有小猪的保险费3049元，到时会在我的银行卡里直接扣款。

湘南徐工：好，届时我会转给你3000元。我的想法是负责两个小孩一年的学杂费和小猪的平安保险费，其他的都归你管，你花的都是小钱，这样做男人够负责任了吧？不知这样可否？而不必让你催缴我的生活费。

紫燕斜飞：不过我想着这个保险费还要不要交，有些人以前买了的都退了，比如伍圆圆。

湘南徐工：你去问一下伍圆圆，若没什么必要就退了，将那笔钱充作小猪、小树的学杂费也好。

紫燕斜飞：前两天帮伍圆圆抢了一台799元的红米手机，不知好用不？好用的话下次帮你买一台。

湘南徐工：心里有我，内心窃喜，但是不用了，多谢！

紫燕斜飞：你又没回应我早上说的那一堆家常和情感，不要以为男人跟老婆说这些没出息，要知道，只有你表达出来的关心和爱，才是我带着两个孩子在这边不再孤单不再觉得辛苦的精神支柱。

湘南徐工：我记得回复了啊，你一下子从坚强的女人堕落为温柔的小女人，我开始有点儿受不了啦！

紫燕斜飞：你还是不懂，所有的良家妇女都希望得到疼爱。

湘南徐工：如果双方互相理解、包涵、谅解，竭力改正自己的缺点，我相信应该能奢望一个有爱有温情的家。托尔斯泰说过："幸福的家庭总是相似的，不幸的家庭却各有各的不幸。"你总看到别人闪光温情的一面，却没有看到家庭暴力和阴暗的一面。我当年在东方锦河大饭店工作的时候，难道不是由我负责每天送两个小孩去福娃幼儿园吗？不要徒生羡慕了，现状不允许我们这样。我从布吉回长安，宁愿花四个小时七拐八拐，一是为了节约钱，二是太晚了已经没有直达车了。

紫燕斜飞：还是再给对方三个月的时间吧，我们彼此都列一份清单，希望对方怎样做我才会感到满意，也列一份需要反省需要改进的清单，将自己认为以前做错的事情列出来，好好改变，算一份临时协议吧。如果我们看到对方写的都不认同，那就不必再谈了。如果我们都还不想放弃这个家，就拿出自己的诚意来再谈一场恋爱，没有爱意没有希望地死撑着，我真的快崩溃了。

湘南徐工：不要以为我在深圳过得很潇洒，我也在做着你认为不够高尚的事情，写这么多篇动不动就上万字的文章难道不需要时间吗？哪来的闲情逸致去风花雪月哦！

紫燕斜飞：上周早晨你离家去深圳，小猪、小树都哭得很惨，她们老是问我，为什么不能跟以前一样一家人在一起玩，为什么现在只能跟爸爸或妈妈中的一个人玩，何为得？何为失？小孩子眼中的世界才是最真实的。

湘南徐工：向她们解释清楚就行了，我也不想这样子。

紫燕斜飞：大人空洞的解释对她们没用的，这样下去她们的成长一定会出问题，当她们都上小学后，我也肩负不起这个教育的重担。

湘南徐工：如果无力教育就交给老师吧！

紫燕斜飞：现在的老师还说教育主要在家长呢。

湘南徐工：都有责任。

紫燕斜飞：小树昨晚因为煮的玉米蹭了一点儿红萝卜在上面死活不肯吃，扔得满地都是。今天早上又因为尿了一点点在鞋子上，她竟然坐在地上哭，不肯穿衣上学。校车常常误点误时，有一天还差点儿将小猪弄丢了。我每天又急又累，气到胃痛，也不知能撑到几时？我死撑着让自己再坚强些，可是每天早上看到有些人家是夫妻俩送一个孩子上学的，做爸爸的甚至还穿着睡衣，他原本可以再睡会儿，让没上班的妻子单独一个人送孩子，是什么让他放弃睡眠陪着妻儿呢？如果没有爱没有温情，我想天下没有哪个男人会这样做，我看在眼里，又岂止是一个羡慕可以概括。我也是一个女人，我也想有人疼爱，有人在背后支撑分担所有的压力和苦累，都说家是一个只能讲爱不能讲理的地方，我还能奢望一个有爱有温情的家吗？

湘南徐工：小树的家庭教育一直是个问题，懦弱、胆小、自私、任性、偏食、懒惰，内心聪慧但外表愚钝，需要慢慢调教，我们也需反省，这种现况还有什么办法？你要拿我与别人的老公进行比较，我承认我的确有做得不对的地方，我反省，我检讨。但是，我也有优点啊，我们之间所发生的重要事情我都有文章记录的，幸亏我养成了这个良好习惯，而你却说成是记流水账。如果你细读这些文章，根据蛛丝马迹，可以知道很多事件及其发生的具体日期。你可能觉得这些文章都是垃圾，写得不好，但当你老了的时候，它们却是一笔宝贵的精神财富，可我现在再没有心情写这些生活琐事了。

紫燕斜飞：好了好了，反正带着两个孩子做着一份在你眼中看来很不上进的工作，但这已耗尽了我全部的心力，我真的不想再吵架了。

湘南徐工：有空去看一看我写的文章《我的奶爸生涯》，反思一下我们的过去和现在。

第二十三章
高州奔丧

　　七年之痒终于熬过去了，崇文和清照的婚姻总算平安着陆，有惊无险。当两人对2015年充满无限期待向往美好生活的时候，残酷的现实又是一记棒喝，给脆弱的清照重重的一击，因为她的亲生父亲去世了，崇文的岳父因为罹患肺癌永远地离开了这个世界。

　　这一天迟早都会来的，只是没想到来得这么突然，在高州度过2015年春节的时候，崇文早就预料到了。正月初六那一天，崇文跟着清照的兄弟姐妹还有那些孩子，一行人浩浩荡荡去了化州市的南山寺，为他老人家烧香保平安。中午时分，一行人在南山寺吃了一顿斋饭，这是崇文生平吃过的第一顿斋饭，清汤寡水，无滋无味，简直难以下咽，但崇文还是囫囵吞枣般地咽下去了。返回东莞时，崇文就料定岳父必活不过半年，但他没有说出来，果不其然，三个月后，他老人家就真的跨鹤升天了。

　　岳父的去世让崇文想起了自己的父亲，他们两个老人家何曾相似哉！一个受尽胃癌的折磨，终年58岁；一个饱尝肺癌的摧残，享年65岁，虽则岳父比父亲多活了七年，但那也只是五十步笑百步，大可忽略不计，他们有一个相似的共同点，他们都是怀才不遇的农民，性格上有着极大的缺陷，与世俗格格不入，更重要的是，他们在死之前为了不给孩子们带来麻烦，尽可能不为孩子们带来债务，硬是用顽强的意志力支撑着自己走过了人生的最后岁月，知子莫若父，因为两位老人家始终很清醒，孩子们在经济方面没有一个人有出息，作为一个土生土长的农民，他们不可能像某些人一样享受无微不至的根本不用为医疗费用犯愁的超级待遇。

　　岳父的死亡让崇文对"门当户对"这个成语有了更深刻的理解。崇文想起了他的家庭和清照的家庭，两人的父亲皆是有点儿文化也有点儿才情的农民，空有一腔抱负，却因时运不济无力施展；两人的母亲皆是目不识丁的传统型农村妇女，只不过崇文的母亲比清照的母亲精明能干一些，清照的母亲简直就是一个病秧子，是一个大门不出二门不迈的女人，这一度让崇文对她很失望，失望之处在于在照顾小猪、小树这件事情上她几乎没有半点儿功劳，但中国有一个优良传统：百善孝为先，所以崇文对她还是很尊敬的，尽管沟通不来，但至少在成全崇文和清照的婚姻这件事情上，她没有跳出来坚决地说"不行"。崇文又想起了双方的兄弟姊妹的婚姻，他自己娶了一个文化相当家境相仿且兴趣等同的梁清照，徐崇武娶了一个文化相当家境相仿的女人，徐崇华也娶了一个文化相当家境相仿的女人，徐崇芳嫁给了一个文化相当家境相仿的男人，梁清婉嫁给了一个文化相当家境相仿的男人，两口子都在广州打工；梁清心嫁给了一个文化相当家境相仿的男人，两口子都是高中老师；梁新宇娶了一个文化相当家境相仿的女人，两口子都是初中老师；还有那个送亲戚抚养的江秋菊嫁给了一个文化相当家境相仿的男人，两口子在怀化当起了个体户。哦！教师匹配教师，打工仔对应打工妹，体制外吻合体制外，这是多么惊人的相似啊，上苍对人类就是这么公平，连婚姻也大包大揽，好像这一切都是冥冥之中的安排，是命运那双无形的手在幕后的刻意为之，谁也别想逾矩，谁也别存有非分之想，僭越人类社会几千年来根深蒂固的阶层。

　　老人家下葬的前两天，崇文和清照带着小猪和小树风尘仆仆地回到了高州。清照这一次回到荔枝村，在巨大的悲痛下完全变了一个人，变成了一个无坚不摧的钢铁战士，变成了一个不用睡觉的机器人，这让崇文一度觉得她好恐怖。在老人家下葬的前天晚上，几个假模假样的道士在庭院里设坛打醮诵经做法事，以超度亡灵，道士们装神弄鬼，疯疯癫癫，还指使着清照和她的兄弟姊妹们一起疯疯癫癫，手舞足蹈，跳来跳去，折腾了整个晚上。崇文实在撑不下去了，幸好不是他的亲生父亲，下半夜也就偷偷地睡觉去了，想要为外人留下一个尽孝的好女婿的名声，他也管不了那么多。

在老人家下葬的那天下午，崇文做了一件有意义有价值让别人刮目相看的事情，他拿出当天上午为岳父写好的一篇文章《祭岳父文》，在岳父的骨灰盒被泥土掩埋之前当着众人的面泣不成声地念道：

维公元二〇一五年六月三日，齐不孝儿、女、女婿并外孙女等，虔具清酌庶馐之奠，致祭于岳父老大人之灵前而哀曰：

呜呼岳父，仙逝永别。骑鹤远游，终生不归。草木一秋，人活一世。其生短矣，享六十五。平凡一生，其德昭彰。卑微一世，其行至伟。育子五人，艰辛备至。奔波劳碌，克勤克俭。毕生务农，从一而终。风雨无阻，力争上游。勤俭持家，不媚权贵。教育子女，克己恭人。恪守传统，毋忘祖训。待人待己，爱憎分明。集体至上，舍其小我。性情温和，与世无争。不苟言笑，父爱深藏。抽烟喝酒，无他嗜好。岳父之品，足启后人。岳父之德，砥砺晚辈。时至今日，子女独立。除其爱儿，四女皆婚。长女嫁我，惭愧待汝。孙辈七人，我占其二。宜享天伦，无奈不测。重病缠身，魔鬼附体。女婿无能，爱莫能助。无所付出，回天乏术。风烛残年，静卧余生。是日谢世，阴阳两隔。呜呼泰山，百喊不闻。千唤万唤，如同陌人。肝肠寸断，血泪沾巾。哀号祭奠，悲痛凄怆。黄泉路上，风光旖旎。三生石侧，忘川河畔。奈何桥上，孟婆汤备。地下若知，来品来尝。呜呼哀哉，伏惟尚飨！

料理完岳父的丧事，一家四口回到东莞后，崇文怀着一腔激情又马不停蹄地写了一篇文章《永远的岳父》，回忆他与老人家交往的点点滴滴，以报答岳父对清照的养育之恩，也算是以这种高雅的行为作为对妻子的精神慰藉。他在文章中这样写道：

言及岳父，我是惭愧有加的，可以这么说，我是一个很不孝顺的女婿。自从与他的长女相识之后，及至他谢世而去，足足九年矣！其间，我已记不清和他见过多少次面，但与他正儿八经打交道的次数却屈指可数。每次相聚的时候，彼此之间仿佛都是陌生人，一个微笑，一个眼神，一个肢体语言，连一句多余的话都没有，而这却是我们之间沟通的全部。所有深入地沟通全由妻子代劳，仿佛她就是一个传话筒，而我就是一道可有可无的摆设。悲哀的是，我和岳母之间的关系竟如出一辙，想必今后也无修复的可能性。之所以说惭愧，当然是有原因的。我知道岳父是喜欢喝酒的，听妻子说，他嗜酒如命，闲暇时经常和他的那帮朋友们喝得天昏地暗，而且只喝白酒，从不喝啤酒等其他酒水。记忆中，我没有和岳父喝过一次酒，哪怕是在最喜庆最开心的春节，更别谈我向他敬酒了，我真不知道两个喜欢喝酒的男人坐在一起却不喝酒的场面有多么尴尬，可见，人与人之间的代沟有多么可怕。我也知道岳父是喜欢抽烟的，但他只抽那种当地的水烟，经常看见他坐在二楼那张专属于他的凳子上，左手拿着一根约半米长竹制的水烟筒，右手从一个塑料袋里拿出一小撮烟丝，随后将烟丝塞入一个凸出来的用金属做的烟斗里，再用打火机点燃那一小撮烟丝，然后迅速将嘴巴贴在那个圆形的竹筒上端猛吸一口，稍稍抬起头来，吞云吐雾一番，同时从鼻孔和嘴巴里冒出一股浓烟，扩散开来，淡淡的烟氲氤开来，弥漫着整个房间，接下来岳父又重复着相同的动作，直到他觉得惬意为止。我曾经试图敬他一根工业化的纸制卷烟，却被他那只粗糙的右手委婉地挡开了。我也曾试图学抽他那种土得掉渣的水烟，但最终还是接受不了那种烦琐的抽法。俗话说得好，烟酒不分家，两个男人之间缺乏酒精和香烟的互动，他们之间的关系肯定融洽不到哪里去，于是，我就一步一步沦为"不孝"女婿的境地，既不买白酒孝敬他，也不买香烟孝敬他，后来索性将所有的人情世故全部交由妻子去打理，每次去高州我纯粹就是一个光吃饭不干活的木偶罢了。

虽然我和岳父之间没有什么正儿八经的沟通，但我永远都记得我们第一次见面时他问我的那两句话。记得是2006年7月14日，我和他的长女正在谈恋爱，尚未结婚，女朋友带着我回高州见她的父亲。平生的许多第一次都在这里发生，第一次来高州，第一次见未来的岳父岳母，第一次见她的弟弟妹妹们，第一次见她的亲戚们。岳父当然知道我是潇湘省人，说着不同的语言，有着不同的饮食习惯，而且他从未去过潇湘省，所以他不说过多的废话，其间只问了我两句话。

他用蹩脚的普通话慢吞吞地问我："你做什么工作？"

我腼腆地回答："我在中华商务（岭南）联合印刷有限公司做估价工程师。"

他又问："工资多少？"

我回答："一个月3500元，包吃包住。"

事后，我和岳父之间便不再说话。我不知道是3500这个数字让他同意他的长女嫁给我？还是我的诚恳与老实让他觉得放心？还是他会看面相，觉得我是一个忠厚、老实、本分与善良的人？抑或什么都不是，他只是那么随便一问，因为他是一个讲究民主的父亲，婚姻大事完全由子女做主，他不做任何干涉。

孔子曰："其身正，不令而行；其身不正，虽令不从。"孔圣人说的无非就是一个"言传不如身教"的道理。于我看来，岳父的朴素和勤劳是出了名的，我相信，这也深深地熏陶了他的五个孩子。每次去高州，我看见岳父总是穿一件洗得发白的圆领衫和一条颜色灰不溜秋且皱巴巴的裤子，脚踮一双旧拖鞋，用酒店行业的话来说就是：衣冠不整、不修边幅，一看就是一个农民的装扮。我曾好奇地问妻子，难道你们没有为他买过衣服吗？妻子说，即使帮他买了，他也不会穿，他就喜欢穿这些舒适、自在、顺手的旧衣服，我听了自是无语。对此，我是完全可以理解的，单单从他那件圆领衫就可看出端倪，岳父真是一个勤劳有加的农民。我发现，几乎每件圆领衫的后面都会丝印四个字：某某饲料。说到这里，不得不提及岳父所经营的猪圈和鱼塘。岳父那片凭此维持生计的土地我肯定是去过的，几乎每次回高州的时候，我都会带着两个女儿去那里玩耍。

那是一个美丽的地方，就在小村庄的前头，距离并不远，步行几分钟就到了。那里有一个偌大的鱼塘，多大面积我也说不上来，反正挺大的，估计有三亩左右吧！鱼塘呈正方形，里面的淤泥被挖出来一两米深，然后在其四周筑成一个堤坝，用棒槌夯实加固，并栽上若干株荔枝树、龙眼树、杧果树和香蕉树。鱼塘蓄满水之后，放上鱼苗，一般都是罗非鱼，又叫福寿鱼，再添置一些我叫不出名字的供氧装备，好似叫氧气泵吧！天气好的时候，平静的水面如一面巨大的铜镜，倒映着蓝天白云，还有四周各种水果树的倒影。偶尔轻风拂拭，湖光潋滟，水波粼粼，心情荡漾着，塘面泛起一阵动人的涟漪，蓝天白云在明镜中摇曳生姿，周边树影婆娑，更有几只孑孓在水面快速掠过，无端让你想起朱熹的那首七言绝句《观书有感》："半亩方塘一鉴开，天光云影共徘徊。问渠哪得清如许？为有源头活水来。"

鱼塘挨着猪圈的一侧有一块土地，那里有一丛茂盛的竹子林和木瓜树，但奇怪的是这块土地并不属于岳父。据妻子讲，这块土地原本是她家的，但村里某个强势的人竟然先下手为强，在这里种下农作物，于是顺手牵羊便将这一小块土地据为己有。我听了感到啼笑皆非，真是咄咄怪事，由此也可折射出岳父的性格，说他与世无争也罢，说他坚贞隐忍也罢，但有一点是肯定的，他做出让步绝对是为了孩子将来的幸福着想，宁可自己吃亏，也决不去做那种两败俱伤的事情。

鱼塘靠村庄这一边有一排低矮的红砖屋，里面当然就是岳父的猪圈了。岳父似乎就是一个天生的畜牧业专家，乐于当一个快乐的猪倌。猪圈多的时候竟然有三十多头猪，老的，少的，大的，小的，公的，母的都有。有一次，我带着两个女儿跑到猪圈去看她外公饲养的猪。及至门口，一股臭烘烘的异味扑面而来，我强行将两个女儿拉入里面看个究竟，只见猪粪遍地，尿液横流，吓得两个小姑娘直呼："臭死了，爸爸，我要出去！"

现在大家应该知道岳父为什么老是穿那种印有"某某饲料"的圆领衫的缘故了吧！岳父为猪购买了大量的饲料，厂家不送几件衣服才怪呢？此为一石二鸟之举，既可以当成赠品，又可以免费帮厂家打广告。其实，在妻子的祖屋重新修葺之前，岳父还在自家的庭院里养过猪。猪圈就在庭院入口处的右侧。某年春节，正值猪婆分娩生猪崽，两个女儿觉得很新鲜，赶忙凑上去看热闹。我可以想象，为了这片鱼塘和猪圈，岳父投入了大量的精力、物力和财力，我经常看见岳父开着一辆破旧的摩托车载着一袋猪饲料往返于庭院和猪圈之间，有时还给我们惊喜，顺便从鱼塘里捎带几条福寿鱼回来。也不知道岳父是如何在那看似深渊的鱼塘里抓鱼的，我去高州若干次从未真正见识过岳父捕鱼的英姿，好想亲自见证一回，可如今再无机会了，这注定成为此生一个弥补不了的遗憾。

用如此多的文字描述岳父的猪圈和鱼塘，从而凸显出晚年的岳父仍然是多么的辛劳。其实，年轻时候的岳父更加勤劳，更能吃苦。据妻子讲，她家当时的生活条件在整个石鼓镇算是不错的，因为岳母体弱多病的缘故，当时家庭所有的开销全靠岳父一人支撑，也就是说，是岳父一个人在赚钱养家糊口，一个人养活六口，这是多么不简单啊！只是到了后来，四个孩子都要上学，每年都需要一笔金额不菲的学杂费，家庭开销突然暴涨，日子才变得每况愈下。但尽管这样，岳父还是咬着牙，凭着他的勤劳和智慧，努力供孩子们上完学。

岳父永远地离我们而去了，我很庆幸，在岳父去世之前，我完成了一件富有意义的事情。那是2008年的夏天，母亲从潇湘省老家来到东莞长安帮我照顾长女。其间，我和妻子休假几天，特地带着母亲和长女回了一趟高州，这是母亲与亲家的第一次也是最后一次晤面，虽然三个老人几无语言沟通，但相见总比不见好，至少这是一种隆重的礼节。这是母亲第一次去粤西，她在高州一共待了三天。事后母亲对我说："终于见到亲家了，很开心，就是饮食不习惯。"

岳父永远地离我们而去了，如果仍有令他老人家牵肠挂肚的一件事情，我想肯定是他那唯一的儿子的婚姻。小舅子如今快三十岁了，但仍未结婚。中国有句老话说得好：不孝有三，无后为大。从这个角度而言，他是有愧于岳父的，但婚姻大事岂可草率了事，姻缘还需静候时日。

岳父生于1950年，卒于2015年，享年65岁。今日盖棺定论，他是一个平凡的农民，无任何丰功伟绩，在历史长河中也无一席之地。但一个人真正伟大之处就在于他能够认识到自己的渺小，然后在平凡的位置上做出超越平凡的事情。于此而言，他将永远活在孩子们的心里。

"逝者长已矣，生者如斯夫"，那么，如何理解"生者如斯夫"呢？我的理解是：与他的长女白头偕老，并将他的两个外孙女抚育成人，将其培养成一个有益于社会、有利于国家的栋梁之材。也许，这就是作为女婿的我对黄泉之下的岳父最好的孝顺吧！

岳父，请一路走好！愿您在天堂没有病痛，永远快乐！

第二十四章
黯 淡 岁 月

　　当暴雨即将来临的时候，必将乌云密布，凉风飕飕，所谓"山雨欲来风满楼，黑云压城城欲摧"；当火山即将爆发的时候，必将岩浆涌动，翻江倒海；当蚕蛹蜕变成蝴蝶的时候，必有一番痛苦而残酷的挣扎，这样它的翅膀才会有力量，所谓破茧成蝶；当孕妇即将分娩的时候，必有一阵剧烈的痛楚难当的子宫收缩。事物从量变到质变总有一些迹象，见微知著，一叶落而知三秋矣。

　　这两年，崇文在职场上很不顺心。他越来越不喜欢那种循规蹈矩、按部就班的生活了，他的性格也发生了悄然的变化，不是今天他看不上这份工作，主动辞职炒了老板的鱿鱼，就是明天老板嫌他木讷呆板，与同事格格不入，尽管老板知道崇文有点儿才华，但为了节约公司的运营成本，顾全大局，还是以一种委婉曲折、和风细雨的方式请崇文另谋高就，而崇文呢本来就对物质看得很淡，他乐天知命，心想：解雇我也好，呵呵！我又自由了，此处不留爷，自有留爷处，东方不亮西方亮，黑了南方有北方。自由倒是自由了，但崇文毕竟不是机器人啊，他要吃喝拉撒睡，这一切的一切都需要金钱来维持，更何况他还有小猪和小树需要抚养，为此，他又不得不硬着头皮继续找工作，所幸的是，他求职还是蛮有一套的，只要他在人才网站上将自己的个人简历刷新一下，旋即就有好几家公司的面试电话打过来，一度让他应接不暇，以至于过上了一种"不是在面试的路途上，就是正在面试中"的尴尬生活。但是，崇文一旦入职后，旧病复发，所谓"江山易改，本性难移",不是他对老板清高孤傲,就是老板对他吹毛求疵,于是生活陷入了恶性循环,掀开了他的一段幽暗岁月。

"智者乐水,仁者乐山。"在苦闷与压抑之下,崇文开始迷上了大自然,欲寄情于山水,图个逍遥自在。这个时候,小猪七岁了,小树也六岁了,她俩都在读小学,崇文每每外出之前很自然地想到了她们,也必须想到她们,因为她们周末不用上课,而崇文请不起保姆,照顾她俩是崇文雷打不动的责任与义务,事实上,崇文也非常乐意这样做,他就是想死也要找两个垫背的。

在东莞长安生活了那么多年,崇文早就带着小猪和小树玩遍了整个长安,像长安公园、长安广场、长安图书馆、大岭山森林公园、笔架山公园、将军山烈士陵园、长安体育公园、象山公园、猫山公园、如园、莲花山、沃尔玛、大润发和地王广场这些地方,父女仨不知去了多少次。如今,崇文有了更大的野心,在经济许可的条件下,他要带着她俩走向更广阔的世界,走遍东莞的山山水水,走遍珠江三角洲的山山水水,乃至一切有条件有能力可以游历的山山水水或旅游景点。

在实现这个伟大的计划之前,崇文为他的壮举写了一首诗歌,他这样写道:

孩子是上天赐予父母的礼物,
女儿是什么?
小棉袄?
小情人?
开心果?
女儿永远是父亲眼中最美丽的小天使。
世界那么大,
我想去看看。

爸爸去哪儿?
外面的世界很精彩!
爸爸,
我想飞,

你能做我的翅膀吗？

亲爱的宝贝们，
来，让我牵着你们的小手，
我们父女仨来一场说走就走的旅行！
没有比人更高的山峰，
没有比脚更长的道路。
既然选择了远方，
便只顾风雨兼程。
Let's go!
我们现在就出发……

崇文结合自己的经济状况，在没有私家车的前提下，先将目标锁定东莞，利用周末，崇文带着小猪和小树先后游历了东莞第一峰银瓶嘴、东莞第二峰紫烟阁、大屏嶂森林公园、水濂山森林公园、清溪森林公园、大王山森林公园、观音山森林公园、石洞森林公园、黄旗山森林公园、东莞植物园、可园、莲湖公园、同沙生态公园、龙凤山庄影视度假村、粤晖园、松山湖的梦幻百花洲和松湖烟雨、燕岭摩崖石刻、袁崇焕纪念园。

东莞无处可去之后，崇文又将目标锁定了深圳，利用周末，崇文带着她俩先后游历了深圳第一峰梧桐山、深圳第二峰七娘山、凤凰山森林公园、羊台山森林公园、塘朗山森林公园、马峦山森林公园、大鹏半岛国家地质公园博物馆、儿童公园、海上世界、荔枝公园、深圳少年儿童图书馆、深圳少年宫、蛇口港、西涌海滩、青青世界、野生动物园、明斯克航空母舰世界、荷兰花卉世界、园林花卉国际博览园。崇文在征服深圳第一峰后有感而发，一时兴起写了一段文字，聊以纪念：

登泰山而小天下，登梧桐山而小鹏城。甲午小年翌日，自东莞长安启程，假以自行车、公交车、地铁之工具，十一时余至深圳市罗湖区晒布，入麦当劳果腹。毕，搭211路抵梧桐村，十三时始登山。择泰山涧长驱直入，揽幽谷胜景，闻鸟语啁啾，濯山涧泉水，攀峭壁巉岩，经好汉坡，几无休憩，历三时而登顶。俯瞰盐田港，踩深圳于脚下，面朝湛蓝大海，春暖鲜花甫开。头顶蔚蓝苍穹，云絮与银鹰共舞，风景这边独好。赏毕，小树曰不走回头路，甚合父意，遂择碧桐道逐级而下，途中闲庭信步，夕阳西下，旅行者在天涯。至十八时余，华灯初上，霓虹璀璨，仍滞留山中。启手机之手电筒功能，于微弱亮光中相偎前行。十九时整，闯入盐田区梧桐路，大功告成。三人疲惫不堪，饥肠辘辘，寻餐馆而食之，觅宾馆而眠之。打量小女，其毅力、体力及精神殊为不易，自当喜而贺之，为父实倚汝而傲。待余之精力恢复之闲暇，兹略撰小文以示之，是为记！

深圳无处可去之后，崇文又将目标锁定了惠州，利用周末，崇文带着她俩征服了罗浮山风景名胜区的最高峰飞云顶，并写下了一段纪念性的文字：

"罗浮山下四时春，卢橘杨梅次第新。日啖荔枝三百颗，不辞长作岭南人。"自苏轼之词昔日诵之始，于罗浮山之仰慕之心由来已久矣！适逢清明节三日假期，因故滞留莞邑。"凡事预则立，不预则废"，昨日下午抵惠州市博罗县长宁镇，择酒店宿之。今日七时半起，早餐毕，即赴罗浮山，九时至景区正门口。欲耗六十大洋之门票而入，偶遇一本地人氏之摩的大佬，其曰："不然，吾载汝等择野径而入，可免门票，然车资三十大洋，汝自定度之。"又曰："此径较之正路艰辛备至，汝携两稚女登山，畏其难乎?"吾曰非也，遂成交。果不其然，此野径异常荒僻兼陡峭，然父女仨训练有素，披荆斩棘，排除万难，加之其父之适时助推，历一时又一刻，终至缆车滑道处，始入正道。过鹰嘴岩、罗浮奇秀、燕子岩，穿栈道瀑布、观音坐莲、玉鹅峰、分水坳。漫漫旅途，单调乏味，偶见禾雀花，欣喜异常；更斫竹以之为拐杖，聊遣途中之沉闷。不期至飞云顶已十三时一刻矣，掐指一算两个时辰！此乃罗浮山之顶峰，海拔1296米，是为岭南第一山，又曰粤岳道教圣地。于高远雄浑之仙境中，三人肆意徜徉于其周边之草地，风景这边独好？意犹未尽之余，念及时光之仓促，十四时始下山。至栈道瀑布处，择另一小径而下，历三时自景区正门而出。此时夕阳垂暮，余晖脉脉，正十七时。出，时不我待，速返东莞长安，至家二十二时矣！回顾今日征程，三人在山中暴走八小时，却不知征途之里程哉！怜小女之辛劳，尤以小树表现至佳。途中，为试二女之决心，吾曾戏谑并伴曰："山之遥远不知所终，不如退而返家，若何？"小猪答曰："且不可半途而废。"小树答曰："天未黑，我未累，仍可前行。"呜呼！吾独不可偃旗而息鼓，以泄其志哉！于内心而言，实窃以之为傲。沐浴毕，兴之所至，夜不能寐，是故，爬将起，略撰小文以记之！

征服惠州第一峰后，崇文又马不停蹄带着她俩游历了广州的白水寨风景名胜区、广州塔、圣心石室大教室和沙面、佛山第一峰皂幕山和罗浮宫国际家居博览中心、珠海的九洲港、圆明新园和珠海渔女、中山的五桂山森林公园、清远的岭南第一峰石坑崆、肇庆的鼎湖山、江门的圭峰山。但是，父女仨在征服位于白水寨风景名胜区的天南第一梯时，因为不可抗拒之因素，竟无疾而终，对此，崇文用一段文字表达了他的遗憾：

这个"六一"儿童节过得好狼狈，被脾气古怪的天公赶得团团转，计划永远赶不上变化，爬过那么多座山，这是头一遭。好不容易赶往广州市增城区派潭镇的白水寨风景名胜区，本打算征服拥有9999级的天南第一梯，却因天气恶劣之理由被告之封山，是时天气为阴。也罢，打道回府着实不甘，遂当机立断从白水寨赴从化，再赴广州，再赴肇庆，欲征服鼎湖山，是时天气为晴，一片大好。为规避高额门票，摩托车司机介绍我们走野路。父女仨在野路中艰难跋涉一个半钟，在我这个教官不断的鼓励、呵斥、鞭挞和帮助下终于成功突围。我说，希望就在前方，沿原路返回比继续前进更可怕，勇敢一点儿，坚强一点儿，抱着大无畏的精神勇敢前进。请相信在山沟沟里长大的爸爸，有路的地方就一定有人，有人的地方就一定有扔弃的矿泉水瓶，我一定带你们冲破黎明前的黑暗，走向胜利的曙光。事实证明，我的决策是英明和伟大的，当我们在深山密林中突然看见一辆车呼啸而过的时候，两个小人儿欢欣雀跃，从此我们昂首走向宽敞的大道。正式登山不久即下雨，不方便雨中登泰山，只好花钱坐车而上。限于时间关系，参观完宝鼎园又花钱坐车而下，就这样仓促完成了鼎湖山之旅，失去登山之意义。更可笑的是，带着两双洗过的球鞋一直干不了，也就派不上用场，着实难为两个小鬼穿着一双凉鞋勉力前行，幸好她们训练有素，这无关大碍，毕竟事情总是相对的，有不好的一面也有好的一面。截至今日，珠江三角洲的主要山脉我们都爬过了，作为父亲，我只能做这么多了，《爸爸去哪儿》的草根版故事可能在很长一段时间里将不会上演了。

在崇文的幽暗岁月里，江门的圭峰山是父女仨在岭南范围内征服的最后一座山峦，有段文字可记录他的心路历程：

今天征服了岭南省江门市新会区的圭峰山国家森林公园，此举意味着从明天开始，在珠江三角洲范围内，我不会再去主动登山了。

不知咋的，我会恋上登山这项户外运动？其实，我也不知道答案。近两年，我带着我的两个小情人走遍了珠江三角洲的山山水水，爬遍了主要的名山大川，徒步征服了无数个山峰。坦白地说，我是一个失败的男人，人近不惑，论事业没事业，论财富没财富；同时也是一个失败的丈夫，小吵不断，冷战频生。唯一值得庆幸的是，抛除金钱的因素，我或许还算是一个称职的父亲，在有限的时间和财力内，我带着两个小家伙乐此不疲地游山玩水，实实在在地不掺半点儿假地用双足征服了一座又一座高山，如今告一段落，未来竟一片迷茫，生活一下子似乎变得空荡荡的。当然，珠江三角洲之外还有更多的山脉，但鉴于其地理位置相对偏远，经济开销不菲，故不在此探讨范畴。

老实说，在大学毕业之后、长女六岁之前，我除了爬过广州市的白云山和肇庆市的鼎湖山，其他的山一概没有涉足，尽管浸淫珠江三角洲长达十多年。那个时候好像就没有登山的概念，每个周末都是稀里糊涂、浑浑噩噩地过日子，也不知时间都去哪儿了？感谢我的两个女儿，是你们陪伴我走过这段孤独寂寞、失魂落魄、黯淡无光的岁月，当然，也是我牵引着你们走出那个封闭的世界，因为活在人情冷漠的城市里，除了家人，所有的人等同于陌生人，没有亲人，没有朋友，有的只是生活上的泛泛之交。是我让你们知道，家庭之外还有一个美丽无比的大世界，不至于做一个井底之蛙，足以开拓你们的眼界和视野。实不相瞒，登山的每一天都是孤独无助的，常常是父女三人辗转奔波于各种交通工具，常常是父女三人处于一种"在路上"的寻找状态，常常是父女三人踽踽独行在深山密林中，有时日薄西山了，我们还在路上艰难跋涉。幸好你们姐妹俩有着共同语言，年龄相仿，且结伴同行，在嘻嘻哈哈、打打闹闹、叽叽喳喳中愉快地走完漫漫长路，而为父却插不上一句话，只有全程充当监护人、导游、保镖和东家（帮她们买单结账）的角色，寂寞之心实不言而喻。

崇文这个人绝对是一个偏执狂，也是一个有着强迫症的怪人，他意志坚定，富有毅力，韧性十足，执行能力强，但凡想到的事情只要有能力他就一定会去实现。除了岭南，他还利用回家乡探亲的时机，带着她俩游历了郴州市的苏仙岭、东江湖、万华岩、南岭植物园、南塔公园和王仙岭生态公园、桂花县的金仙寨、扶苍山、宝山国家矿山公园、东塔岭公园和共和农场。

崇文是一个成年人，他很清楚自己在做什么，他知道这种"今朝有酒今朝醉，明日愁来明日愁"的做法是不对的，他甚至有一种破罐子乱摔的心理，他无力改变这个社会，也一时难以适应这个社会，但他可以改变自己的生活，做自己想做的事情，在这两年黯淡无光的疯狂岁月里，他用一段文字总结了他这种匪夷所思外人不可理喻的极端心理：

今天雅兴大发，稍为盘点并梳理一下父女仨曾经走过的路，其结果竟让我心潮澎湃，想不到竟徒步走过那么多名山大川、名胜古迹和风景名胜区，真为小小的她们感到骄傲。

我自忖，这辈子我可能就是一个彻头彻尾的 loser，但唯一让我感到欣慰的是，假如我明天就谢世而去，留给孩子的财富也许只有这些平淡无奇却不乏光彩熠熠的徐霞客式的生活经历，希望这些美好的记忆能深深地烙印在她们的脑海里。待她们长大之后，依然记得，有一个窝囊的失败的清贫的一事无成的父亲曾经带着她们走过许多美丽的地方。当然，还有一笔不值一提的精神财富，就是那个不称职的爸爸还为她们留下了几百万字所谓的不登大雅之堂的文学作品，尽管一文不名，尽管位列于庙堂之外，但至少说明，为父没有枉度此生，亦曾在这个世界狠狠地踩了一脚，发出了自己卑微的声音。

第二十五章
背井离乡

可怜之人必有可恨之处，崇文终究为他疯狂的游山玩水行为付出了惨重的代价，他将之前仅有的一点儿积蓄挥霍一空，好像一个穷途末路的死囚什么都不顾了。2016年春节刚一结束，他就出现财务告急了，生活捉襟见肘，日子过得紧巴巴的，不得不靠透支信用卡寅吃卯粮。但是，透支信用卡的钱终究是要还的，它就好像一朵美丽的罂粟花，芬芳里散发着阴毒，又好像一个风情万种的少妇，妩媚里暗藏着诱惑。万般无奈之下，他决定重出江湖，杀回职场。

这一次，崇文将职场的范围锁定泱泱华夏，而不再是区区岭南，只要老板给得起钱，他哪里都愿意去，哪怕是非洲、北极和南极。他花了两天的时间分别在前程无忧网、智通人才网、卓博人才网、58同城网、中华英才网、BOSS直聘网、智联招聘网、中国人才热线、拉勾网、深圳珠宝网和中国家具人才招聘网分别注册了个人简历，他觉得自己还算是个人才，想必也会受到猎头公司的青睐，于是又在智联卓聘、猎聘网和医聘猎头网这三个网站上分别注册了个人简历，在接下来的日子里，他每天的工作就是刷新简历守株待兔，然后选择自己心仪的公司面试。

首先向崇文抛出橄榄枝的公司是上海老周红木家具有限公司，周老板真阔气，竟然带着他的营销总监张先生亲赴东莞厚街，约他在五星级嘉华大酒店面谈，聊了一个小时，周老板和张总监对他很满意，当即拍板录用，担任品牌经理，月薪12000元，包吃包住。这时的崇文已经丧失了气节，看在金钱的分儿上，他决定抛妻别女，前往魔都工作，他知道这样做并非长久之计，但他确实需要钱，他需要一笔钱堵上信用卡那个窟窿。

崇文来到了上海滩，他的心情是兴奋的，可是这家公司在上海市金山区山阳镇亭卫公路1909号，位置虽说在上海，其实离浙江已经很近了。更糟糕的是，崇文在这家公司只工作了一天便被周老板的儿子莫名其妙地解雇了，临行前给了他2000元作为补偿。周老板60多岁了，想培养周公子为接班人，便将公司事务全权交由周公子打理，周公子看见崇文那副弱不禁风的小身板，觉得这完全是在浪费公司的人才成本，他的用人理念与他老子完全不一样，二话不说便委托张总监出面解雇了崇文。

崇文岂非等闲之辈，他对此早有防范，毕竟他在岭南久经沙场，对职场的动荡不安已领教过无数次。从上海老周红木家具有限公司出来之后，他马上联系猎头公司的戴先生，希望他安排自己去之前联系好的那家北京公司面试，所谓的狡兔三窟就是被这种残酷的生存模式锻炼出来的。于是，他又前往帝都，并事先说明，高铁费由公司报销。崇文好不容易找到北京北华丰家具有限公司，那里竟然是一个鸟不拉屎的地方，位于北京市朝阳区潮县镇周起营村，不过，面试之后，郭老板对他很满意，并决定录用他，担任品牌经理，月薪15000元，同样包吃包住。崇文大喜过望，硬是在这里扎扎实实地干了几个月。俗话说：人逢喜事精神爽，心情大好之下，崇文的老毛病又犯了，工作之余，他又开始不自觉地写一些酸不溜秋的小文章，并分享到他的微信朋友圈。有一天，郭老板在他的朋友圈读到了一篇文章《潮县杂记》：

我喜欢漫步在这样的林荫小道上，带着浓浓的北京郊外农村的特色。

路很窄，仅能勉强通过两辆车，没有护栏，也没有斑马线，它是沥青铺就的，踩在上面很舒服。两旁是一排笔直的白杨树，高大伟岸，修长挺拔，犹一群列队的卫士恭迎着你的到来，亦呵护着你的安全。

夕阳西下，一抹余晖洒向大地，天空仍是那么湛蓝与深邃，如果不是念及这里是中华人民共和国的首都，我会很自然地想起深圳，那是我长期生活与工作过的地方，撇去大海，天空别无二致，落霞与小鸟齐飞，蓝天与白云共舞，传说中的雾霾似乎离我很遥远。

偶有惊人之处，时不时一架飞机从位于顺义区的首都国际机场穿越通州区的上空，疾驰而过，以白云为画笔，在浩渺的苍穹划出一缕悠悠的绵长的云彩。道路两旁是空旷的田野，有逐节抽穗的玉米，有孤傲冷艳的高粱，有摇曳生姿的芦苇，还有被修剪成半圆球形的松树。

生活不止眼前的苟且，还有远方的诗歌和田野，踽踽独行在这样的乡间小道上，即便寂寞也是幸福的，即便孤独也是快乐的，它远离喧嚣与纷扰，让你有更多的时间思考未来，思考人生，也许心静如水的境界莫过如此。

一阵微风拂过，神清气爽，心旷神怡，不可否认，这股风伴着泥土的气息，也掺杂着一丝丝令人不悦的臭味，那是原生态的粪便，真真切切地躺在北京的某个角落里，其散发的气息不小心被裹挟在风里，呈现一个真实而鲜活的北京。偶闻蛙啼蝉鸣，蓦然发现，它们也是大自然这首合奏曲不可或缺的乐音，当然，也包括我的跫音。

夜幕降临，树叶飒飒地响，伴着微弱的来自昆虫体内的类似唧唧的腹腔声，似在提醒我沿路返回，也似在为我伴奏，送我走向属于自己的那一方宁静的空间。

躺在洁白的床褥上，想起了远方的妻子，想起了两个正在上学的女儿，那是我的至亲骨肉，我可爱的宝贝，爸爸虽然十分想念你们，但必须压抑这份情感，别人不理解无所谓，我的喜怒哀乐、我的兜兜转转、我的辗转奔波不需要别人来理解，只要亲人理解就行了，做回真实的自己，活出不一样的精彩。

为了美好的前程与将来，我必须有所取舍，走到今天，我已别无退路。文人的世界是细腻的，我想起了诗人食指的那首诗《这是四点零八分的北京》，兴之所至，于是就写下这篇随笔《这是晚上九点二十分的北京》。

郭老板在看到这篇文章之后，第二天就将崇文解雇了，理由很简单，他说崇文骨子里是个文人，高薪请他来就应该将所有的心思用来思考为老板赚钱，即使下班了也应该如此，而不是去做那些舞文弄墨、吟风弄月与生意无关的事情。崇文尽管觉得很委屈，但也无可奈何，只好打道回府，重新回到东莞。

当银行里的数字少得可怜的时候，内心总是充满焦虑的，对未来充满着无尽的恐慌。崇文常常突发奇想，要是人类不用吃饭该多好，或是有一种高科技可以将空气中的氧气和水蒸气转化成人类所需要的营养成分就好了，这样一来就不用为饥饿而奔波了。但这显然是天方夜谭，为了一家人的生计，崇文继续负重前行，开启了第二轮背井离乡的日子。

　　崇文继续刷新那些人才网站，继续守株待兔，等待着所谓的伯乐们来挑挑拣拣那些良莠不齐的千里马，他希望自己这匹千里马能被伯乐所选中。过了几天，山东青岛的一家公司向他抛出了橄榄枝，公司掏钱请他坐飞机去青岛面试。面试过后，青岛市喜之林家具有限公司的丁老板对他很满意，当即拍板同意录用他，担任品牌经理，月薪12000元，包吃包住。这是崇文第一次来山东，他对孔孟之乡很感兴趣，决定待在这里好好地干，但这里夏季即将结束，阴冷萧瑟的秋天即将来临，他需要回趟东莞带些御寒的衣服过来，当然还有他那心爱的笔记本电脑和书籍。再次返回青岛的绿皮火车上，想起这种下落不明、颠沛流离的生活，一时兴之所至，他躺在卧铺上写下了一首诗歌《流浪》：

曾经梦想仗剑走天涯
哪曾想一语成谶
流浪注定是我前世的宿命
风风雨雨，与影随行
想甩也甩不掉

我在神下邂逅生命
我在太和邂逅小学
我在桂花邂逅中学
我在长沙邂逅大学
我在东莞邂逅爱情
我在中国邂逅流浪

我是一只断线的风筝
明天不知被命运的风暴刮向哪里
我是一叶无根的浮萍

明天不知被时间的流水冲到哪里
我是昨天的奴隶、今天的主宰、明天的傀儡
提线木偶的绳子不知攥在谁的手里

别人在某个单位从一而终
舒适、稳定、安逸、保险
是扬在他脸上的骄傲与自信
我的世界里没有这一切
只有辛劳、漂泊、善变、危险
你羡慕我的自由
我渴盼你的安逸
当我给你想要的自由时
你却说："不好意思！我还是喜欢属于我的安逸。"
哦！你终究是一个叶公好龙式的虚伪动物

列车疾驰向北，日夜兼程
我又一次看见了久违的平原
白杨、玉米、高粱、小村庄、矮平房
这是北方的属性，是与生俱来的基因
昨晚，我又与仓颉幽会了
是的，现在的我就在中原大地
我的衣食父母仓颉造出了神奇的汉字
我却用这一堆汉字拼凑成华丽的文章
换来的只不过是
一片发霉的面包
还有一杯馊了的牛奶

白云悠悠，车窗紧闭
我依然感受到了阵阵寒意

秋天已经来袭

将昨日与夏季缠绵的我当头棒喝

单薄羸弱的我终究吞下了四季嬗变的苦果

突然，一个温暖的声音在耳畔回响："爸爸！你快回来！你快回来！"

可是，我已经回不去了

因为我已将余生交给了流浪

无处可逃，不知归途

  在青岛市喜之林家具有限公司工作的日子里，崇文度过了一段幸福而快乐的时光。首先，他克服饮食上的障碍，学会了咽下没有一点甜味的大馒头，还学会了啃咬辛辣的大葱和蒜籽。虽然位置有点偏，位于青岛市胶州市马店镇大铺村，但他利用周末，硬是将整个青岛逛了个遍，还抽空去潍坊的高密参观了莫言故居和红高粱影视基地，还出差去德州吃到了正宗的德州扒鸡，还去济南参观了趵突泉，这个在小学《语文》课本里经常提到的著名景点，还去泰安市征服了泰山，这可是五岳之首哦，当他站在錾刻着"五岳独尊"那四个字的巨石旁的时候，那一刻，他终于完成了一桩夙愿，觉得自己这一辈子死也值了。

  在青岛待了三个月，天气越来越冷，需要穿厚厚的外套。这个鬼地方黎明来得很早，夜幕也降临得很快，更重要的是，对小猪和小树的思念像荒原上的野草噌噌地长出来，从心底蔓延到了喉咙尖。有天晚上，崇文觉得难受，奋笔写下了一篇文章《致女儿的一封家书》：

亲爱的两个小宝贝：

  你们近来好吗？

  与你们一别后，将近三个月了。期间，我没有给你们打过一次电话，抑或运用网络手段，听过一次你们的语音，看过一次你们近期的图片，反之，你们亦是如此。我不知道，这是我的残忍与无情，还是你们的冷漠与自私，至于夹在我们之间的第三方也就是你们的妈妈，我就不多说了。

  爸爸想你们了，爸爸真的想你们了，说不想是虚伪，说好想是矫情，我不知如何表达内心那丰沛而充盈的情感，这种情愫如高山般浑厚，如大海般汪洋，莫可名状。爸爸也是个人，是人就有七情六欲，其实，我随时可以在晚上给你们打一个电话的，但我终究没有这么做，之所以这样？是因为你们还太小，不谙世事，不解风情，我不知道该说些什么？我不知道那种短暂的嘘寒问暖有什么意义？我将那份情感深埋在心底，干脆长痛不如短痛。父亲的情感与母亲不一样，所谓父爱如山，庄严肃穆，母爱似水，柔情万千，这就是男人区别于女人的地方。但是，爸爸特能写东西，你们要记住，不是一般地写哦，你们当然不理解作家到底是干什么的？你们当然不明白作家的内涵是什么？你们只要知道，你们的爸爸与好多好多小朋友的爸爸不一样就行了，说得夸张一点儿，在你们所接触的所有小朋友当中，应该找不出第二个像我这样的爸爸。

可是，当爸爸真要决定书写这封信的时候，竟然不知道该如何下笔？虽则爸爸之前写过不计其数的文章，可那是针对成年读者的啊！哦！爸爸是不是犯了一个错误，之前是不是应该去尝试写一些浅显易懂的儿童文学，可爸爸办不到，那不是爸爸的兴趣所在。今天，当我决定要书写这封家书的时候，这也是爸爸平生第一次为你们写信，我却不知如何拿捏语言？如何把握风格？如果写得太高深，生怕你们看不懂；如果为了迁就你们，我尽量写得肤浅一些、通俗一些、有趣一些，爸爸真的做不到，因为一个人的文风到了中年差不多已经定型了，他（她）想改也改不掉，这是思维定式问题，也是一个人区别于另一个人的根本问题。基于此，爸爸索性一顿乱写算了，疏于构思，信马由缰，恣肆汪洋，天马行空，干脆想到哪儿就写到哪儿可好？你们看得懂也罢，当然是懵懵懂懂那种状态，想必你们也不是什么天才；你们看不懂也罢，就当爸爸今天白写了，徒劳无功，且留待以后再看吧！

你们当然不知道，爸爸为什么要选择在9月2日那一天登上从广州开往青岛的火车，我现在可以坦白地告诉你们，因为前一天是小树的生日，成年人做事情都是有用意的，所以在吃完小树的生日蛋糕之后，爸爸就义无反顾地踏上了北上的列车。

尽管现在的你们还是一个乳臭未干、少不更事的小姑娘，爸爸还是有必要向你们解释一下我为什么来青岛工作的原因：其一，经猎头公司介绍，青岛某公司的职位与薪酬比较适合我，所以爸爸就来了，爸爸是一个男人，需要养家糊口，需要履行为人夫为人父的职责，需要承担起一个家庭的生计问题。况且，爸爸在这边是一个职业经理人，老板暂时比较欣赏我，这种机会可遇不可求。当然，凭爸爸的能力与才华，爸爸在深圳找一份工作亦非难事，这就涉及接下来要谈的第二个原因了；其二，爸爸是来北方体验生活的。你们有所不知，爸爸的另外一个身份是文学爱好者，爸爸是潇湘省人，属于南方，这个你们是知道的，爸爸长期在岭南生活，与你们一样，爸爸已经长达九年没有看过雪了，最后一次看见大雪是2008年，那个时候，小树尚在妈妈的肚子里，还没有出生。时间过得真快啊，爸爸已过不惑之年，感觉老了，而你们还只是一个什么也不懂的小学生。你们有所不知，岭南是没有四季的，也就是春夏秋冬，但北方有，且四季分明。另外，山东省的文化底蕴非常深厚，这里诞生了很多值得尊敬的文化名人，譬如孔子、孟子、墨子、曾子、孙子等等，好多好多，在春秋战国时期，山东当时有两个国家：齐国和鲁国，所以山东这块土地又被叫成齐鲁大地。当然，山东省还出了一个诺贝尔文学奖莫言先生，爸爸点到为止，这些东西你们以后会慢慢知道的。

爸爸这次北上总感觉有点儿像闯关东似的，抛妻别女，舍近求远，来到一个人生地不熟又没有朋友的陌生土地，充满着悲壮、凄凉与无奈。你们当然没有看过电视连续剧《闯关东》，这个"关"指的是山海关，山海关以东的地方指的是东北三省：黑龙江省、吉林省和辽宁省，中国的土地实在是太辽阔了，怕是一辈子也走不完，你们长大后要热爱这个伟大的国家，更要依恋这片神奇的土地，将祖国比喻成母亲（代词为她），这是所有文字工作者的统一口径，没有之一，只有唯一。多年前，山东人闯关东是去东北讨生活，而爸爸这次闯关东是来山东人的地盘讨生活，这是一种巧合，还是一种讽刺呢？

不说了，也说不下去了。最后，祝你们茁壮成长！学习进步！！开心快乐每一天！！！

崇文后来终于想通了一件事情，赚钱并不是生活的唯一，要多点儿时间陪伴孩子，与孩子们一起成长，他记得华人首富李嘉诚曾经说过：任何事业的成功都无法弥补孩子教育的失败。于是，他作出了一个重要的决定，他决定辞职，在2016年的最后一天，他又重新回到了东莞。这一年，崇文像个孤魂野鬼似的，在上海、北京和山东流窜着，度过了这段背井离乡的流浪岁月。

… 第二十六章

误入传销

人心隔肚皮，做事两不知，世道凶险远非单纯善良的崇文所能想象的，尽管他知道"画龙画虎难画骨，知心知面不知心"，尽管他知道"路遥知马力，日久见人心"，尽管他知道慕容雪村曾经写过一本关于传销的书《中国少了一味药》，他做梦也没有想到，他能在有生之年也被骗到传销窝点走一遭。

交往已经两年的朋友林阳辉给崇文打了一个电话："崇文哪，我现在从郴州来成都发展了，我的老板想写一部自传，我向他郑重地推荐了你，不知你有没有兴趣？"

"当然有兴趣，我现在正缺钱用呢，请问你老板愿意给多少润笔费啊？"

"你亲自来一趟成都和他谈嘛，我老板有的是钱，给个二三十万小菜一碟。"

崇文虽然不贪财，但也为此动心了，写作是他的特长，君子爱财，取之有道，何乐而不为呢？二话不说，他毫不犹豫买了K192的卧铺车，驶向那个淘金之地成都。

热情洋溢的阳辉亲自来成都火车站迎接崇文，然后两人坐地铁来到龙泉驿区。当晚，阳辉盛情款待了崇文，并邀请了三个看上去才二十来岁的年轻人作陪，崇文觉得很纳闷，阳辉都四十多岁的人了，怎么结交的朋友尽是一群小屁孩，难道就没有代沟吗？吃完晚饭后，阳辉带着崇文去房间休息，崇文是个有心人，对地理位置比较敏感，他用心将自己住的地方记下来，居住的那个地方位于东域龙湾五号楼二单元3020房，位于龙泉驿区柏合镇长远社区燃灯寺南路与金杏路的交叉处。当天晚上，崇文与阳辉同床而睡，这个倒也正常，都是男人，况且又是朋友。但令崇文惊讶的是，晚餐作陪的那三个人也住在这里，原来他们合租了这套三房一厅的户型。

第二天，阳辉并没有带崇文去见他的老板，而是带着崇文外出游玩，陪同游玩的还有那个一脸雀斑的年轻姑娘。这一天崇文玩得很开心，什么繁华的商业步行街春熙路啦，什么锦里啦，什么宽窄巷子啦，什么赵雷在歌曲《成都》中提到的那个玉林路啦，统统走了一遭，更重要的是，崇文没有出一分钱，全是阳辉负责，这让崇文怪不好意思的，感觉欠了他一份很大的人情。

第三天上午，阳辉还是没有带崇文去见他的老板，而是领着崇文拜访了两个女人。第一个女人张小姐很年轻，长得也挺漂亮，她对崇文说了一大堆话，崇文光顾着欣赏她的脸蛋和曼妙的身姿去了，内容没记住多少，却记住她的一段话很励志，让他对她刮目相看。她说道："一个人命运的改变，1%靠别人提醒，99%靠自己觉醒。改变你的思维，改变你的表达，改变你的世界。格局决定你的结局，定位决定你的地位，永远别看轻自己，因为不到最后你永远不知道自己有多优秀，既然在路上，就不要忘记出发时你所说过的话。"

从张小姐的住处出来之后，阳辉又领着崇文去附近见了第二个女人刘小姐。刘小姐看上去精明能干，她首先为崇文讲了一个故事：

有一个父亲，养了四个儿子。一天，这位父亲在外面吃早餐，剩下一个包子舍不得扔掉，就带回家，可是家中有四个儿子，又不好分，于是计上心来，对儿子们说：父亲在外面垃圾桶里捡了一个发霉的包子，你们谁要吃？

老大听罢说："发霉的我才不吃呢！"

老二说："老大都不吃的东西，我才不吃呢！"

老三说："垃圾桶里的东西那是给猪吃的！"

这时候，老四想，老爸肯定不会害我们，老爸既然带回来了，就肯定可以吃，于是说："爸爸，给我吃吧！"

老四拿着包子看了看，闻了闻，就大口地吃掉了，吃完，高兴地说："爸爸，下次有这样的发霉包子还给我吃吧！"

这时，老大、老二、老三都笑。可事实呢？呵呵，只有吃包子的老四和老爸知道。

讲完这个故事，她总结道：这个故事告诉我们一个什么道理呢？现如今飞速发展的中国，不可能同时让所有的老百姓都富起来。当下国家手里的包子，也不可能分给所有人，你看不懂，他看不懂，总有人看得懂。那么，我们是做老大、老二和老三这样的人，还是做老四这样的人呢？这个故事给我们很多启发，所以，一个人不轻易放弃机会，学会多思考多观察多尝试才可能拥有更多，特别是具有中国特色的这个国家，很多事情反着看反着想就会豁然开朗了。

总结完后，她话锋一转，竟然说起了连锁经营五级三阶制。她拿着一份资料滔滔不绝地说道：

连锁经营这个生意适合22到50周岁的中国公民来做，但不适合他们同时来做，如果同时来做的话，谁来保家卫国？谁来救死扶伤？谁来当老师？谁去种田？谁去打工？如果所有的人都拥向这个行业，对国家来说，不但没有好处，简直就是灾难。那这个行业在中国很多省市已经封闭运行了十九年，还能这么健康有序地发展下去，这证明国家有足够的能力来控制这个风险，那国家到底用什么办法来控制这个风险呢？其实就是宏观调控。国家在很多领域都用到宏观调控，那到底什么是宏观调控呢？宏观调控就是以宏观经济为目的，政策为导向，国家利用公安、工商、税务三大职能部门，采取法律、经济、行政三种手段为达到某种目的而实施的一种措施。它就是撑死胆大的，饿死胆小的。在这里打个比方，一个果农当他的果子成熟了将要上市前，他生怕别人晚上去偷，他就在树上挂上一个牌子，写着"水果有毒，偷吃中毒，后果自负"，并在果树下面再撒些农药，胆小的人路过看到这个牌子又闻到一股农药味是不是就绕道而行了啊，胆子大的人就会想问题，那你的果子今天成熟了明天就要上市了，你卖给人家吃死人了你担当得起吗？肯定是骗人的，那他摘下来洗了洗就大胆地吃起来。

宏观调控它是通过法律、经济和行政手段制约的，如果今天这个生意它属于违法、非法的话，它肯定会受到法律的制裁。当一个新生事物发展得过快或过慢，当一个经济大起大落时，它只能用经济手段或行政手段来制约它。比如说2008年，猪肉的价格从七八块一斤一直涨到20多元一斤，也导致其他物价上涨，广大市民消费压力增大。为了减轻压力，国家调集冻肉缓解市场压力，但是效果不明显，于是国家就通过电视、广播、报纸等媒体大肆宣传说，目前的猪肉有五号病毒，吃了有可能会危及生命，看到这样的报道好多人都不敢吃猪肉了，但有些人没肉吃就不舒服，于是少买些回来多煮几分钟，吃了也没事，毕竟，吃的人少了很多，肉价就调下来了，调回到原来的价格附近时，国家又通过电视广播报纸等媒体报道，猪肉的五号病毒得到了相关防疫部门的有效控制，无害化处理了，广大市民可以放心吃肉了，这样就达到了稳定市场物价的效果。所以国家就利用电视、新闻、报纸说广西是传销的天堂，贵阳是传销的窝点，投资几千元的是低级传销，投资几万的是高级传销，国家就把传销的帽子扣在连锁经营的头上，国家从正面打击，侧面扶持，是便于国家统一管理，确保行业健康有序发展。国家规定：第二代居民身份证终身只能从事一次，为什么要第二代居民身份证呢？因为第二代居民身份证是全国联网的，办理手续时只要把身份证号码往电脑上一输，系统就会显示你有没有在别的地方从事过，如从事过了，你就再没有机会了，所以国家利用第二代居民身份证来统一管理。

同时可以杜绝盲目跟风，确保高素质人员从事，因为这个生意培养的是一批有胆识、有能力、有素质、能够独当一面的现代化商人，所以这个生意不需要盲目跟风。为什么潇湘省岳阳那边调控得这么厉害呢？因为那边来做这个生意的人比较早，做成生意后回家买车买房的人有很多，有的人就会想，他们这些人平时在家里的传统行业做得根本没有我好，他们没有我聪明，怎么出去两三年的时间就有了这么大的变化，赚了这么多钱呢？他想不通，也搞不懂，于是不用你叫他，他也会跟风过来，许多跟风过来的朋友、亲戚，甚至连亲兄弟、亲姐妹来到这里后，由于没有胆识，没有责任心，判断能力差的人看了半天、一天、二天中途跑掉的大有人在，这个生意就是一个筛选人才的过程，如果你没有胆识、没有魄力、没有责任心，连最起码的商人潜能都不具备，国家是不需要的，你从哪里来还回哪里去，毕竟各行各业都需要有人做，像那些有胆识、有魄力的人，他的想法就不一样，他就想你到底干什么赚那么多钱，我一定要把它搞清楚看明白，于是他就沉下心来，认认真真地听，仔仔细细地看，等他通过几天的了解，原来是这么回事，不是他们口中所说的传销，这的确是一门好生意，是国家采取的一种惠民政策，像这样的人，才是国家真正需要做我们这个行业的人。

再就是清除传销毒瘤，纯洁行业队伍。任何新生事物有真就有假，我们这个行业也不例外，有一些不法分子为了谋取不义之财，打着我们这行业的旗号行骗，同时不按行业管理制度去做，造成当地居民恐慌和扰民，于是当地政府就通过公安、工商、税务等职能部门拉横幅、贴标语、发传单、上门走访、摸查，这样一来那些打着我们行业旗号的人心惊胆战，无处藏身，只能收拾行李逃之夭夭，留下来的才是真正做我们行业的人，因为我们行业是国家允许的，而且都是通过自己的第二代实名身份证登记办理的。真金不怕火炼，是假的真不了，是真的假不了，如果是假的就绝对不会让你长时间了解，但这个生意不怕你详细了解，就怕你没耐心了解。

另外是规范行业发展秩序，确保方向明确。你知不知道广西这几年的GDP增长速度很快，很多地方的官员越做越大。为什么广西每年都要搞调控呢？因为那些地方从事这行业的人太多了，人太多就会影响当地的社会治安，为了控制广西的建设发展，所以每年都要调控，调控时都把身份证全部搜起来，因为身份证是联网的，查一下身份证就可以知道是不是做我们这个行业的，当然假的也会被抓，因为他们的身份证没有联网。

还有就是控制区域发展速度和社会影响力，外省哪里来这里的人多，那里调控就最厉害，你想一下，每个地方中青年的人都是些什么人？都是些头脑发达想问题周全，什么事能干什么事不能干的那些人，如果这些人都到广西和成都来的话，那把广西和成都打造起来了，他们那些地方却瘫痪了，那不是拆东墙补西墙吗？为了避免这种情况的发生，于是当地政府利用公安、工商、税务等职能部门，到各个乡镇、各个街道挨家挨户地上门走访，发传单，说那是传销，是亲戚骗亲戚，朋友骗朋友，那是犯法的，是要受到国家严厉打击的，所以哪里来的人多，哪里调控就越厉害。其实这个生意的人为调控比国家调控还要厉害，特别是那些没胆识没耐心的人看了一两天中途跑掉的，他们回去肯定会说，他们都在那里做传销，如果不是我聪明，不是我想办法跑掉的话，早就被他们给控制了，你看这样一来，一传十，十传百，那个地方是不是要炸开锅了，哪还有人敢过来。其实，国家要的就是这种效果，毕竟各行各业都需要人去做嘛……

从刘小姐的住处出来之后，崇文已经预感到这是一种变相的传销，他想趁机逃离这个鬼地方,但现在又不是时候,一方面行李还在阳辉的房间里,另一方面,阳辉总是跟在他的旁边,寸步不离,好像在暗中监视他似的。

中饭是几个合租的人一起弄的,吃完后,崇文休息了一下,接下来阳辉又安排了一个既年轻又帅气的小伙子袁先生亲自来房间面授,崇文纳闷了,怎么这些成功人士都这么年轻啊,难道天上会掉馅饼吗?袁先生唾沫横飞地说道:

老天向人间撒满了机会,但是我们很多人却打着伞,甚至躲在碉堡里,甚至躲在地下室里。什么地方发财的机会最多?我觉得一定是中国!因为当前我国是以经济发展为中心,改革开放是最基本的国策!

面对国家发展经济的好机会,面对赚钱的好机会,很多人举着结实的伞,甚至躲在坚固的城堡里,所以国家提出了改革开放,国家最希望老百姓改变旧思维,革除旧观念,放开心胸,接受新思维,建立新观念,这样才能抓住新机会,才能与时俱进!我们面对机会最大的伞或是最牢固的碉堡是什么?是见识太少,知识面太窄,而且还封闭自我!比如,面对很赚钱的机会或项目,首先来一句:天上不会掉馅饼!甚至还会补充一句:即使有,也砸不到我!

其实,我们国家的天空是全世界掉馅饼最多的天空之一,这种馅饼是什么呢?这种馅饼就是:下海、股票、房产……甚至,我们国家在 20 世纪 80 年代还送过原始积累资金给一些普通的中国人,那就是:长期无息贷款,还款没设期限,又不要利息,这不是送钱给老百姓吗?但那时只有胆子大的人才敢去申请这种贷款,据调查,大部分贷这种款的人后来都成了富人……

崇文根本就听不进去,一门心思正琢磨如何逃离这个鬼地方。机会果然来了,袁先生苦口婆心讲完之后便离开了,在阳辉去电梯口迎接下一个老师前来授课的片刻,崇文提起事先准备妥当的行李快速打开没有反锁的正门,趁着阳辉麻痹的瞬间,他从右手边的楼梯口步行下楼,一口气从三十楼跑到一楼,然后在路上拦了一辆三轮人力车直奔龙平路地铁站,而此时,崇文的手机早就被阳辉打爆了,但崇文置之不理,一个也没有接。

崇文重新回到东莞后,时不时会想起那惊心动魄的一幕,至今仍心有余悸,口里喃喃道:"谢天谢地!不管那是不是真正的传销,总算是虎口脱险了,若真被他们洗脑成功了,肯定将开启另外一种悲催的人生。"

第二十七章
职场之酸

崇文一直有块儿心病，最怕别人问他："你现在在什么单位工作？"因为他真不知道如何回答，他也不知道为什么会过上这种下落不明的生活？今天的他不知道明天的他在哪里乞食？今天的他也不知道明天的他在哪个城市漂泊。婚姻讲究门当户对，其实梁清照也好不到哪里去，所以打工妹就嫁给了打工仔。清照之前在佛山、广州、深圳和东莞的塘厦镇工作过，自从她来到东莞的长安镇工作后，也是换了好几家公司，少说也有五家公司。而崇文呢，他就更疯狂了，清照与他相比简直是小巫见大巫，毕竟一个是女人，一个是男人，男人似乎更愿意折腾，而这种折腾也是生活逼迫下的无可奈何。

针对别人那些不怀好意的问题，崇文反思过自己的生活，这种糟糕透顶的生活用三个成语可以概括：命途多舛、漂泊不定、浪漫不羁。为此，他用一段标题为《打工为什么总是漂泊不定？》的文字总结了这种现象，不只是针对他自己，也是针对南漂一族。他这样分析道：

（一）自离型（即懒得办理辞职手续，放弃应得工资，也不向上级打个招呼便从公司人间蒸发，或是离开之后再告知上级。）

理由一：宿舍环境、食堂环境、办公室环境比想象中差得多，令人失望，故自离；

理由二：第一天上班便加班加点，真心受不了，故自离；

理由三：工作若干日，接到之前面试过的另外一家公司的录取通知，觉得那家公司好，欲投之，故自离；

理由四：第一天上班，便遭到上级爆粗口或辱骂，心里不痛快，故自离；

理由五：工作两日之后，觉得公司的管理制度过于混乱，不是自己想要的结果，故自离。

（二）辞职型（即个人主动提出离职，并获得合理报酬。）

理由一：试用期过后，上级没有兑现加薪的承诺，故辞职；

理由二：工作一段时间之后，觉得几无晋升空间和加薪的可能，故辞职；

理由三：工作一段时间之后，兴趣发生转移，对目前从事的岗位渐生厌倦和烦躁，欲转型挑战新的行业或岗位，故辞职；

理由四：因需要照顾孩子，想结束夫妻两地分居的生活，从一个城市转移到另外一个城市，故辞职；

理由五：工作一段时间之后，迫于生计，对金钱的渴望日益膨胀，觉得目前的薪水与自己的付出不匹配，而通过跳槽可快速解决这个问题，故辞职；

理由六：工作一段时间之后，对权力的欲望开始膨胀，已不满足于基层岗位，觉得提拔的可能性相当小，或是没有耐心等待漫长的提拔过程，而通过跳槽可快速解决这个问题，故辞职；

理由七：当初在这里工作纯粹是权宜之计，也就是骑驴找马，一旦有好的机会便立马跳槽，故辞职；

理由八：在家族企业打工，工作老是被掣肘，老板任人唯亲，很多人得罪不起，对前途感到绝望，故辞职；

理由九：因个人能力突出，或人脉广泛，被其他公司挖墙脚，或被朋友请去合伙干大事，或被猎头公司高薪挖走；

理由十：拥有远大的抱负和梦想，直接跳出来，或进入体制内，或单干创业。

（三）辞退型（即公司主动提出解雇，并支付应得报酬。）

理由一：老板当初可能看走眼或事后觉得后悔，觉得你付出的价值与现在所获得的报酬不匹配，故辞退；

理由二：某个项目宣布结束或胎死腹中，老板宣布解散整个团队，故辞退；

理由三：劳动合同到期，公司不再续签，故辞退；

理由四：面试时，上级当初高估了你的技能，试用期内，觉得工作能力达不到他的期望值，故辞退；

理由五：公司宣布破产，故辞退；

理由六：试用期内，被上级的心腹即他自己的得意人手所顶替，故辞退；

理由七：因不懂行的上级或空降的上级瞎指挥，在工作中因公事愤而和上级吵架，故辞退；

理由八：工作一段时间后，销售业绩达不到公司的规定，淘汰出局，故辞退；

理由九：公司经营不善，需要裁员，故辞退；

理由十：在工作过程中，与上级或某些核心人物缺乏沟通或沟通不畅，故辞退；

理由十一：因价值观不同，或理念不同，或吵架斗嘴，或以离职为潜在目的故意找上级寻衅滋事（因被解雇可快速拿到报酬，也就是在拿到钱后，公司会请你卷铺盖走人），故辞退。

崇文为自己拥有一个思想家的头脑而感到沾沾自喜，他相信自己的分析对于那些体制外漂泊不定的人们，总有一条理由会匹配。他甚至想：体制内的人们啊，你们或许在一个单位终老至死，或许在一个系统里调来调去，或许在国家机关里步步高升，但不管怎样，工作是稳定的，生活是优越的，尊严是体面的，福利是明显的，待遇是上涨的，那就没事偷着乐吧！当你看见这段令人毛骨悚然、不寒而栗的文字时，你还敢轻易下海吗？

崇文是一个学印刷工程的大学生，他做事严谨，喜欢梳理，有一天当他将自己的跳槽经历统计出来时，他自己都为这种惨绝人寰的经历感到万分的恐惧。他曾经在32家印刷企业停留过，竟然不可思议地横跨丝印、胶印、凹印和凸印四大印刷领域，足迹遍布郴州、广州、东莞、深圳、唐山、上海、清远、江门、佛山、北京和青岛等11个城市，最短的只干了一天，最长的也只是干了两年，它们分别是潇湘省万容包装有限公司、东莞永利诚彩印有限公司、东莞光明柯式印刷厂有限公司、东莞协合纸品厂、广州江南包装制品厂、顺德万昌印刷包装有限公司、番禺志达柯式印刷有限公司、广州晓辉纸品印刷有限公司、顺德龙江永放彩印有限公司、虎门彩色印刷有限公司、东莞洛定文具纸品厂有限公司、鹤山雅图仕印刷有限公司、广州广业彩印礼品有限公司、广州南大丝印器材有限公司、华北戴尔特印刷包装有限公司、上海子洋图像技术有限公司、广州大壮印刷科技有限公司、广州天生印刷器材有限公司、广州炫彩数码科技有限公司、广州盛兰印刷有限公司、月亮贺卡（番禺）有限公司、中华商务联合印刷（岭南）有限公司、深圳雅昌彩色印刷有限公司、东莞大朗中编印刷厂、东莞东昌联实业投资有限公司、深圳宏粤纸制品有限公司、岭南公明景业印务有限公司、东莞杜氏永汶彩印纸制品有限公司、深圳旺盈彩盒纸品有限公司、上海力敦贸易有限公司东莞办事处、东莞长安上沙富利制本厂、东莞市明彩纸品有限公司。

他不明白他咋会过上这样的日子，后来他怀着一腔对文字的热爱，他脱离了印刷行业，出于有奶便是娘的求职意愿，他又先后进了一些乱七八糟的公司讨生活，经梳理之后，惊愕地发现居然有39家公司，最短的只干了一天，最长的也只是干了一年，它们分别是中山宏时电子有限公司、广州正鑫化工厂、广州艺沣广告设计有限公司、深圳市金泓辉塑胶有限公司、东莞市极葆顺茶业有限公司、东莞市金品广告有限公司、东莞市光裕物业管理有限公司、东莞市东方锦河酒店管理有限公司、东莞市独蛇服饰有限公司、深圳市艾索特电子科技有限公司、东莞市三联众源五金商品城有限公司、中山市华泰照明有限公司、深圳市中睿营销传媒有限公司、岭南顺德善胜厨艺项目策划有限公司、深圳市华脉薪火文化传播有限公司、东莞市远梦家居用品股份有限公司、乐昌市南岭农产品专业合作社深圳办事处、东莞市华高商贸有限公司、岭南拓斯达机械科技股份有限公司、东莞市形而上学广告有限公司、深圳市建筑工程股份有限公司、深圳市世纪新贵家具有限公司、雅兰实业（深圳）有限公司、东莞市洋臣家具有限公司、深圳市乐特尔科技有限公司、东莞市润弘家具有限公司、深圳市每餐美餐饮管理有限公司、深圳市白企鹅股份有限公司、前海云富教育科技（深圳）有限公司、深圳市常旅相伴科技有限公司、深圳市爱加优品科技有限公司、岭南七号仓网络科技有限公司、上海老周红木家具有限公司、北京北华丰家具有限公司、深圳市达源网络科技有限公司、东莞市明发化工有限公司、深圳市津味园餐饮管理有限公司、深圳市慧智兰心科技有限公司、青岛市喜之林家具有限公司。更富有戏剧性的是，对于月亮贺卡（番禺）有限公司和东莞市东方锦河酒店管理有限公司，他竟然进去工作过两次，第一次进去时的身份是普通员工，第二次进去时摇身一变其身份就成了中层管理人层，而这正是职场的善变之处。哦！这是怎样的一份人生经历啊，说出来会让别人笑掉大牙的，他并非愿意过上这种居无定所、颠沛流离的漂泊生活，确实是在残酷的生存环境中再糅合自己的性格和喜好最终导致了这种悲催的人生，可说是前无古人，后无来者，放眼打工一族，绝对是没有之一，只有唯一。

　　回眸既往，他决定为自己之前的荒唐与放荡进行深刻的忏悔与反思，在一种激情澎湃的状态下，他花半个月的时间写下了长篇非虚构散文《南方职场词典》，他在序言中这样写道：

　　跨过不惑之年，写了不计其数的文章，我终于要触碰打工题材了。打工，这是一个沉重而屈辱的字眼，它是心底那一根敏感而柔弱的琴弦，我真不忍心去拨弄，也不愿意让它呈现在明晃晃的镁光灯下，因为我知道，一旦用手指轻轻地从上面划过，它必将飘出一曲忧伤而哀怨的乐曲；因为我知道，一旦我将它搬上镁光灯频频聚焦的大舞台，此时此刻，无异于将一个一丝不挂的男人植入大众的视野，我成了一个赤裸裸的透明人，我想我会害羞的，也感到十分的难为情。但是，中国现代作家郁达夫曾经说过一句话，他说"文学作品都是作家的自叙传"，这是他一贯的文学创作主张，也是影响我的一句话，于是，今天我也顾不了那么多了，决定回眸过往，尽情书写我的打工生涯，反正人到中年，阅尽世事沧桑，什么都看淡了。

　　打工怎么会成了一个名词呢？"打"明明是动词啊，意为敲打；"工"

明明是名词啊，意为工作，连缀在一起，即为敲打工作，好一个"敲打工作"！既形象又动感，既生动又贴切，再经过长时间的嬗变，于是它就成了一个不折不扣的动名词了，这是由中国实行改革开放政策之下的市场经济所分娩出来的一个怪胎，这是人类社会多么伟大的一个产物啊！

扪心自问，我又敲打了几份工作呢？对于这个话题，我羞于启齿，欲说还休，无语泪先流，我需要好好地想一想，捋清一下芜杂而纷乱的思绪，且容我绕开一下。

多年前，"打工"这个字眼仿佛是长在我身上的一个疖子、一个疥疮、一个疔疮、一个痈疽、一个疣乃至一个恶性肿瘤，里面渗满脓液，浊臭无比，我仿佛是一个伤痕累累、体无完肤、无可救药、人人唾弃的病人，它也是我脸上始终浮现出淡淡忧伤并散发出一丝忧郁气质的原始病灶，我那命途多舛、风雨漂泊、颠沛流离、居无定所、食不果腹的昨天哪，我真不忍心揭开那道业已痊愈的伤疤。

多年前，"打工"这个字眼犹若一个套在脖子上的精神枷锁，我不愿意正视它，我总是避开它那双锐利而锋芒的眼睛，这个枷锁紧紧地勒在你的脖子上，压迫着我的喉结，令人窒息，令人压抑，但为了远方的牛奶和面包，我又不得不负重前行，走向未知的远方。

多年前，我返回家乡的时候，总有一些吃着国家粮端着铁饭碗的熟人不怀好意地问我："你在哪里工作？"我说我在南方工作，我总是刻意回避"打工"这个字眼，而不说成"我在南方打工"。我从对方那一张荡漾着笑容的脸庞上明显地感受到了一种写在脸上的优越感、自豪与骄傲，他（她）当然知道，在南方工作不就是打工嘛，只不过他（她）心照不宣，不愿意当面捅破这层窗户纸罢了。

我是不是一只鸵鸟呢？我听说鸵鸟在受到惊吓时，它会将头埋在沙子中以逃避危险。我是不是也有一丝"鸵鸟心理"呢？当我听到"打工"这个字眼的时候，我会消极面对，逃避自我，自欺欺人，人们皆嘲笑鸵鸟愚蠢而荒唐，不知在他们的心里有没有鄙夷我呢？

哦！我终于想起来了，自初次来到南方，我的打工生涯将近二十年了，我到底敲打了几份工作呢？我没有认真地统计过，我不愿意做这种让自己痛苦的事情，于我而言，它毫无意义，了无生趣，但我知道，我肯定敲打了几十份工作，我曾在郴州、中山、江门、广州、佛山、东莞、深圳、唐山、上海、北京和青岛这十一个城市工作过，我的打工生涯曾涉足印刷包装、商业地产、酒店、广告、建筑工程、移动互联网、电子商务、电子产品、化工产品、塑胶产品、服装服饰、餐饮、家具家居、互联网金融等众多行业，我做过搬运工、IPQC、QC、销售工程师、工艺工程师、产品工程师、估价工程师、外贸跟单员、外贸主管、文案策划、内刊主编、企划主管、行政经理、品牌经理、策划总监等众多岗位，现在竟然被我一一罗列出来，连我自己都感到无比的惊愕，这到底是怎样的一种生活？这完全是一种杂乱无章、不可思议的人生啊！说得不好听，可以用一句十分夸张的话来概括我的职场生涯：我不是在面试现场，就是在去面试的路途上。也许，有人会好奇地问，你为什么会这样？我当然有我的难言之隐，三言两语一时也说不清楚，但当你认真地阅读完这部长篇散文《南方职场词典》后，我相信你一定会找到你想要的答案。行文至此，耳畔似乎响起了中国台湾女歌手蔡琴的《被遗忘的时光》："是谁在敲打我窗，是谁在撩动琴弦，那一段被遗忘的时光，渐渐地回升出我心坎……"悠悠的歌声萦绕于怀，如泣如诉，我知道，是命运在敲打我那扇幽暗的心灵之窗，是宿命在撩动内心那根脆弱的琴弦，让我想起了那段被遗忘的时光，它正渐渐地浮出水面，一度让我泪流满面，也一度让我热泪盈眶。

多年前，我是多么喜欢哼唱流浪歌手陈星的那首歌曲《流浪歌》啊！每当和同事们在KTV娱乐的时候，此歌必点，我总是拿着麦克风尽情地引吭高歌，歌唱我的痛苦、彷徨与无奈，歌唱我的孤独、寂寞与忧伤，前尘往事袭上心头，我的心仿佛都融化了，内心澎湃不已，以至于辗转难眠。但是，这么多年过去了，我现在不唱了，我真的不唱了，我变得成熟了，我学会了坚强，我学会了隐忍，我学会了苟且，我学会了恭维，我甚至还学会了屈辱。想当年，我是真的喜欢这首歌曲啊，每次扯起喉咙吼一嗓子的时候，总会激起我内心深深的共鸣。

南方！南方！！还是南方！！！尽管我在长江三角洲的上海短暂地工作过，也在环渤海地区即京津唐经济圈的北京和唐山短暂地工作过，但我的绝大部分时间还是在珠江三角洲的各个城市游走，所以我的创作素材还是来源于南方，我的书写处处烙上了南方的胎记，几乎没有东方或北方的影子。

啊！南方！这个让我欢喜让我忧的地方，这个让人爱恨交加的地方，放在古代，它天高皇帝远，这里穷乡僻壤、瘴疠横行、野蛮落后，让人望而生畏，多少或被流放、或被贬谪、或被罢黜、或被驱逐的异乡人要么死在从中原前往南方的路上，要么死在从南方返回中原的路上，要么干脆客死他乡，抛尸荒野，变成一堆阴森森的白骨。

啊！南方！多年前，我也来到了南方，我像一只脱离母亲的怀抱跌落于人间的小鸟，瞪着一双好奇的眼睛，这里走走，那里看看，这里用喙啄一啄，那里用爪划一划；多少年后，经过风雨无数次的洗礼与摧残，我将自己装扮得密不透风，我穿上一件用功利做成的衬衫，再穿上一件用势利做成的西装，然后用虚荣的领带恰到好处地套在脖子上，我成了一个外强中干、色厉内荏的人，我生怕我不能融入这个残酷的社会，我害怕人们窥见我内心的自卑与脆弱。而现在，我要像剥洋葱一样，解除虚荣的领带，脱下势利的西装和功利的衬衫，统统脱掉，统统都扔掉，坦露出赤裸裸的胸膛，呈现一个真实的自我。

啊！南方！我终于要书写你了，就以"打工"这个字眼为药引子，书写你这个让人又爱又恨的鬼东西，书写昔日那个夜不能寐的梦魇，书写我曾经渴盼的光荣与梦想，你真是一个纠缠不清的前世冤家啊！

第二十八章
搬家之痛

老百姓居家过日子经常谈到"衣食住行"和"吃喝拉撒睡",如果没有成家,住这个问题还是比较好解决的,崇文已经记不清他睡过多少张床,今天在这家工厂上班,就蜷缩在这家工厂的一张冰冷的铁架床上,明天在那家公司干活,就蜷缩在那家公司的一张简陋的木板床上,实在不济,他就以天为被以地为床凑合着过一夜,他当年在深圳流浪的时候还真在荔枝公园度过了一个漫长的夜晚。如果成了家,住就是一个大问题了,可以这么说,一家人的吃喝拉撒睡都是在一个由钢筋混凝土砌成的小空间里度过的,父母再怎么窝囊再怎么无能,也不至于让自己的孩子睡大街吧,而睡眠对人又是何等的重要,它几乎占去了人生三分之一的宝贵时间。

崇文与清照的结合真是绝配,虽然政府出台了住房公积金管理制度,可是两口子根本就没有从政府那里享受丁点儿的实惠。崇文辗转奔波于不同城市不同公司的时候,绝大部分公司并不执行《中华人民共和国劳动法》,也不主动为员工缴交"五险一金",这里的"一金"指的就是住房公积金,有时好不容易碰上一个比较正规的公司,可过不了多久又因诸多原因离开了,于是住房公积金卡片上那几可忽略的数字便成了泡沫。清照就更惨了,她从未碰上一个比较正规的公司,她连住房公积金卡片都没有摸过,但为了生活,她什么都忍了,人也变得越来越麻木,对未来从不抱奢望,一切听天由命。为此,崇文曾专门查阅了《东莞市住房公积金缴存管理办法》,其中

第十四条这样写道：职工和单位住房公积金的缴存比例均不得低于职工上一年度月平均工资的 5%，不得高于 20%。虽说个人也可缴存住房公积金，但其比例不得低于单位缴存比例。崇文和清照都是为生存而挣扎而沉浮的人，哪有闲钱主动掏腰包做这种傻事哦！

东莞是制造中心，素有"世界工厂"之称，得力于良好的政策，很多本地人自己建房，从几层楼至二十几层楼不等，然后租给外地人，或一次性批发给二手房东，于是很多本地人做起了包租公或包租婆，平时打打麻将，逛逛街道，月底就猛拨房客的电话收租，日子过得潇洒又自在。外地人虽然没两个鸟钱，但租房子的钱还得攒着，就算暂时没有，也要咬紧牙关努力去赚取，毕竟找个睡觉的地方是生活的头等大事。

崇文和清照自结婚后搬过好几次家。崇文一般在深圳工作，他都是寻找那些能够提供住宿的公司，若不提供住宿，他就死活不去，除非他抵挡不住老板所开出的高薪，但这种情况他从来就没有遇见过。相对而言，清照的工作比较稳定，所以小猪和小树肯定是跟着清照过日子，但清照有时也会因公司经营不善而被迫跳槽，于是每换一次工作就需要搬回家，生活的麻烦就这样接二连三地产生。

崇文有点厌倦了这种下落不明的生活，搬家就好像人生的一个轮回，双双去地狱里走了一遭，不死也要脱层皮。随着时间的往前推进，崇文和清照的个人物件越来越多，自从有了小猪和小树之后，家里的东西就更多了，不是今天买两件小衣裳，就是明天买两个塑料玩具，日积月累，一些乱七八糟的东西将出租房的犄角旮旯都塞满了。每次搬家时，明明知道有些东西是用真金白银买来的，可还是扔的扔，卖的卖，低价卖给二手店，送的送，且不说收费不菲的搬家费，估计更新换代的物件也是一笔巨大的损失。

因为清照工作上的动荡不安，两人就搬过七次家。第一次搬家是从新安社区圳地新村丰泽园的 601 房搬到 603 房，这一次搬家相当轻松，行李很少，况且只是在同一层楼内挪动一下位置。第二次搬家跨度很大，难度也最大，因为两口子买了樟木头镇帝景花园的一套小户型，于是有一天他们租用一辆大卡车将所有的行李一股脑儿拖到了几十公里开外的樟木头。但是，清照想得过于简单了，她原以为她能在樟木头找到一份比较满意的工作，可后来她对这里的经济失望透顶，万般无奈之下，经老东家的介绍，她只好重回长安镇去德政西路上的老爷客栈上班，于是又拾掇起部分行李搬到了酒店为她安排的单人宿舍，恰好这个时候，小猪和小树都做了留守儿童，不在她的身边，崇文偶尔从深圳过来在她这里住一两个晚上。第四次搬家，缘于清照又被迫换工作了，于是将家搬到了乌沙社区的联丰楼605房，既然是租房，出于思念之苦，于是将待在桂花县的小树和待在高州的小猪重新接回来。第五次搬家，随着小猪和小树的长大，原来的一房一厅已经不适合居住了，于是搬到同在乌沙社区的桥院1103房，这是两房一厅户型，而且还有电梯，不过租金挺贵的，需要一千多，但为了孩子，两口子咬咬牙忍了。第六次搬家，清照又被迫换工作了，她去了老爷客栈乌沙店上班，于是将家搬到了老爷客栈的集体宿舍，自己出钱将它租下来。第七次搬家，清照又被迫换工作了，考虑到小猪和小树正上小学，为了省点校车接送费，于是将家搬到了涌口村，而清照上班的地方却在厦岗社区的振安科技工业园。

崇文对这种动荡不安的生活备感无奈，他有一天终于将这种苦不堪言的搬家经历写成了文章《心灵家园》，以排遣这种莫可名状的心境。他这样写道：

夫人早就将搬家这件大事提上议事日程了，而我却认为可以缓一缓，不必急于搬家，一则时机还不成熟，也就是还没有逼到那步田地，二则家里的东西实在太多，这三年买了不少的电器，我想家里的行李足可以装上一卡车，真要搬起家来会累死人的，基于此，这项宏伟的工程一拖再拖。

其实，夫人的想法也不无道理，她在公司有宿舍，而我在公司也有宿舍，现在两个女儿都已交给亲人照顾，她们都不在我们的身边，何不腾出这个两房一厅的出租房，这样每个月可以省下一笔租金来。再者，我们已在东莞市樟木头镇买了房，而这段时间却一直租不出去，何不将这里的东西全部搬过去，就当是一次战略转移，为我们的未来提前营造一个美好的家园。我则认为，既然两口子都在东莞市的长安镇工作，为什么非要两地分居呢？况且两个人都有工作，省下那点儿租金又有什么用呢？重要的是两人能在一起过日子，维持夫妻之间的感情才是最重要的。再者，公司的集体宿舍能比得上家里吗？能有家里那么自由和舒坦吗？退一万步来说，万一小孩过来了怎么办？总不至于一家人都去住酒店吧？就这样，婆说婆有理，公说公有理，两人意见不统一，夫人看重的是家庭开销和生计，而我看重的却是生活质量和感情，这便是迟迟没有搬家的真正原因。

"天有不测风云，月有阴晴圆缺"，因公司的原因，我又失业了。于我而言，感觉现在找工作并不是那么好找，这肯定要打一场持久战。在这种境况下，我开始重视夫人的话来。人哪，有时不得不为五斗米而折腰，为一家人的生计而精打细算。看来现在真是到了天时地利人和的时候了，我还有什么好推脱的，那就依夫人的意思着手搬家吧。

6月28日，我联系了一家搬家公司，其实也不是什么公司，只是一个以搬家为营生的包工头，他会视行李的多寡来决定召集几个人以及租用什么样的货车。我领他来我家察看了现场并商定好价钱。傍晚时分，夫人下班回来了，于是两人开始收拾行李，为明天的搬家提前做好准备工作。家里的东西可真多，想不到在圳地新村居住了三年多，家里竟添置了这么多的东西，我们分门别类打包装袋，大袋套中袋，中袋套小袋，一直忙活到晚上十一点，将我们两口子累得够呛。放眼望去，家里净是形形色色的袋子，它们明天将奔赴新的战场发挥自己的余热。

翌日早上七点半，包工头就来到我家了，他还带了两个人，一个搬运工，还有一个司机。我和夫人分工合作，我在屋内负责安排他们如何搬家，夫人则在楼下的货车旁负责看护财产。他们三人很有职业道德，按照我的吩咐开始搬运东西。先是将空调拆了，再搬空调、电冰箱、洗衣机、电视、微波炉、消毒柜等电器，继而搬床、桌子、沙发、椅子等家具，还有林林总总一大堆诸如锅碗瓢盆等乱七八糟的东西，他们从六楼一件一件地将这些东西全部搬到货车上。不用说，这是一份重体力活，一般人绝对是吃不消的，瞧瞧他们一副汗淋淋的样子，就知道他们有多辛苦。当他们将所有东西都装上车之后，我们便驱车前往樟木头。到达樟木头时，已经是下午一点钟了。吃完中饭，仍继续搬家。这一次我在货车旁边负责看护财产，夫人则在家里负责归置东西。可以想象，这一次他们的工作量更大，他们不得不重新将一整车的东西一件一件地搬上六楼，而且还没有电梯，这可是一件十分消耗体能的事情！但他们显然很专业也很敬业，只用了一个半小时便完成了这项工作，这不由使我对他们肃然起敬。任何时代都提倡个人自食其力凭劳动吃饭，不劳而获坐吃山空的人那是肯定会被人瞧不起的。"三百六十行，行行出状元"，看来吃这碗饭的人并不是每个人都能胜任的。

他们走后，我和夫人在家里继续忙碌着，面对堆满一屋的东西，我们需整理，再规划。比如打扫房间卫生，将电器移到合适的角落，将家具摆到顺眼的位置，将大中小袋内的东西拿出来，再将它们分门别类，总之要做的工作还很多。我们夫唱妇随，分工合作，各忙各的。到了傍晚时分，两人去外面吃了一顿晚饭，回来之后继续忙活，一直折腾到晚上十一点，主体工作才算告一段落。睡觉的时候，我和夫人躺在双人床上，感觉今天特有成就感。

太阳每天照常升起，我和夫人懒洋洋地起床后，先去外面吃早餐，回来之后继续收拾新屋。无非是清扫卫生死角、拖地、涮洗碗筷、清除厨房油污、刷洗厕所和整理一些鸡零狗碎的东西，虽则做的是一些昨天未竟的扫尾工作，倒也忙得不亦乐乎，一直忙到中午十二点才大功告成。我和夫人坐在沙发上，夫人长吁一口气，感叹道："在外面漂泊这么多年，终于有了一个属于自己比较像样的家，总算是有了一个人生的落脚点，虽然面积小了点儿，但毕竟也是三房一厅，一家四口还是容得下的，即使两个女儿将来长大了也各有各的空间。"我忙附和道："是啊！当年发生了金融海啸，大批香港人返回香港，素有'小香港'之称的樟木头镇的楼市一直低迷，许多香港人抛售楼产，大批量的二手房以低价出售。夫人英明，竟抓住了这个机遇，当机立断不惜借钱买下了这套房子。人们常说金窝银窝不如自己的狗窝，我看有点儿道理，住在自己的家里就是不一样，不仅有一种归属感，更有一种成就感和自豪感。"夫人敲着我的脑袋说："少拍我马屁，还不是你没本事没能耐，偏要买人家住过的房子，不仅舍近求远，而且面积也小，有本事你去帮老婆孩子买一套别墅啊！"闻之，我无言以对，只得傻笑。

家算是彻底地搬过来了，但因为生存的艰辛和无奈，我们一家人暂时不会在这里居住，至少在这两三年内将如此。目前，夫人还在长安镇工作，而我正在找工作，限于我的专业技能，在很大程度上我也不会在樟木头工作，因为在这里很难找到我的用武之地，只怕那时我也得住在公司的集体宿舍里。于是乎，这新居便成了一种摆设，一个储藏财产的地方，一个流浪回来时的避风港，一个临时的落脚点，更是一个系于内心的心灵家园。也罢，有房总比无房好，我们应该面对残酷的现实，又何必庸人自扰？毕竟，在人生的征途上不可能永远是一帆风顺，事事遂人心愿，在任何情况下，生存永远比生活更重要。

我觉得，家园应该拥有两种层面上的理解，一种是物质层面上的家园，即那种有房产证有契约完全属于自己且看得见的有形建筑，一种是精神层面上的家园，即从自己内心所认可的家，它可以是集体宿舍，也可以是出租房，甚至可以是隧道里、桥梁下、山洞中或荒郊野外，只要它能够为你遮风挡雨安身立命，你从内心里自发地视其为家园，处处即家园。简言之，一种便是物质家园，那是让身体睡觉的地方，一种就是心灵家园，那是让心灵休憩的地方。当然，这两种家园既可以单独存在，也可以合二为一。一般来说，拥有物质家园自便拥有心灵家园，拥有心灵家园不一定拥有物质家园，心灵家园应该凌驾于物质家园之上。试想一下，如果一个人住在自己的房子里并不快乐，那他拥有这个物质家园又有何意义？还不如去寻找他的心灵家园。也不知我对家园的这种个人理解，君以为然否？

人可以没有物质家园，但一定要有心灵家园。真的很庆幸自己，我既有自己的物质家园，它就是樟木头的帝景花园，也有自己的心灵家园，它就是天涯海角。

居者有其屋，愿大家皆有一个自己的物质家园，但我更希望大家拥有一个愉悦的心灵家园。

第二十九章
教 育 之 苦

"养不教，父之过"，崇文当然知道这是《三字经》里面的一句话。"一年之计，莫于树谷；十年之计，莫于树木；百年之计，莫于树人"，崇文也知道这是管仲说的。自从有了小猪和小树之后，崇文和清照在小孩的教育方面伤透了脑筋，耗费了大量的人力、物力与财力。

世界上最无奈的事情莫过于孩子之间相差一岁，因为姐姐比妹妹大一岁，于是今年为小猪所做的工作明年又复制在小树的身上，与此同时，今年还要为小猪从事一些陌生的工作，年复一年，似乎看不到生活的尽头。

小猪上幼儿园之前，崇文曾买来好几张挂图，指着其中的一张挂图说："小猪，你看这个老人，爸爸的爸爸叫爷爷。"小猪奶声奶气地说道："爷爷——"。崇文又指着另外一张挂图说："小猪，你看这是'月'字，就是挂在天上的那个月亮。"小猪鹦鹉学舌般地说道："月——"。崇文又指着另外一张挂图说："小猪，你看这个字母'a'，中国人念'啊'，外国人念'艾'。"小猪跟着念一遍。崇文问小猪："爸爸叫什么名字？"小猪答道："徐崇文。"崇文问小猪："那爸爸的手机号码是什么？"小猪答道："不知道。"崇文耐心地说道："爸爸的手机号码是130100281XX，你一定要记住啊，如果你在外面迷路了，就告诉别人，要好心人打这个电话。"崇文问小猪："爸爸的家乡在哪里？"小猪答道："不知道。"崇文耐心地说道："在潇湘省郴州市桂花县太和镇神下村，你要记住了。"崇文问小猪："妈妈的家乡在哪里？"小猪答道："不知道。"崇文耐心地说道："在岭南省茂名市高州市龙眼镇荔枝村。"与此同时，崇文买来小黑板、画板、大头笔和粉笔，让小猪在家里随便涂鸦，写写画画；崇文买来积木，让小猪在家里随便建房子；崇文买来卡通故事书，让小猪随便乱翻；崇文还买了好多乱七八糟的东西，本想好好地教育一番，奈何生存压力太大，为生活疲于奔命，最后皆缘于"三天打鱼，两天晒网"的心理，不了了之。

　　第二年，小猪去年发生的事情在小树的身上重复上演，而那个热情度很高却毫无教育方法的人仍然是崇文。

　　小猪三岁了，崇文和清照商量着应该送小猪去哪里读幼儿园。如果去附近的乌沙幼儿园那是很难办到的，按照《东莞市积分制人才入户实施细则》，崇文和清照的户口都不在东莞，所以小猪就不能享受这个福利。如果托人找门路去乌沙幼儿园申请一个指标，那需要好几万块钱，崇文和清照根本就拿不出来。如果送回桂花县去读幼儿园，小猪的奶奶年事已高，要她每天负责接送也不是办法，崇文的兄弟姊妹个个都有孩子，将小猪交给他们照顾也不是办法。如果送到高州去读幼儿园，虽说小猪的外婆做不了什么，但清照的堂嫂还能帮助照顾一下，不过这也不是长久之计，最后，崇文和清照达成共识：绝不能让小猪做留守儿童，一定要让她留在父母的身边读书，公立幼儿园进不了，大不了花钱进民营幼儿园。

　　小猪在福娃幼儿园读了一年书后，小树步其后尘，也进了同一所幼儿园。与公立幼儿园相比，民营幼儿园有一个最大的好处就是它会有校车到小朋友居住的地方接送，早上接小朋友去幼儿园，下午送小朋友回家，父母只需在固定的地方迎接就是了。民营幼儿园提供校车接送服务，公立幼儿园什么都没有，它要劳驾小朋友的亲人一天跑四趟，至少也得两趟，像崇文和清照这种没有老人居家的家庭，只有去接受价钱不菲的校车服务。每当崇文目送校车接走小猪和小树的时候，他总会想起"家有一老，犹如一宝"那句话来，他甚至想他要是个独生子就好了，那孩子的奶奶就不会分身乏术了。

　　小猪和小树在福娃幼儿园读了三年，从小班一直读到大班，也不知花了崇文和清照多少血汗钱。粗略估算一下，学杂费加中餐费加午休床位费加下午茶费加校车接送费，当然还有一些乱七八糟的收费，差不多每个人每个学期近五千元，三年下来，崇文和清照至少为福娃幼儿园贡献了六万元。崇文和清照的收入本来就不高，偏偏又生了两个孩子，为了教育，两口子差不多是倾家荡产，毫无储蓄，再想想那些入读公立幼儿园的孩子，几乎不用父母掏腰包，只需付出时间和精力即可。

小猪幼儿园毕业了，崇文和清照又商量着应该送小猪去哪里读小学。限于诸多条件，公立小学肯定是进不去的，只好送小猪去民营小学。当然，崇文和清照也可以送小猪去高州读免费的公立小学，但还是不想让她做留守儿童，想想也就作罢。民营小学和民营幼儿园一样，依然有校车接送服务，这也是民营小学优于公立小学的地方，考虑到家庭的实际情况，最后小猪被送进了华泰教育集团属下的华泰小学。华泰教育是一个颇有实力的教育机构，它拥有华泰幼儿园、华泰小学和华泰初中，在东莞长安很有实力，不仅财大气粗，而且学生也多，收费自然也不菲。崇文就知道华泰小学一个学期的学杂费需要2450元，早餐费需要300元，中餐费需要1000元，午休床位费需要600元，校车接送费需要1000元，读完一个学期没有5350元是搞不定的，虽说有一点儿财政补贴，但也少得可怜，几可忽略不计。更要命的是，小猪读二年级的时候，小树步其后尘也进了华泰小学，一年下来，崇文和清照要为华泰教育集团贡献两万元。待姐妹俩小学毕业，崇文和清照要为华泰教育集团至少贡献12万元。

崇文作为父亲，自然有父亲的角色；清照作为母亲，自然有母亲的角色，男主外，女主内，谁也不可替代。崇文为小猪和小树的课外教育也是绞尽脑汁，可终究囿于精力和财力，尤其是财力，做起事情来有心无力，爱莫能助，虎头蛇尾，连崇文自己都觉得枉为人父。崇文为小猪和小树买过国学经典光碟和识字软件，坚持没几天就让它们束之高阁了。崇文买来儿童自行车，将附在后面的两个小轮子拆掉，分别教小猪和小树学骑自行车，小猪胆子大，她倒是学会了，而小树怯懦懒惰，学了好久都没有学会。崇文后来又送她们去游泳培训班学习游泳，浪费了崇文好多时间，所幸的是，小猪和小树好歹没有让他失望。至于其他的特长培训：音乐、舞蹈、美术、小主持人和书法，崇文实在做不到了，金钱虽不是万能的，但没有钱肯定是办不成事的。人们常说：不要让孩子输在起跑线上，崇文认了，小猪和小树若真输在起跑线上那就输吧，反正姐妹俩有书可读有学可上已经很不错了，她们长大了若是哪一天觉悟了，要怪就怪她们那两个无能的父母吧。

　　崇文对教师这个职业天生就不感兴趣，导致他在小猪和小树的教育方面很失败，他不擅长教育，也不懂教育方法，他试图去做一个好父亲，因黔驴技穷而落得个一塌糊涂。有一天，他心血来潮，为自己失败的家庭教育写下了一篇忏悔性的文章《女儿的三滴眼泪》，他这样写道：

　　眼泪，本是一种从眼睛里流出来的液体而已，既有伤心的眼泪，也有幸福的眼泪，它虽是一件微不足道的事物，可是为人父母的你知道吗？小孩为什么会流眼泪？他的眼泪意味着什么？你能真正读懂它吗？

　　也许你会说，孩子感到饥饿了，他会哭；孩子感到恐惧了，他会哭；孩子感到寒冷了，他会哭；孩子感到身体不舒服，他会哭；还有，孩子不听话，你狠狠地训斥一顿，他会哭。是的，遇到这些情况，孩子当然会哭，而且是号啕大哭，呼天抢地地哭。可是，你见过孩子那种不动声色的哭泣吗？令你不知所措，百思不得其解，潸然泪下也罢，默默抽泣也罢，总之，你就是琢磨不透刚才还阳光灿烂为何一下子又泪雨滂沱。

　　我有一个七岁的女儿，毋庸置疑，从诞生至今，她肯定是掉过无数眼泪的，但其中有三滴眼泪却让我记忆犹新，因为每一滴眼泪都牵出一个沉重的话题，它让我深深思考自己的人格缺陷、应试教育的缺失乃至当今社会的价值取向。

　　第一滴眼泪：关于诚信。

　　关于诚信，我们的先贤有很好的阐释，孔子在《论语·为政》里说道："人而无信，不知其可也。"孟子也在《孟子·离娄上》里说道："诚者，天之道也；诚之者，人之道也。"对于这些至理名言，我之前是读过的，其道理当然也是明白的，但于一个成年人而言，要真正做到它何其难矣！有时，不知不觉当中就会将所谓的虚荣和面子强加给一个懵懂无知的孩子，足以折射出我们成人的内心世界其实是多么的虚伪与龌龊。

　　有一次，我刚从公司辞职出来，正处于求职状态中。某周一，我肩挎一个黑色公文包，准备外出面试，并顺便送女儿上学。考虑到隔壁的那个女人有点儿八卦，怕万一在路上遇见她，免不了一番寒暄，于是，临出门之前，我嘱咐女儿："如果别人问爸爸在做什么，你千万不要说爸爸正在找工作，这个问题让我来回答，知道吗？"女儿"嗯"了一声。

谁知，事情偏又那么凑巧，当我和女儿刚从电梯里走出来，迎面便碰上了那个邻居。

邻居笑盈盈地问："小猪，爸爸送你上学去？"

女儿响亮地回答："是啊！"

邻居开始八卦了："徐先生现在哪里高就啊？"

这个问题抛来，我只好答道："谈不上高就，在老地方混呗。"

话音刚落，女儿马上接住我的话："爸爸正准备去面试。"

接下来的一幕令我感到无地自容，真想找个地缝钻进去，我一脸窘态，场面一度陷于尴尬状态，邻居笑而不语，后来识趣地走了。待邻居走后，我的情绪有点儿失控，怒不可遏地对女儿说："刚才爸爸是怎么交代你的，叫你不要说，你偏要说。"在送女儿上校车的一刹那，我蓦地发现，女儿的脸上竟然挂着一滴晶莹的泪珠。

第二滴眼泪：关于权威。

一般来说，老师在孩子心目中的地位是神圣的，是至高无上的，是不容侵犯的，其威严甚至高于父母，但"人无完人，金无足赤"，限于自身学识，老师也有犯错误的时候，这时，囿于孩子的分辨能力，在老师和父母之间，乃至在老师、父母和教科书三者之间，孩子们迷失了自我，总会陷于困惑的境地。

一天晚上，我需要辅导女儿的家庭作业，其中《语文同步精练》有一道题目是这样的：请以"木"字旁造三个字，并且这个字要和树有关。女儿水平有限，只造了两个字：杨、柳，还差一个字她怎么也写不出来。对此，我只好教给她另外一个字：椿。我为什么要造这个字，是因为她妹妹的姓名中含有这个字。

第二天晚上，我依然辅导女儿的家庭作业。当我翻到《语文同步精练》昨天所完成的那一页时，惊讶地发现在"椿"字的上面竟然画有一个大大的红叉，于是质问女儿："老师为什么在这里打个叉？"

女儿说："应该是爸爸教的这个字不对吧？"

我生气地说："乱弹琴，怎么是爸爸的错呢？爸爸昨天晚上和你说过，'椿'也是树，'椿树'就是香椿，它是一种乔木，你难道没有跟老师说吗？"

女儿一脸茫然："没有，我也不知道听谁的。"

我吼道:"老师又不是神仙,他也有犯错的时候,如果你觉得自己是对的,一定要私下里找老师并大胆地说出来,知道吗?"

女儿默不作声,过了一会儿,应该是受了什么委屈,她的眼圈开始变得红润起来,随即一滴泪珠悄无声息地从脸颊上滑落下来。

第三滴眼泪:关于金钱。

金钱观是对金钱的根本看法和态度,是和人生观紧密相连的,可是我们大人在为日常生活的柴米油盐酱醋茶而精于算计的时候,却往往忽略了孩子们的内心感受。也许,在孩子们的眼里,他们视金钱如粪土,在乎的是平等与博爱。

一天下午,女儿放学回来,兴奋地对我说:"爸爸,下周学校搞活动,需要交160元。"

我疑惑地问:"交钱干什么?"

女儿从书包里拿出一张纸递给我,然后说道:"你看。"

我快速地浏览了一下,原来是一张关于中山市三乡镇泉林山庄的宣传单,然后一本正经地说:"上面写得很清楚,这次活动是自愿的,我看这次你就不去了吧!"

女儿显然不高兴了,嘟噜着小嘴说:"可是我想去。"

我开始和她讲起道理来,我和颜悦色地说:"其实这些项目爸爸以前都带你去玩过,还记不记得我们一家人上次去过的那个隐贤山庄,什么旋转木马啊,什么摩天轮啊,什么激战鲨鱼岛啊,你都玩过,是不是?这次又去,何必浪费钱呢?"

女儿辩解道:"可我还是想去玩嘛,班上好多小朋友都说去。"

我有点儿生气了,提高嗓子说:"别人是别人,你就知道玩,玩来玩去还不是那些鬼名堂,换汤不换药,大不了就是一群人跑到中山,那有什么好玩的?"

女儿开始不说话了,禁不住哽咽起来,瞬间一滴滚烫的泪花便从眼眶里奔涌而出。

看着女儿那张楚楚可怜的小脸蛋,最后的代价就是:我达成妥协,乖乖地交了那笔在我看来纯属多余的活动经费。

第三十章
崇文失聪

一天早晨，崇文正常起床后，竟然不知道小猪和小树上学去了，他觉得一阵恐慌。以往这个时候，小猪和小树在走出家门之前总会走到他的床前异口同声地说一句："爸爸，我们上学去了。"而今天，他竟然没有听到这句熟悉的话。

洗漱完毕后，他打开窗户，尝试聆听外面的声音，感觉世界一片宁静，他只看见街道上熙熙攘攘的人群，却捕捉不到一丝有效的声音，如同家里装了消音器似的。突然，他听到一阵急促而响亮的声音，这种声音他是熟悉的，这不是防空警报的声音吗？要是在往日，这种声音是那么的尖锐而刺耳，可是今天听上去却是如此的柔和与愉悦，他迅速意识到可能是他的双耳失聪了，不！更确切地说，是他的双耳即将失聪了，因为像那种大于100分贝的声音他还是听得见的，只不过从别人眼中的噪音转化成了他心目中的音乐。

崇文静静地坐下来，什么事也不想干，他第一时间想起了奥地利作家弗兰兹·卡夫卡的中篇小说《变形记》。他打开电脑，用百度搜索出《变形记》的原文，默默地朗读了第一段：一天早晨，格里高尔·萨姆沙从不安的睡梦中醒来，发现自己躺在床上变成了一只巨大的甲虫。他仰卧着，那坚硬的像铁甲一般的背贴着床，他稍稍抬了抬头，便看见自己那穹顶似的棕色肚子分成了好多块弧形的硬片，被子几乎盖不住肚子尖，都快滑下来了。

比起偌大的身躯来，他那许多只腿真是细得可怜，都在他眼前无可奈何地舞动着。

读完第一段之后，他没兴趣看下去了，于是坐在椅子上发呆，好一阵子他才缓过神来，默默地想一些乱七八糟的心事。他怎么会突然失聪呢？是出生时得了一场奶疥的原因吗？是童年时在村里那条臭水沟里嬉戏过多的原因吗？是少年时在村里的打鼓冲水库因游泳不慎导致耳朵进水的原因吗？是大学毕业后在工厂长年饱受印刷机的噪音的原因吗？是人到中年生理机能过早衰退的原因吗？还是自己的生辰八字命里缺水？水主肾，亦代表财气，因为肾弱导致耳弱，因为水弱导致清贫，命运对他唯一的馈赠就是聪明，然后再附带馈赠几条算不上好也算不上坏的性格，譬如本分、忠厚和善良，但在如今这个物欲横流的年代，对于这种性格，坏的成分似乎要多一些，这差不多成了他人生的一道无形障碍和前进道路上的羁绊。

崇文对未来的日子感到莫名的绝望，他突然想起了一根救命稻草——哑语，这应该是他聆听世界的唯一武器。他重新回到电脑前，用百度搜索词条"哑语"，尝试了解更多。哦！哑语又叫手语，它是因为聋人交际的实际需要而产生的，作为聋人的一种语言，它逐渐为人们所接受。哑语离不开双手，于是产生了手语，手语包括手指语和手势语。手指语是用手指的指式变化和动作代表字母，并按照拼音顺序依次拼出词语。在远古时代，全人类都处在简单的有声语言阶段，常常用手做各种姿势来表示意思，这样的手势大多数是指示性和形象性的动作，叫作自然手势，后来随着社会的进步，特别是聋哑教育的产生与发展，开始创造出具有语言性质的手势，这种在有声语言和文字基础上产生的与有声语言密切结合的手语，称为人为手势，自然手势和人为手势互相结合，于是就衍生了手势语。

崇文突然萌生了学习哑语的想法，但理智告诉他，现在这种处境完全不适合他，首先是学习哑语需要投入大量的时间和一定的财力，其次是小猪和小树正在读小学，清照白天要上班，他需要履行父亲的职责，尽他最大的能力照顾小猪和小树的生活起居。如此一想，他就打消了学习哑语的念头。

崇文又突然想起了中国的残疾人福利，残疾人作为一种特殊的受人歧视的人群，在就业方面国家还是有一定保障的。想到这里，他再次百度搜索词条"残疾人保障法"，这让他眼睛一亮，因为《中华人民共和国残疾人保障法》在第四章的劳动就业部分写得很清楚：各级人民政府应当对残疾人劳动就业统筹规划，为残疾人创造劳动就业条件。残疾人劳动就业，实行集中与分散相结合的方针，采取优惠政策和扶持保护措施，通过多渠道、多层次、多形式，使残疾人劳动就业逐步普及、稳定、合理。政府和社会举办残疾人福利企业、盲人按摩机构和其他福利性单位，集中安排残疾人就业。国家实行按比例安排残疾人就业制度，国家机关、社会团体、企业事业单位、民办非企业单位应当按照规定的比例安排残疾人就业，并为其选择适当的工种和岗位。达不到规定比例的，按照国家有关规定履行保障残疾人就业义务，国家鼓励用人单位超过规定比例安排残疾人就业。

为了坚强地活下去，崇文意识到他应该去办一个《中华人民共和国残疾人证》。崇文是一个执行力很强的人，一旦想到什么事情，在条件允许的情况下，他都会马上去做。他打开手机里的12306软件，立马买了一张虎门开往郴州西的G6022次高铁票，当天下午他就搭乘高铁回到了桂花县。

第二天上午，崇文来到芙蓉路，终于找到了那栋建筑，右边挂着一张"桂花县人民政府残疾人工作委员会"的牌匾，左边挂着一张"桂花县残疾人联合会"牌匾。他显然有备而来，走进去后，什么也不说，直接从背包里掏出一支笔和一张纸，然后写下了一行字："我要办理残疾人证，因为耳朵听不见。"他只有采用这种最笨拙的方法，因为即使他大声地说出来，一旦别人回话，他也不知道别人在说什么，除非别人说话的声音像打雷一样轰隆轰隆，但他知道那样做未免太尴尬，这对双方都是一种沟通上的污辱。

工作人员拿出两张表格来，一张是《中华人民共和国残疾人证申请表》，一张是《中华人民共和国残疾评定表》。崇文拿过来一看，在其中一张表格上果然有听力残疾一栏，但其内容却密密麻麻，听力残疾分成一级、二级、三级和四级，导致听力残疾的原因竟然罗列了15条：遗传、母孕期病毒感染、传染性疾病、自身免疫缺陷性疾病、全身性疾病、中耳炎、老年性耳聋、早产和低体重、新生儿窒息、高胆红素血症、药物中毒、创伤或意外伤害、噪声和爆震、其他、原因不明。他懒得去想他的双耳应该对应哪一项，而是直接去了桂花县人民医院，可是医生说这里没有检测设备，要他去郴州市第一人民医院检查。

当天下午，崇文来到了郴州市第一人民医院，还没看见主治医生一眼，他就花去了208元，其中挂号费0.50元，诊查费5.5元，材料费2元，听性脑干反应检查费200元。他来到五楼的耳鼻喉科，发现今天就诊的病人特别多。取完号后，他坐在冰凉的椅子上静静地等待着，若是坐闷了，便站起来四处走走，直勾勾看着听力检测中心那扇玻璃门的文字无端遐想。那扇玻璃门上写着一排文字：电测听、声导抗、耳声发射、ABR、眼震电图、配助听器、40K2电位，他不懂医学，很多名词他根本就看不懂，譬如ABR和声导抗，这是什么意思啊？他无事可做，只好在踱步中将那些专业术语浏览来浏览去。

正当崇文坐在椅子上发呆的时候，一个女护士拍拍他的右肩膀示意他站起来，原来里面的女医生叫徐崇文的姓名，而他听不见，女医生叫了好几遍，他仍无动于衷，女护士只好亲自过来领他进了听力检测中心。

一个年轻的女医生示意崇文坐下来，她拿出一个蘸有酒精的棉球在他的额头上擦来擦去，然后又在他两个耳垂后面的部位擦来擦去，弄得他晕晕乎乎的，不知道是被那种液体麻醉了，还是被女医生点中了什么穴位。擦完之后，另外一个老一点的女医生带着他走进里面的那个小房间，那里有一张小床，医生示意他躺下来。待他躺下来后，医生拿出一个拥有三个端口的导管，一个端口吸附在他的额头上，另两个端口吸附在他两个耳垂后面的部位，端口就像那用来疏通下水道的搋子似的，只不过形状小一点儿，是它的微型版罢了，这个时候他终于明白那个年轻的女医生为什么要在这三个部位涂抹液体的缘故了。

崇文躺在病床上，闭上双眼，脑袋里立刻闪出各种稀奇古怪的声音，时而额头这里嗡嗡叫，像蜜蜂扇动翅膀似的；时而左耳处叽叽喳喳，像一群小鸟啁啾不已；时而右耳处电闪雷鸣，像大雨倾盆前的一记闷雷；时而一潭死水，阒寂无声，好像被人抛进了一个漆黑一团的洞穴。

诊断终于结束了，医生将导管摘除，崇文懒洋洋地站起来，重新从有声的地狱回到无声的人间。稍候片刻，医生打印出来一张表格，然后交给他，他拿过来一看，上面写着"多频稳态／听觉诱发电位报告"，至于那些抽象的专业数据，他实在看不懂。

崇文从郴州市第一人民医院出来后，马不停蹄地返回桂花县，他要赶在医生下班之前将这些表格交给桂花县人民医院312室，那是县级医院的耳鼻喉科门诊，也是县级医院听力残疾评定室。当他气喘吁吁地走到那里，医生却要他去另一栋位于一楼的办公室缴交《中华人民共和国残疾人证》的工本费。他找到那个地方，主动交了40元工本费，然后再折回312室，将事先准备好的所有资料全部交给了一个不知姓名的医生。

办完这些事情之后，崇文第二天就返回了东莞。如今的他活在一个宁静的世界里，头脑却变得空前绝后的清醒，他不知道他能否收到《中华人民共和国残疾人证》？他核算过所有的消费，在郴州市第一人民医院所花的那208元是值得的，毕竟医院提供了相应的服务，但在桂花县人民医院所花的那40元有点儿冤，因为他没有把握能否收到证件，如果收到了，那就花得值；如果没有收到，那就花得冤。那么，是不是可以换一种皆大欢喜的收费方式，当桂花县的工作人员通知他前去领取《中华人民共和国残疾人证》的时候再缴交40元有何不可呢？如果没有通知他前去领取《中华人民共和国残疾人证》，他是不是可以为此省掉40元呢？这让他想起了一代枭雄曹操的那句话：宁可我负天下人，不可天下人负我。

问题就出在这40元有没有匹配相应的价值，或热情的服务，或真实的证件，或真诚的反馈。可是这一切，连撰写这部长篇小说的湘南徐工也不知道，别忘了湘南徐工和徐崇文是独立的两个人，因为直到今天，崇文他本人仍在恭候正义女神忒弥斯的回答。

第三十一章
半路出家

清照对崇文的失聪一点儿也不感到惊讶,她似乎预料到迟早会有这么一天,她对崇文已经失望透顶,平时都没有什么话说,这下倒好,他如今差不多失聪了,倒落得个耳根清净,再也不会和她拌嘴吵架了。她之所以对崇文不抱任何希望,是因为这么多年过去了,她没有看见崇文有一丁点儿的进步,他像个阿斗似的,简直是烂泥巴糊不上墙,他没有独立地撑起这个家,且不说让她像别的女人那样做个家庭主妇,忙完家务之后,看看书养养花种种草啥的,也小资一把,可如今她依然在努力地工作。她努力工作的动力并不是为那个她看见就烦的崇文,而是为小猪和小树,毕竟她们还小,指望不上她们那个不争气的老爸,所以她对崇文的态度是不闻不问,你爱干啥就干啥,你爱怎么折腾就怎么折腾,孩子是两个人共同享有的,反正家庭的日常开销你要承担一部分,反正你要承担起抚养一个孩子的责任来,反正你不能找我要钱,至于怎么赚钱那是你自己的事情。

倒是小猪和小树对崇文的失聪有点儿伤心,她们经常贴在他的耳根旁大声地说话,分享一些生活上让她们开心的事情。有一天,小猪用嘴巴贴在他的右耳旁大声地说:"我有个同学说你的爸爸好棒,竟然带你爬过那么多座山,去过那么多公园。她说她的爸爸天天忙着赚钱,从来就没有带她爬过一座山。"崇文听了很感动,拍着小猪的肩膀说:"是吗?这么说爸爸也有闪光的一面喽。"有一天,小树用嘴巴贴在他的右耳旁大声地说:"爸爸听不见我说话了,我好难过，有时候想问你一个问题还得手写，可是我的字好丑啊。"崇文抚摸着小树的脑袋瓜说："没关系啦，你要加油练习写字呀，争取成为书法家。"

天有不测风云，人有旦夕祸福。事已至此，崇文需要重新审视未来的生活，他想起了那个一辈子都坐在轮椅上的残疾人作家史铁生，他读过史铁生的一篇散文作品《我与地坛》，出于同病相怜、惺惺相惜的情感，他想步史铁生之后，争取做一个令人尊敬的作家。他是一个自尊心很强的人，从不轻易向外人示弱；他也是一个韧性十足的人，无论怎么折腾他依然能做到初心不改。他思来想去，唯一可走的路就是写作。虽然他之前也写过一些文章，但那纯属自娱自乐，他根本就不当一回事，更确切地说，他没有视写作为毕生的事业。可是现在的情况变了，除了写作，他似乎找不到第二条出路，毕竟写作的门槛是最低的，几乎不用投入一分钱，只要拥有一台破电脑就行了。

所幸的是，崇文赶上了一个自媒体蓬勃发展的好时代，正如微信公众号的广告语所说的：再小的个体，也有自己的品牌。他想过向主流杂志投稿，但出于三种原因，他觉得那样做不现实：其一，他写的文章普遍偏长，啰嗦冗长拖沓，质量参差不齐，不受编辑待见；其二，中国是个典型的人情社会，要去混圈子经营关系，中稿率才会高一点儿，所谓"世事洞明皆学问，人情练达即文章"；其三，向杂志或报刊投稿，不能一稿多投，而且审稿周期长，作为籍籍无名的自由撰稿人，那样做的话生存压力相当大，若没有一定的个人储蓄，精神容易崩溃，况且在不良心态下，很难创作出让别人满意的作品。

说干就干，崇文立马注册了一个叫作"湘南徐工"的微信公众号，从此开启了他的自由撰稿人生涯。他在取这个笔名的时候，曾经思考了好久，他想将管谟业的笔名莫言改成他的笔名莫语，似乎觉得不妥，最终还是启用笔名湘南徐工。他起初取了一个笔名城北徐公，后来觉得他并非一个美男子，考虑到他是潇湘省郴州人，于是将城北徐公改成了湘南徐公，后来觉得他配不上这个"公"字，于是又将湘南徐公改成了湘南徐工，这下合他意了。湘南代表郴州，徐代表他的姓氏，他好歹做过印刷工程师，这个"工"字代表他的职业出身，于是笔名"湘南徐工"横空出世了。

接下来该写什么呢？崇文为这个问题足足想了一整天，如果去写那种来钱快的网络小说，他觉得他写不来。诸如仙侠、武侠、盗墓、鬼怪、惊悚、言情、后宫、穿越、科幻和魔幻等题材类型的小说，心灵鸡汤类型的文章他倒是写得来，但他似乎不屑于为之。想来想去，他觉得写现实主义题材的文章比较靠谱，他决定走严肃文学路线，以自由撰稿人的身份向这个物欲横流的市场经济社会发起大无畏的挑战。

没有金刚钻，别揽瓷器活，做事情之前还得掂量掂量自己，如果能力有限的话就别去做那些力所不能及的事情。崇文当然思考过这个问题，他觉得他有这个能力，也能胜任，但是现在既然要将写作当成谋生的饭碗，他觉得他还需下一番硬功夫，于是他决定背诵《唐诗三百首》，稍微提高一下文化修养，他将这段经历写成了一篇《我是如何背诵〈唐诗三百首〉的》文章，其中他这样写道：

言及《唐诗三百首》中那一块最硬的骨头，无疑就是白居易所写的那首长篇叙事诗《长恨歌》，我计算了一下，天哪，一共120句，每句7个字，也就是840个字。刚开始背诵时，我想得太天真了，试图通过朗读几遍就能够完整地背下来，尽管我读得口干舌燥，喉咙冒烟，但一合上书本，尝试背诵整篇时，却完全做不到，不是这一句想不起来，就是那一句的某两个字想不起来，甚至张冠李戴，将句子打乱顺序，这一度让我感到十分的懊悔，活生生折腾了三个小时，依然不能完整地背诵下来，哪怕是断断续续也好。看来记忆力大不如从前了，我毕竟不是《三国演义》里面的张松，天生具备一种过目不忘的超凡能力，欲速则不达，看来还得笨鸟先飞。要知道，《长恨歌》等同于42首五言绝句、21首五言律诗、30首七言绝句、15首七言律诗，妄想一口气吃成一个大胖子，着实有点儿荒唐。为此，第二天我就改变了策略，将它拆分成三部分，每天背诵280个字，等同于背诵5首七言律诗，最后再将三部分衔接起来。

四天过后，《长恨歌》虽能勉强背下来了，但根据艾宾斯浩遗忘曲线，在信息输入大脑后，可怕的遗忘也随之开始。当天虽然能够完整地背下来，但到了第二天，又不能一气呵成地背诵了。我是一个有着轻微强迫症的人，如果做不到这一点，那只有不断地复习，再复习，只是复习频率随着时间的推移由多到少。

如今，《唐诗三百首》算是勉强背诵完了。为什么说勉强，是因为当我背诵完最后一首诗的时候，发现之前背过的诗又有很多想不起来了，这就需要进行下一轮乃至多轮的温习。回忆往昔，背诵《唐诗三百首》是一件相当折磨人的事情，这几个月来，我几乎每天都在不断地背诵新的东西，同时也在和遗忘做着艰苦卓绝的斗争，痛并快乐着，这很能考验一个人的恒心与毅力。

一天当中，崇文既抽时间背诵《唐诗三百首》，又抽时间努力码字，但是到了周末，他得停止写作，因为他要照顾不用上学的小猪和小树。在超级自律的状态下，如果当天没什么事情的话他会坚持写作，既然现在是自由之身了，他就是他自己的老板，他就是他自己的主宰，他将这种经历写成了一篇《我是如何走向自由之路的》文章，其中他这样写道：

现在的我虽然不用上班，不用再看上司的脸色做事了，几乎没人管我，貌似处于一种放任自流的生活状态，其实也并不自由，那就是我要考虑创作，这也是工作，只不过在家里工作而已，而且是一种苦逼烧脑的工作。我有自己的生活规律和写作习惯，如果当天有写作计划，我一般是晚睡晚起，早上八点钟起床，九点钟进入写作状态。一般写至十二点钟，然后吃中饭，从下午一点钟睡到两点钟视为午休，再从两点钟写至五点半。在写作过程中，我会将手机远远地扔一边，尽可能杜绝一切干扰，偶尔也会抽支烟，或在室内走动一下。到了五点半，女儿放学回家，我基本上写不下去了，因为她们两个实在是太调皮了，喜欢在我的眼前晃悠，喜欢乱动我的东西，于是就此作罢。

写作是一件非常清苦的事情，需要耐得住寂寞，守得住煎熬，况且我写的长篇散文动辄需要四五天，用三个成语"绞尽脑汁""殚精竭虑"和"呕心沥血"来形容我的创作过程一点儿也不为过，还好我是用电脑写作，采用五笔输入法，况且我打字速度较快，得力于之前打工时多年的艰苦训练。我常常为某篇文章取个满意的标题思虑良久，我常常为撰写某篇文章不得不找些书籍来有的放矢地阅读，我常常半夜三更爬将起来将一些可能要用到的素材、一句美妙的句子或几个关键词用笔记录下来，因为那种稍纵即逝的感觉若不马上记下来稍后便忘了，毕竟"好记性不如烂笔头"嘛，不知这算不算是灵感乍现呢？

我的个人收入主要来源于三个方面：其一，打赏。就是某些人阅读完文章之后，偶尔会打赏一点儿，但不多；其二，稿费。我的某些文章会发表在某些杂志或报纸副刊上，多少有点儿稿费，但不多；其三，施舍。就是有些好心人出于对文字工作者的尊敬或出于对我的坚持精神的一种肯定与鼓励，你说成同情与怜悯也行，因为他们觉得我是这个时代的一股清流，是一个难得一见的怪人，所以在我遇到困难的时候才会略尽绵薄之力。

在残酷现实的打压下，崇文自做了自由撰稿人之后，每天的任务就是宅在家里奋笔疾书，生活虽然清贫，但日子过得却也充实，也颇有成就感。他常常在夜深人静的时候叩问灵魂：我到底为什么而写作？写作真能当饭吃吗？翌日醒来，他马上写下了一篇文章《我为什么要写作》，以直面这个灵魂问题，其中他这样写道：

学生时代，我的梦想是长大之后做一个伟大的数学家，我曾写过一篇文章《我与数学老师的前世今生》，我为什么不写语文老师、英语老师呢？这是有原因的，因为我热爱数学，我对数学老师的感情与回忆胜过一切。但高考时，时运不济，阴差阳错，阴沟里翻船，我居然考上了与数学风马牛不相及的印刷工程专业。我记得，读大学时，吊儿郎当的我在高等数学考试中也拿了92分的好成绩，这真是一种上苍赐予的天赋与过人的悟性。后来，因种种原因，我被迫来岭南打工，从此开始一种居无定所、颠沛流离、命途多舛的流浪生活，关于这种惨痛的生活经历，在我所撰写的半自传体长篇小说《岭南，一个孕育沧桑的子宫》中有部分真实的赤裸裸的呈现。

学生时代，其实我的语文成绩不是很好，但基本功还算扎实，勉强算是一个伪文学青年吧。读高中时，有一阵子我对文言文特别感兴趣，喜欢摇头晃脑地曰"之乎者也"，也喜欢读点儿唐诗宋词，也喜欢背点儿成语。我记得我有一次参加了一个全国性的成语知识竞赛，获得了三等奖，也不知当时是谁推荐我参赛的，但中国的成语何其多也，我也知之甚少。

在数学考试中，我记得数学老师曾经讲过一条定律，叫作什么否定论，也可说成排除法，什么双重否定等于肯定。在所有可供选择的既成事实当中，

——排除那些不符合逻辑的可能性，剩下的就是真理，尽管你对它的认知很模糊。譬如在数学考试中，为某个单选题作答，而你只知道选项 A、B、C 是不符合逻辑的，对 D 却模棱两可，甚至一无所知。此时，我相信聪明的你一定会选择 D，因为它正确的概率相当大，几乎为 100%。

好了，现在来做我人生的排除法。我不是官二代，家父已去世，家道中落，从政不现实，努力去考取一个公务员也不是很感兴趣，排除之；我不是富二代，是典型的农二代，继承财富肯定谈不上，因性格原因，白手起家也错过了最好的黄金时代，我说的是拼搏的斗志与心态，排除之；我想做一个学者，可当我觉醒的时候，已经是两个女儿的父亲了，不现实，排除之；我想做一个像徐霞客一样的行者，来一场说走就走的旅行，苦于囊中羞涩，排除之；我想打高尔夫球、玩潜水、开私人飞机、开游艇、赛车、骑汗血宝马，这是富豪做的事情，偶尔空想一下，排除之；我想过一种风花雪月、纸醉金迷、灯红酒绿、夜夜笙歌、红男绿女、声色犬马、醉生梦死的生活，纯粹痴人说梦，排除之；我想……你千万不要说这些娱乐是庸俗的，是无聊至极的，在你未体验过之前，你心里也是渴盼的、向往的，别欺骗自己的内心，这是人性的弱点，难道不是吗？

撇除这些高端大气上档次的爱好，我们不妨来说点儿廉价的娱乐。我天生不喜欢打牌，迄今为止，只会打字牌，扑克也会玩一些花样，但技术差，老是被人家嘲笑，干脆不打，排除之；我不喜欢搓麻将，因为现在的人一提搓麻将，就要赌一下，输也好，赢也好，皆要意思一下，而我经济不殷实，也不想参与赌博，排除之；我再想想有什么廉价的娱乐，逛公园？爬山？游山玩水？徒步？骑自行车？唱 K？是的，这些娱乐的确很廉价，我不否认这些娱乐活动相当廉价，只需支付丁点儿钱，甚至免费，但是我都做到了。

容我再想想还有什么廉价的娱乐活动，非常抱歉，实在想不起来了。但是，人不可能天天做那些事情吧？总需要有一点儿业余爱好吧？总需要有一点儿精神追求吧？若不然，和行尸走肉又有什么区别呢？

否定来，否定去，我似乎只剩下写作这一条路了。我好歹也上了十二年的语文课，我在学生时代好歹也写过无数篇的应试作文，我好歹也买得起两本书，而读书是一种最廉价的奢侈，写作是一道最卑微的门槛。

第三十二章
蜕变文人

崇文成为自由撰稿人之后，想起了陈寅恪那句话"独立之精神，自由之思想"，基于此原则，他的精神获得了空前的解放，他的思想获得了空前的自由，他的人格获得了空前的独立。

崇文几乎每天都宅在家里码字，他只写他想写的文章，不媚权，不媚钱，不媚俗，只忠于他真实的内心与灵魂。他有着强烈的倾诉欲望，他似乎被残酷的现实打压了很多年，如今终于火山爆发了，他要将内心想说的话统统诉诸文字，流于笔端。他觉得此时此刻就是他的黄金创作期，才思敏捷，文如泉涌，倚马可待，笔下的文字就像那山泉水一样汩汩地涌出来，几乎都不用怎么读书。

崇文的写作风格很随性，很冲动，不受外人的意志所左右，想到什么就着手写什么。他想起了家乡，于是写下了《神下往事》《故乡的路》《故乡的字牌》《故乡的春节》；他想起了他的童年，于是写下了《童年撷趣》《童年的有声娱乐》；他想起了他父亲这边的亲人，就效仿作家阎连科写下了《我与父辈》；他想起了他母亲那边的亲人，于是写下了《追忆母辈》；他想起了他的小学母校，于是写下了《那三年的纯真时光》；他想起了他的中学母校，于是写下了《一中词典》；他想起了他的大学母校，于是写下了《星城理工大学三部曲》；他想起了他那漂泊不定的打工岁月，于是写下了他的处女长篇小说《岭南，一个孕育沧桑的子宫》；他想起了他那两个年幼的女儿，于是写下了《我的奶爸生涯》；他想起了曾经相敬如宾的妻子梁清照，于是写下了《夫人有喜》《夫人重喜》；他想起了他曾经游玩过的苏仙岭和东江湖，于是写下了《苏仙岭，一座多元共存的圣山》《东江湖畔的哲思》；偶尔涌上一股苦涩的乡愁，他趁机写下了《从郴州到郴州的距离》。

写啊写啊，一股无形的力量推着他向上攀登，他似乎有成为作家的趋势和迹象，他不自觉地写下了这些文章：《作家为什么普遍清贫？》《论作家之标准》《论作家的修养、良知与责任》。

写啊写啊，一股无形的力量继续推着他向上攀登，他似乎有成为学者的趋势和迹象，他不自觉地写下了这些文章：《论阅读与写作》《如何提高写作水平？》《游历有什么益处？》。

写啊写啊，一股无形的力量继续推着他向上攀登，他似乎有成为思想家的趋势和迹象，他不自觉地写下了这些文章：《论财富与不朽》《论红包与感恩》《论自信与自卑》。

写啊写啊，一股无形的力量继续推着他向上攀登，他似乎有成为哲学家的趋势和迹象，他不自觉地写下了这些文章：《论生与死》《论性与爱》《论婚姻与命运》。

功夫有负有心人，一分耕耘，一分收获，春华秋实，崇文通过不懈的玩命式写作，他的名声越来越大，知道他的笔名湘南徐工的人越来越多，关注他的公众号湘南徐工的人越来越多，赞美他的文章写得好的人越来越多，批评他的文章写得啰唆冗长拖沓的人越来越多，认可他的人越来越多，沉默的人越来越多，找他帮个小忙的人越来越多。人生在世，要么选择孤独，要么选择平庸，人生就好像钟摆，不停地在痛苦和倦怠之间摆动，当你需要为生存而劳作时，你是痛苦的；当你的基本需求得到满足之后，你会感到无聊。付出不一定有回报，但懒惰就一定没有回报，崇文在无尽孤独的世界里与平庸渐行渐远，他终于得到了一些名声上而不是物质上的回报，他以他那些多如牛毛的文学作品成为潇湘省作家协会会员，并成为潇湘省文学院第十七期中青年作家研讨班的学员，在那里学习了二十天。与此同时，他还接到了星城理工大学六十周年校庆筹备委员会的通知，以文化名人的身份参加了大学母校的校庆活动。更让他感到兴奋的是，他的长篇小说《岭南，一个孕育沧桑的子宫》被中国自由作家出版社出版了，不过出版之后其书名被改成了《徐工职场打拼记：一个印刷工科男的激荡人生》。

百尺竿头，更进一步，崇文继续写啊写，他想到什么体裁就写什么体裁，或长篇小说，或散文，或随笔，或杂文，或札记，或诗歌，或赋文，或歌词，他才不管他的作品是否真的匹配这种体裁，那是学者的事情；他想到什么题材就写什么题材，或爱情，或婚姻，或亲情，或骨肉情，或师生情，或友情，或校园，或乡土，或乡愁，或城市，或新农村建设，或职场，或名山大川，或心灵感悟，或游历，他才不管他的作品写得好还是丑，那是读者的事情。他除了没有去尝试写短篇小说和中篇小说，他什么都敢写，他觉得他应该是个写作多面手，他也知道他有短板，偏偏不擅长现代诗歌，还有那些讲究平仄、格律和押韵的唐诗宋词，因为他懒得去钻研，他甚至天真地想，假如让他去学习古体诗词，给他足够的时间，他想他也写得出来，不过，他更喜欢自由奔放、酣畅淋漓、天马行空、恣意汪洋的写作方式。

崇文继续写啊写，他不自觉地写下了一些带有"文人"字眼的文章：《文人为什么喜欢谈润笔费》《文人之存在价值与意义》《论文人的清高与傲骨》。从量变到质变，悲催的事情终于发生了，一股强大的力量突然拉着他径直往下坠落，像一枚空投的炸弹直接掉进了一个黑魆魆名曰文坛的万丈深渊。

某天晚上，崇文做了一个荒诞不经的梦：他躺在深渊的地面上，既看不见给人带来温暖的太阳，也看不见给人带来希望的星星，他突然想起了英国剧作家奥斯卡·王尔德所说的那句话：我们都生活在阴沟里，但仍有人仰望星空。他煎熬着，他继续煎熬着，脑袋里一片茫然。忽然，一轮月亮缓缓地从壁立千仞的洞口飘移过来，他莫名地产生了一种创作冲动，他借着微弱的月光奋笔疾书，文章《我是如何堕落成一个文人的？》就这样诞生了：

也许有些人就纳闷了，标题中为何出现"堕落"二字？是的，我就是要用"堕落"二字，因为成为文人并不是我想要的结果，我是不经意间沦落成文人的。

开诚布公地讲，有时我真瞧不起我自己，从骨子里瞧不起我自己，倒不是说文人有多么不好，但"十个文人九个穷，还有一个想上吊"，我没有给妻子女儿过上她们想要的生活，人一旦陷入文人思维，难免感物伤怀，难免多愁善感，难免悲天悯人，清高孤傲会多一点儿，愤世嫉俗会多一点儿，对赚钱自然提不起多大的兴趣。如果不是迫于养家糊口的压力，我甚至想远走高飞，浪迹天涯，逃遁于浊俗人间，从这层意义上而言，我是不适合结婚的，但已经回不去了。

近两年，有很多人羡慕我，我问他（她）羡慕我什么？他（她）说羡慕我的才华、文笔与名声，乃至羡慕我的生活。他（她）说做文人多好啊，只需运用你的生花妙笔就能将日常生活中的所思、所想、所感、所悟、所见、所闻统统诉诸笔端，这是多好的事情啊，而我就做不到。是的，我必须承认这一点，可是你别忘了，用文章换来的物质回馈是极其有限的，绝大部分读者只是以一种围观者的身份在背后默默地观察你，他们始终处于潜水状态，当你小有成就时，他（她）就会浮出水面及时地送上一束鲜花；当你原地踏步乃至退步时，他（她）依然不动声色地待在原处，而你根本就不知道他（她）的存在。至于名声，我承认我小有名气，但那绝对是徒有虚名，在名声没有裂变成巨大之前，所有的名声其实都是虚无的，如镜中花，如水中月，它不会为你带来物质上的一丝回馈，相反，倒会制造一些人际交往上的累赘。

我曾经看过电影《阿Q正传》，剧中的赵秀才在乡亲们面前多么趾高气扬啊，说他嚣张跋扈一点儿也不为过，他只是一个小小的秀才而已，没什么大不了的，这只能说明，在那个年代，文人的地位很高，一般人都会对他礼让三分。无独有偶，我在某个大学校友群里的绰号也是秀才，是校友们取的，但我一点儿也不觉得开心，因为那个校友群里的校友老板居多，他们叫我秀才，除了恭维我会写文章之外，往往还掺杂一丝迂腐、穷酸、书呆子气、不识时务的嘲讽，是的，我承认，他们都是闯荡社会的老江湖，在他们的眼中，我似乎成了一个不谙社会、不解风情、不通人情世故的书生，中国有句老话说得好"百无一用是书生"，还真让他们说对了，在这个市场经济社会里，物欲横流、金钱膜拜才是永恒的主题，处处充斥着喧嚣、浮躁、攀比与奢靡，尤其是经常上头条头版的娱乐圈。

我理解中的文人与文化人是不一样的，文人是一群喜欢写作且一直坚持写作的人，与学历和专业无关，他（她）不一定非要靠文字谋生，但必须保证隔段时间会创作出一篇文学作品来，而文化人一般指的是有学历的读书人，现在大学扩招，大学学历几乎俯拾皆是，较之于以前，文化人已不再是社会的稀缺资源。在我的眼中，女性文人一直是个谜，囿于我的生活圈子，我几乎就没有与女性文人打过交道，故对她们的写作方式与生活习惯毫不知情，毕竟男女有别，与女人打交道难免会跟情色和暧昧扯在一块，但我始终觉得，一个女性文人在枯燥乏味的为期较长时间的写作过程中，她既不抽烟，也不喝酒，而且还要恪守传统的道德习俗，我觉得这真是一件了无生趣的事情，不知道生活还有什么乐趣？至于男性文人，我说的是真正的男性文人，非伪文人，十之八九既抽烟又喝酒，有的人烟抽得很凶，一天竟然抽几包；有的人酒量很大，时不时酗酒，并非他毫不节制，不检点自己的行为，而是他天生就喜欢喝酒，他的快乐与忧伤、他的喜怒哀乐尽在酒中，这种事情他的妻子也约束不了。

我也喜欢抽烟与喝酒，但我绝对有理智，这可能与我的理工科背景有关系。我绝对不是烟鬼，我不会品烟，只是一种个人的生活习惯，我一天顶多抽半包烟，有时一包烟要抽三四天；我不是酒鬼，也不会品酒，在没有应酬的情况下，我可能一年都不会主动去找酒喝，但一旦喝起酒来，什么酒都能喝，而且酒量还不赖，红酒、啤酒、洋酒、白酒、水酒、黄酒、果酒……绝不挑剔，但明天若有重要的事情，尽量不喝白酒，个人还是喜欢喝啤酒，尽管啤酒不上档次，但喝醉了也无妨，至少不会影响翌日的生活与工作。但是喝白酒一旦到了呕吐的地步，可能就要难受一周，做起事情来有心无力，白白浪费自己宝贵的大好光阴。

我要说说我的人生经历，以方便你们了解我是如何堕落成文人的。在学生时代，我喜欢数学，也擅长数学，我的语文成绩算是中等偏上吧。我在高中阶段读的是理科，我在大学阶段读的是工科，专业是印刷工程，令人糟糕的是，大学阶段取消了大学语文这门课程，也就是说，自高中毕业之后，我就再也没有接受过语文方面的学习与培训了。多年前，我在中国四处漂泊、流浪与游荡着，当然，主要是在珠江三角洲区域，过着一种居无定所、漂泊无依的日子，我的生活可以用两个成语来形容：浑浑噩噩、得过且过，人生境遇很差，陷于低谷，我就像一具行尸走肉，脚踩西瓜皮，滑到哪里是哪里。

有一年，迫于母亲的压力，毫无资本的我为了追求一个文学女青年才想起了写作，因为写作的门槛很低，我只能靠此也唯有如此才能取悦于她，想不到竟然修成了正果，走进了婚姻的殿堂。

这一年还发生了一件特别的事情，而这件事情彻底改变了我后来的人生轨迹，事情是这样子的：当时我在中华商务联合印刷（岭南）有限公司做一个小白领，公司所在的平湖商会举办了一个征文比赛，我去平湖广场参观了一下，然后写了一篇散文《走进平湖》，却不料此文竟然获得了一等奖。这件事情在集团公司引起了轰动，同事们对我刮目相看，也改变了对我的看法，我寻思着，我已经长达十年不接触语文了，之前从不看书，也不写作，更不知道文学是个啥，甫一出手就拿了个第一名，这说明我在写作方面绝对是有天赋的，只是我自己不知道罢了。

这件事情让我产生了一个大胆的想法，我要逃离印刷行业，去别的公司从事与文字有关的工作，但真正脱离印刷行业，我却走了很多弯路，兜兜转转花了两三年时间。行文至此，我想起了柳青在《创业史》中所写下的那句话"人生的道路虽然漫长，但紧要处往往只有几步，特别是在人年轻的时候。"是的，回眸我的人生，30岁是一个节点，它让我知道文学的存在；40岁又是一个节点，它让我彻底堕落为文人。

我常常想起钱钟书所说的那句话："年轻的时候，我们总是会将自己的创作冲动误解为创作才能。"我也常常怀疑自己是否具有创作才能？但后来的事实足以证明，我肯定是有的，我时不时涌起一股创作冲动，我写作很快，我的文字是从脑海深处自然流泻出来的，我用电脑打字也很快，我文如泉涌，我思维敏捷，我写的文章一般都很长，啰嗦冗长，拖沓芜杂，堆砌辞藻，不够精练，我写的文章大都洋洋洒洒，动辄上万字的文章不胜枚举，一般没有几个人看。我经常自嘲我的文章像懒婆娘的裹脚布——又长又臭，我深知这一点，却一直改不掉这个臭毛病，因为我有话说，我有好多好多的话要倾诉，对于某些题材，区区几千字根本就不解渴，说不清楚，也说不透彻。

我就是这样不偏不倚从工科男沦陷成文人的，较之于其他文人，虽然晚了好多年，但这就是我的宿命，来得不早也不迟，令人无法抗拒。

第三十三章
神秘男子

一个阳光明媚的下午,崇文正绞尽脑汁地构思文章《沦陷的故乡》,手机突然响起了《绒花》的铃声,他知道肯定是有人打电话找他,他拿起来一看,原来是他那个星城理工大学的校友黄浪打过来的电话,他将手机贴在右耳旁。

"作家师兄,在干吗?"

"我还能干吗,码字呗。"

"我就知道你在码字,别整那些虚的,赶快打的过来,我带你去体验生活,作家怎么能天天待在家里呢,你要接地气,艺术源于生活,也要高于生活啊!"

"体验什么?"

"保持一丝神秘,你来了就知道了。"

"这——这——这——可是我在东莞长安,你在东莞石碣,好远哦,打的我伤不起啊!"

"我就知道你会这么说,你放心,绝对不要你掏腰包,我看过你写的《论财富与不朽》,确实写得好,为了证明我也是个有文化情结的老板,而不是葛朗台,你的车费我负责。"

崇文来到石碣,终于见到了西装革履的黄浪,嘴里正叼着一根雪茄,站在路口吞云吐雾,旁边还站着一个高挑的女人。崇文风趣地说道:"太阳今天怕是从西边升起的,黄总今天怎么想起我来啦,竟然还有美女作陪。"

"说什么呢,她是我的客户,也是我们共同的师妹啊,她叫董妮,和我一样，也经常看你的文章。是美女师妹帮衬我的生意，她刚买了一套房子，需要添置一套衣柜，为了表示感谢，我今天特地过来请她吃饭，昨天我们聊到了你，于是她要我顺便叫你过来坐一下。"

"你刚才说什么？我听不清楚，不好意思啊，我的耳朵不太方便，需要你站在我的右边大声地说话。"

黄浪只好走近崇文再次复述一遍。

黄浪刚一说完，董妮马上伸出她的右手和崇文握手，并热情洋溢地大声说道："作家师兄好！久闻您的大名，今天有缘一见。"

董妮五官精致，皮肤白里透红，就像电影屏幕上的美人一样，以至于崇文都不敢直视，只好礼貌性地答道："师妹好！"

"我看过你的一篇文章《论孤独与喧嚣》，写得很到位，我就写不出，真羡慕你们这些特能写文章的人。"

"是吗？师妹过奖了。"

三个人吃晚饭的时候，崇文对黄浪的酒量那是早有耳闻，江湖人称酒神，这倒在他的预料之中，但董妮的表现却让崇文刮目相看，她频频向黄浪和崇文敬酒，三个人推杯换盏，吆来喝去，装满一箱的12瓶百威啤酒不知不觉就被干掉了。

晚餐甫一结束，董妮步伐趔趄地对黄浪说："黄总黄老板黄师兄黄帅哥，别小看我小女子，今天作家师兄难得来一趟，为了表示我对文化的敬意，我等下请你们两个去桑拿。想当年，我也是一个文学女青年，大学毕业后一心忙着赚钱，一不小心嫁为人妇，既照顾家庭，又照顾小孩，忙得焦头烂额，哪里有闲情逸致写东西哦，如今想写点儿心灵感悟啥的，却像抠牙膏似的好吃力。"

黄浪贴着崇文的右耳根，一脸坏笑地低声说道："看见没有，美女师妹要请你桑拿，嘚嘚嘚！"

谁承想，黄浪的声音再小，还是被耳朵灵敏的董妮听见了，她笑着骂道："你个死黄总，想到哪里去了，尽往歪处想，我这个桑拿是健康的，是养生的，是汗蒸的那种，别带坏了作家哦。"

三人进了附近的阿波罗养生馆，董妮对汗蒸不感兴趣，一个人坐在大堂里玩手机，崇文和黄浪进男宾部换了一套松松垮垮的专用衣服，先后走进桑拿房，径直坐在一张长条形木制凳子上，眯着双眼静静地享受着。

温度越来越高，却始终看不见一丝水蒸气，身体开始慢慢地发热，全身上下从头到脚直冒微汗，崇文有点儿难受，便赤着双足在布满圆溜溜的小石子显得凹凸不平的地面上走来走去。黄浪久经锻炼，依然一个人坐在那里闭目养神，时不时用毛巾擦一下从皮肤里沁出的汗珠，一副惬意十足的神态。

干蒸了一个小时，一股看不见的热气足以将崇文和黄浪两人血管里的酒精蒸发掉了。从阿波罗养生馆出来之后，董妮因为要辅导孩子的家庭作业直接回了家。

与董妮告别后，黄浪靠近崇文大声地说道："她现在走了，可以说了。其实我今天叫你过来是想带你去第六元素酒吧开心一下，我想你应该没有去过吧？那里有很多美女哦，也让你开下眼界，感受一下东莞精彩纷呈的夜生活。"

"哦，是吗？我的确没有去过酒吧。"

两人勾肩搭背进了第六元素酒吧，在一张呈半圆形的沙发上坐下来。黄浪用右手潇洒地打了一个清脆的响指，一个年轻漂亮的女侍者径直走过来，黄浪凑近她的耳朵不知嘀咕着什么，侍者然后走开了。须臾，侍者用双手托着一个精致的盘子走过来，盘子上放着一瓶黑标威士忌酒、一瓶绿茶、两个酒杯和一个玻璃容器，她分别打开黑标洋酒和绿茶，然后将洋酒和绿茶倒入玻璃容器中，托着它轻轻地摇了摇，搅拌均匀之后便离开了。

黄浪拿起玻璃容器倒了两杯酒，将其中的一杯酒递给崇文，也不说话，示意崇文碰杯，一声清脆的"叮当"声过后，黄浪一饮而尽，崇文见状，随后也一饮而尽。

今晚的第六元素酒吧真是热闹非凡，人头攒动，年轻漂亮的女侍者在人群里面穿梭来穿梭去，来这里寻欢作乐的顾客仿佛个个都有一股无处宣泄的激情，跳舞的一顿乱扭，饮酒的摇着骰盅，聊天的低声细语，尽管这里的环境是那么的喧嚣与嘈杂。

不远处的前方有一个舞台，崇文看见一个男人拿着麦克风正在卖力地唱歌，四个模样俊俏的辣妹正在伴舞，她们穿着估计有二十厘米高的高跟鞋，脚踝之上是黑色的网状丝袜，孔眼很大，类似于渔网，洁白的大腿纤毫毕现。胯部是一条紧身短裤，尺度介于热裤和内裤之间，不短也不长，散发着一股令人难以抑制的欲望。她们个个身材曼妙，扭动着水蛇般的腰肢，时不时媚眼传情。台上是红与黑的闪烁，光与影的糅合，男与女的搭配，引得台下的观众为之疯狂，手舞之，足蹈之，尖叫声、呐喊声、喝彩声此起彼落。

崇文也想加入那些年轻人的团队，一起手舞足蹈，一起放声歌唱，一起歇斯底里，但他终究放不开，与那些精力旺盛、激情洋溢的年轻人相比，他觉得他老了，赶不上趟了，但此情此景，却让他莫名地想起印度诗人泰戈尔的那句话："孤独是一个人的狂欢，狂欢是一群人的孤单。"这对他真是一个天大的讽刺，今天下午与董妮见面时她就提到了那篇文章《论孤独与喧嚣》，想不到现在就真的应验到他的身上了，昨天的他还处于一种"孤独是一个人的狂欢"的精神境界，今天就融入了"狂欢是一群人的孤单"的团队。他觉得这些年他活得实在过于孤独了，一个人宅在家里默默地码字，几乎与世隔绝，今晚他要好好地挥霍一把，借助于酒精的麻痹和眼睛的刺激不妨游戏人间一回。

崇文在宁静的世界里活得如此压抑，黄浪也为生意上的事情感到厌烦，两人默默地喝酒，看着台上那些穿着暴露的妙龄女郎跳着勾魂摄魄的艳舞，一拨又一拨，谁也不想说话，慢慢地醉了，醉倒在这个纸醉金迷、灯红酒绿的城市，醉倒在这个红男绿女、声色犬马的酒吧，渐渐地进入一个没有烦恼没有忧愁的太虚幻境。

与此同时，在崇文前往东莞石碣的那天下午，清照并没有去上班，而是坐在东莞长安的某个上岛咖啡店里与一位神秘的男子聊天，诉说着她淡淡的无处排遣的心事。哦！这对可怜的夫妻如今貌合神离，竟然走到了这一步，谁也不想去关心对方，谁也不在意对方的存在。清照不知道崇文现在哪里？正在做什么？以为他正窝在家里写那些发表不了也没人打赏的狗屁文章。崇文也不知道清照现在哪里？正在做什么？以为她正在她那个工资不高也无任何福利的破公司上班。

男子轻声说道："老同学，你想喝点儿什么？"

清照答道："随便。"

男子吆喝服务员，为清照点了一杯卡布其诺咖啡，也为自己点了一杯拿铁咖啡。

男子说:"今天约你过来坐坐,其实也没什么事情,我只是想告诉你,我前不久离婚了。"

"啊——为什么离婚?你那两个孩子判给谁?你为什么要告诉我这些?"

"离婚的原因我就不说了,说来话长,三言两语也说不清,儿子判给我,女儿判给她,至于我为什么要告诉你,原因你知道的。"

清照长时间不说话,眼睛看着窗外,偶尔呷一口咖啡。

男子打破僵局,他柔和地说道:"听你的闺蜜伍圆圆说,你的婚姻似乎不太幸福。"

清照有点儿生气地说道:"啊——这个你也知道,你为什么要打听这个?"

"我是关心你,我一直在背后默默地关心你,你知道的,我们读高中的时候,我就对你有好感。"

"谢谢关心!"清照说完之后,两人又陷入长时间的沉默。

还是男子先开口:"你先生的事情我也知道一点,我看过他写的文章,的确写得好,就是写得太严肃,过于阳春白雪,他的确是个有才华的作家,我个人也很欣赏。可是,他天天宅在家里写文章,这年头做自由撰稿人很难生存的,我深表同情,而你作为女人还要去上班,日子过得很辛苦,这样下去也不是办法,你要想想未来,既要为自己着想,也要为两个年幼的女儿着想。"

清照沉默片刻,呷口咖啡,淡淡地说道:"我现在下不了决心,其实他还是不错的,或许他这种人生错了年代,生错了家庭。他的性格有点儿问题,他做事过于偏执,他有文学天赋,也有写作才华,唯独没有适合他的平台,他现在这种情况也只能一条道走到黑,明知是死胡同也要往里钻,社会就是这么残酷,没有公平可言。"

"我理解,我完全理解。"

清照似乎打开了心扉,继续说道:"我和他之前的感情其实挺好的,就是现在也差不到哪里去,只是彼此之间懒得说话而已,毕竟他对两个女儿那是掏心掏肺的好,这一点我看在眼里。现在的问题是,他靠纯粹的写作根本就赚不到钱,靠出版书籍也难以赚到钱。我们的日子过得实在是太清苦了,而两个女儿正一天天地长大,家庭开销越来越大,不瞒你说,我对未来感到很绝望,不过目前也只能走一步看一步。而他呢,除了写作似乎什么事情都做不来，作为一个男人，这正是他的尴尬之处，也是他的悲哀之处，而我根本左右不了他。哦！对了，我可以给你看一下他多年前写的一篇文章《婚姻随想录》，我将它打印出来并一直放在包里。"

男子伸出右手接过清照递过来的一张纸，并快速地阅读完，其中有几段文字这样写道：

人们常说男才女貌，讲究门当户对，看来此话不无道理，我不知道门不当户不对又将如何？至少我们的结合还是有着许多共性的。首先，我们的父母都是农民，经济状况半斤八两，家世也持平。其次，我们都是大学生，毕业后，先是在家乡苟且度日，限于客观条件，后为世俗所不容才相继外出辗转漂泊于珠江三角洲；再次，我们都有一副健康的体魄，我虽然不高也不帅，但在生理和心理方面却是个正常的男人。妻子瘦小也不美，却也是个正常的女人，一样有情有爱，一样能做母亲。最后，我们还有一个共同的爱好，那就是对文学情有独钟，而且各有千秋，我的豪放文章非妻子所能及，妻子的婉约散文非我所能模仿。一言之，我和妻子竟有如此多的共同点，"同声相应，同气相求"，看来我们的结合真是天赐良缘，是天造地设的一对。古人云：嘤其鸣矣，求其友声。诚如斯言，人生得一红颜知己足矣！

我是一个凡夫俗子，普通得就如同那野外的小草随时都可能枯萎，就如同那渺小的蝼蚁随时都可能被人踩在脚下，但我不在乎，也不气馁，我要坚强地活着，我要快乐地活着，为了养育我的父母，为了血浓于水的亲人，为了爱我的妻子，还有我将来的孩子。

我是一个四体不勤、五谷不分的人，虽说来自农村，但却不辨菽麦，显然是父母溺爱有加的结果，但我对此竟不能释怀。除此之外，我的生活自理能力也较差，竟不会烹饪，衣服也洗得不干净，说起来羞愧不已。如今结婚了，组成一个小家庭，妻子的优点正好弥补了我的缺点。不管怎么说，我们现在是拴在一根绳上的蚂蚱，是坐在一条船上的行者，我们将和衷共济，共同驶向黄昏的彼岸。

我是一个平庸的人，有点儿清高，有点儿孤傲，有点儿自负，也有点儿愤世嫉俗，虽说学的是印刷工程专业，可在业界却无所建树；虽说有那么一点儿才情，可离文坛相距甚遥，虽然我写了那么多的文学作品，但都没有变成铅字。如今，我结婚了，我不得不考虑柴米油盐酱醋茶，我不得不聆听锅碗瓢盆交响曲，我不是圣人，不可能不食人间烟火，为了这个家庭，我要运筹帷幄好好规划我们的未来。我知道，我不可能变得很富有，但我是个男人，一个顶天立地的七尺男儿，我要挑起生活的重梁，承担起一个家庭主心骨的职责。我不奢望香车宝马、锦衣玉食、豪宅府邸，但我相信能够让我们的家庭享有基本的物质保障，能照顾好我的妻子，也能把我们将来的孩子抚养成人，使其成为一个对国家对社会有用的栋梁之材。

男子读过之后，将那张纸递给清照，说道："你先生确实有才情，如果我是女人，我想我也会感动得热泪盈眶。"

清照沉默不语，眼睛开始有点儿湿润了。

男子喝完最后一口咖啡，打破沉默："我理解你的苦处，可是我也爱莫能助。我只想告诉你，现在的我已不再是从前的那个穷小子了，我创业开了公司，如今是东莞市礼海精密塑胶模具有限公司的董事长，我有足够的经济实力给你想要的生活，你想好了随时都可以来找我。今天我们就聊到这里吧，我等下还要去见一个客户，要不要我送你回去？"

"不用。谢谢！"

"想不到老同学一点儿都没变，还是那么倔强，还是那么自尊。也好，这是我的名片，你且收着，常联系！"

男子将名片轻轻地放在玻璃台面上，然后大步流星地走了，留下清照一个人。她静静地坐在原处发呆，凝视着窗外，头脑里一片空白，未来何去何从，人生如何抉择，她自己也没有答案。

第三十四章
叩问生存

崇文自第六元素酒吧出来之后，也不知哪根神经忽然被搭错了，心态日益浮躁，内心乱成一团糟，竟然长时间敲不出一个字来，烦躁不安之余，他决定去拜访蒋久先大师，诉说他的困惑与烦恼，期望他能够指点迷津，斩除心中的那个魔鬼。

蒋久先如今是一位名震莞邑的书法家，酒量深不可测，江湖人称酒仙。他与崇文一样，既是郴州人，又毕业于星城理工大学，但比崇文高九届，是他的师兄。蒋久先原先学的是数学专业，后来半路出家，醉心于书法，并创办了自己的书法工作室，自命随喜堂主人。

崇文来到随喜堂工作室后，发现蒋久先不愧为大师，不像常人般喜怒皆形于色，对于崇文的到来，他竟然面无表情，一脸宁静，心态平和，可见他修炼多年颇有成效。

为了沟通方便，崇文干脆就坐在蒋大师的左边，以便用右耳聆听他说话。

蒋大师动作娴熟地沏好普洱茶后，略略欠身递给崇文一杯，然后正襟危坐，也不说话，看上去不苟言笑，让人捉摸不透。

崇文首先开口，小心翼翼地说道："知道我今天过来意欲何为吗？"

蒋大师抿了一口茶，不缓不急地说："我给你讲一个故事好吗？达摩祖师与他的弟子慧可曾经有过一次著名的谈话。慧可问祖师：'我心未宁，乞师与安。'祖师回答：'将心来，与汝安。'慧可等了半天说道：'觅心了，不可得。'祖师说：'吾与汝安心竟。'"

崇文抿了一口茶，面露难色地说道："不太明，请赐教！"

"内心如果充斥着各种欲望，它就是乱糟糟的，如果将所有的欲望一一排除，它自然就虚了，虚了之后内心自然就静下来了，那么静下来有什么好处呢？就像湖泊里的水一样，如果波澜不兴，就可以当镜子使用，照出一个人的本真面目。心也是如此，从虚到静再到明，心若澄明通透的话，宇宙万物尽在你的心中。达摩祖师的意思是：拥有惶惑和疑虑的心并非真正的心，只是一时妄念，只是虚幻情境，所以不管如何努力寻找都是没有用的，只有识破这一关，才能了然于'心'，真正安下心来，明心见性。诚如斯言，世界的净与不净，全在于心怎么看，心无杂念，心安则世间俗事变得无可厚非，一切随缘自在，潇洒地挥一挥衣袖，不带走一片云彩。"

"真是一语惊醒梦中人哪，蒋师兄不愧为大师，果然是高手，佩服！"

"喝茶，别乱恭维。"

"你也知道我的情况，可否请教一下？为什么写作换不来基本的物质保障？"

"写作其实是一项奢侈的精神追求，是基于生存保障之上的文化再创造，适合于有一定经济基础的小康人家、有固定收入的上班族、衣食无忧的体制内人士和有工资的专业作家，而你是自由撰稿人，是为写作而写作，是为生存而写作，这就犯了文化艺术创作上的大忌。但是，人有一种与生俱来的惰性，如果一个人真的太富有了，他（她）有可能会因为丧失动力而懒得写作，或者说他（她）可能写不出优秀的作品，因为创作本身就是一件苦差事。当然，这不是主要原因，我也看过你的部分文章，你的文章属于纯文学，过于严肃，过于阳春白雪，且内容普遍偏长，曲高和寡。另外，你现在的格局和思路不适合走赚钱那条路线。你应该听过擅写心灵鸡汤类型文章的咪蒙和周冲吧？她们可是赚得盆满钵满。你应该听过擅写时事评论类型文章的周小平和花千芳吧？他们也是赚得盆满钵满。你愿意写娱乐八卦类型的文章吗？这个社会是喧嚣的、浮躁的、拜金的、忙碌的，人类社会就像金字塔一样，居于上端的高雅人士永远是少数，居于下端的肤浅人士永远是多数。如果你换一种思路，譬如写《我与某某不得不说的那些风流往事》这种类型的文章，我相信你今天就不会为生存而苦恼了。"

崇文将手中的普洱茶一饮而尽，蒋大师也一饮而尽，然后慢条斯理地续满。

崇文问道："我想与你探讨一个问题，不知可否？"

"但说无妨。"

"请问文学层面上的成功如何评判？"

"成功有两种类型：一种是世俗意义上的成功，一种是精神层面上的成功。世俗意义上的成功需要以固有的标准来衡量，或权力，或财富，或官方认可的荣誉。精神层面上的成功就简单多了，遵从你内心真实的想法，做你自己想做的事情，家庭和睦，子女孝顺，活着就行，老有所依，穷则独善其身，达则兼济天下。如果是文化艺术创作，殚精竭虑将优秀的作品创作出来即可，其他的事情交由时间去检验，岁月更迭，历史会给你一个公正的评判，这种事情急不来。我了解你的实际情况，撇开作品好丑的因素，我估计你这一辈子都拿不了体制内的文学大奖，譬如鲁迅文学奖、茅盾文学奖、诺贝尔文学奖，这是由你的平台、生存状况和人脉圈子所决定的。若论世俗意义上的成功，你若没有获得官方颁发的主流奖项，就不会有主流媒体的追踪报道，就没有妇孺皆知的名声。如果你不转换写作思路，靠文学赚钱希望真的很渺茫，想靠纯文学发财无异于痴人说梦。"

"那我还要不要为世俗意义上的成功而努力奋斗呢？"

"不好意思，这个问题我不便正面回答。你是你，你想入世；我是我，我想出世。你有你的生活方式，我有我的生活方式，我从不左右别人的思想与意志，但我可以为你讲一个故事。你看过英国小说家毛姆写的长篇小说《月亮与六便士》吗？小说的主角思特里克兰德是以法国印象派画家高更为原型而虚构的人物，这个人物就非常有特点。他纯粹地追求艺术，他抛弃妻子和现有的事业去了法国，过着穷困潦倒的生活，专心致意从事绘画。后来，他又跑到南太平洋的塔希堤岛，在那里过着平静的生活，远离功名利禄。最后，在他死亡的时候，他将自己创作的伟大作品付之一炬。他这种人不为他人，只为自己，生不带来，死不带去，他活得很自私，创作了世界上最伟大的艺术品，却不肯留给这个世界，他来世界走一遭，无非消费了这个世界的一些东西，然后化作一抔黄土，没有给世界作出任何贡献。但是，我们会说他活成了纯粹的自由的自己，他做到了精神层面上的成功。"

崇文不由自主地竖起大拇指，两人继续喝茶，一时陷入了沉默。

崇文首先打破沉默："请问作家为什么普遍清贫？"

"作家一般属于文人，文人有一个致命的缺陷，那就是耻谈钱、假清高，明明内心里也喜欢钱，但就是不好意思说出来，当然，这个'喜欢'是一种正常心理，虽不强烈，但也的确渴望，因为作家也要养家糊口，纯粹生存使然。作家一般有两种类型，一种是有固定工作也有固定收入的人，因为喜欢文学，他（她）才会在业余时间从事文学创作，并多多少少收获一点儿稿费，或来自报纸杂志的稿费收入，或来自征文比赛或文学奖项的奖金，或来自书籍出版之后的版税，以此作为额外收入也就是赚点儿外快贴补家用，而在中国，这样的作家占据了绝大多数。如果一个人一旦有舞文弄墨的雅好，他（她）就会不自觉地陷于一种与世俗有点儿脱节的忧郁思维，甚至格格不入，我将其定义为文人思维。人若有了这种思维，喜欢悲天悯人，喜欢感物伤怀，喜欢愤世嫉俗，就是别人常说的那种'为赋新词强说愁'的情愫，于是不精于权谋和商道，固定工资难以获得提升，自然也将陷于清贫状态；另外一种就是没有固定工作也没有稳定收入的自由撰稿人，譬如你就是靠贩卖廉价的文字以维持基本的生存，要么来自你那个叫作湘南徐工的自媒体的打赏，要么来自朋友的救济。"

"那为什么商人一般都比较富有，作家每天也在努力地工作啊？"

"孟子曰：'鱼，我所欲也，熊掌亦我所欲也；二者不可得兼，舍鱼而取熊掌者也'。社会是公平的，商人得到了利，就很难得到名；作家得到了名，就很难得到利，这就是一种生存平衡，一个人贪得无厌，什么都想得到，世上哪有那么美好的事情？虽说商人和作家都在制造产品，那是因为商人所制造的产品或为客户提供的服务是有形的，是看得见的，一般皆有商业合同，别人买了你的产品，或接受了你的服务，他（她）就有义务为此支付货币，如果没有义务，就不成其为商业了，因为商业的本质就是赚钱，最大限度地攫取利润，它需要用货币形式来体现一个商人的劳动价值，这是一种'一手交钱，一手交货'的生活方式。而作家笔下的文章则是一种无形产品，是一种智力劳动成果，它属于精神食粮，虽然凝聚了作家的智慧，但它绝不是刚性需求，别人可看可不看。读者通过网络方式阅读作家的作品，撇除作品质量好坏的因素，就算网页附有打赏功能，读者绝没有打赏的义务。所以，作家唯一的变现形式就是将作品转换成实体产品，也就是实实在在看得见的文化产品——书籍，当别人购买作家的书籍时，他（她）就必须为此付出货币。我刚才说过，精神食粮绝非刚性需求，所以书籍很难像商业产品那样卖得很火。"

蒋大师喝了一口茶，补充道："当然，商人与作家还是有区别的，商人充满世俗意义上的铜臭味，别人买了你的产品或接受了你的服务，他（她）为此支付了价格不菲的货币，他（她）的内心并不好受，好像从他（她）的身上割了一块肉似的，自然会有一种'从此两不相欠'的心理感觉。而作家则不同，如果你创作的精神食粮得到了读者们的认可，愉悦了读者们的身心，开阔了读者们的心胸，启迪了读者们的智慧，让读者们开了窍、受了益，你就可以获得读者们的尊敬、爱戴与钦佩，他们也就成了你的粉丝，虽然目前不会以货币形式表示其内心的感激，但他们一定会记住并关注你，如果你在生活上遇到困难需要寻求帮助，他们也愿意尽点儿绵薄之力。如果你后来居然还出书了，记住你的笔名的读者一定会优先购买你的书籍，这个时候他们当然得付出货币，而且付得心甘情愿，甚至以能买到你的书籍而感到荣幸，如果附有你的个人签名那就再好不过了。但这个过程过于漫长，对作家显然有点儿不公平，很多作家还没有来得及享受到读者们颁发给他们的光环或荣耀，或许就已经被饿死了、病死了或自杀了，世界就是这么冷酷而无情。"

崇文问道："你也知道，金钱不是万能的，但没有钱却是万万不能的，那你觉得我应该如何活下去？"

"诚然，商人与作家都需要金钱以维持物质上的生存供给，但金钱是一个性格复杂的鬼魅。一般来说，钱在谁的口袋里，谁就占据主导地位，谁有拥有足够强大的心理优越感，正所谓'有钱就是大爷'。你若向他（她）索取金钱，你就得放低自己的姿态与身段，放下自己的尊严、面子与高傲，以一种谦虚和恭敬的模样向他（她）报以微笑、赞美、客气、妩媚乃至卑躬屈膝，而且还要付出足够的富有价值的代价，这个价值就是输出无可挑剔的产品、完美无瑕的服务或赏心悦目的智力劳动成果，让他（她）在支付这笔钱时掏得心甘情愿、心情爽快，在这一点上，商人与作家达成了高度的统一。至于你今后如何活下去，你要么去找一份适合你的工作，要么转换你的写作风格与思路。"

"非常感谢蒋大师！今天让我醍醐灌顶，茅塞顿开，你对我还有什么建议吗？"

"孔子曰：'信而好古，述而不作。'我虽然不写作，但喜欢看书。我觉得你应该多看一些中国传统文化方面的书籍，另外还要阅读一些佛学方面的书籍。我不妨考考你，《金刚般若波罗蜜经》有一句话：'凡所有相，皆属虚妄，一切有为法，如梦幻泡影，如露亦如电，应作如是观。'你知道它的意思吗？"

"不知道。"

"亏你还是个作家，我也懒得解释，你回去之后自己研究吧！你今天难得来一趟，不妨跟我念段经如何？是《般若波罗蜜多心经》，不长，才260个字。"

"好。"

蒋大师从茶几下面的抽屉里拿出一本《般若波罗蜜多心经》，并递给崇文。他早已熟记于心，然后心平气和地念道："观自在菩萨，行深般若波罗蜜多时，照见五蕴皆空，度一切苦厄。舍利子，色不异空，空不异色，色即是空，空即是色，受想行识亦复如是。舍利子，是诸法空相，不生不灭，不垢不净，不增不减。是故空中无色，无受想行识，无眼耳鼻舌身意，无色声香味触法，无眼界乃至无意识界，无无明亦无无明尽，乃至无老死，亦无老死尽，无苦集灭道，无智亦无得。以无所得故，菩提萨埵，依般若波罗蜜多故，心无挂碍；无挂碍故，无有恐怖，远离颠倒梦想，究竟涅槃。三世诸佛，依般若波罗蜜多故，得阿耨多罗三藐三菩提。故知般若波罗蜜多，是大神咒，是大明咒，是无上咒，是无等等咒，能除一切苦，真实不虚。故说般若波罗蜜多咒，即说咒曰：揭谛揭谛，波罗揭谛，波罗僧揭谛，菩提萨婆诃。"

蒋大师念完后，崇文也跟着念了一遍，须臾，他的内心像一泓秋水，他感觉此时的他已不再是徐崇文了，变成了一个正在参禅悟道的和尚，而眼前的那个蒋大师慢慢地幻化成一尊佛陀。

第三十五章
问道婚姻

蒋久先为崇文答疑解惑的时候,清照也没有闲着。她自从与神秘男子见面后,这段日子总是心神不定。她想不明白人为什么要结婚?做女人为什么这么苦?女人为什么要生孩子?婚姻有什么意义?还有好多好多的问题她都想不通。她突然想起了她的高中女同学周智慧,听闺蜜伍圆圆说,她前几年离婚后便出家做了尼姑,如今在大岭山森林公园的尼姑庵潜心修行。

清照决定去拜访这位高中女同学,多少年不见了,一则看看如今的她过的是一种什么样的生活,二则顺便向她讨教一些问题,尝试探讨婚姻的真谛。

清照在尼姑庵终于见到了周智慧,眼前的周智慧要比她想象中的周智慧年轻许多,虽然一头青丝被剃掉了,却清晰可见刚好长出来约莫一厘米长的发茬,她穿着一件宽松的褐色海青,是那种用麻纱布制作的对襟长袍。周智慧见到清照后,双手合十,微微欠身,轻声说道:"施主,我现在的法号是妙觉。"说完之后,妙觉便领着清照进了她的禅房。

两人落座后,妙觉斟上两杯清茶,递给清照一杯,然后正襟危坐,眼睛微闭。

清照觉得周智慧现在已是出家之人,早已脱离红尘,不能再像以前那样叙旧了,免得勾起她的伤心往事。清照呷了一口茶,犹豫了好久,开口打破沉默:"妙觉师太,我可否向您请施一些问题?"

"施主请讲。"

"人世间为什么会有男人和女人？"

"老子的《道德经》有一句话：'万物负阴而抱阳，冲气以为和。'世间万物其实就是由阴和阳构成的。万物既对立又统一，万事万物都有阴和阳两个方面，而阴和阳就是事物的矛盾，万事万物都有矛盾，矛盾是普遍存在的。万物背阴而向阳，并且在阴阳二气的激荡中成为新的和谐体。唯有在矛盾中、运动中和变化中，万事万物才能一直具体存在，万物都有正反，而冲气就是阴阳结合的契机，只有在阴阳的结合中，生命才能够得以发展。如此说来，男人属阳，女人属阴，婚姻就是阴与阳的结合，孩子就是生命的发展。男人与女人在大脑结构、生理结构、心理特点、思维方式方面皆迥然不同。如果说男人是天、女人是地的话，如果说男人是阳、女人是阴的话，这正符合了道之大义，就好比岭南省韶关市丹霞山上的阳元石和阴元石，一个像极了男根，一个像极了女阴，难道还有比造物主更了解男人与女人的吗？"

妙觉继续补充道："西方流传夏娃是亚当身上的一根肋骨，那么，男人就处于主导地位，女人就处于附属地位，因为女人只是男人身体的一部分，而这，也正符合现实情况，譬如男主外、女主内，孩子一般从父姓。"

"你觉得男人与女人最大的区别是什么？"

"男人是感性动物，结婚后，不再那么烂漫，看见美女，总会报以羡慕；女人是理性动物，结婚后，就认定他是她一生的归宿，她的世界就是家庭，她的生活就是锅碗瓢盆与柴米油盐酱醋茶，她看见别人的男人比自己的男人优秀，只会感慨自己的命运，而不会像男人一样想入非非。"

妙觉呷了一口茶，继续说道："男人的重心在事业，他对女人有征服的欲望，但是因为没有资本，所以他才会先去征服世界，靠权力或财富来俘虏女人；有些女人的重心也在事业上，但这本来是男人的天下，为了遵守这个既定的游戏规则，她必须付出双倍的努力，像男人一样，才拥有征服世界的资本。"

妙觉停顿了一下，继续说道："赚钱是男人的一大爱好，男人吃软饭是没有尊严的，会被妻子和外人瞧不起的；女人每天要操持家务，就会影响到事业的发展，因此'男主外，女主内'似乎成为一件天经地义的事情。成就一番事业是大部分男人的追求，所以男人的应酬很多，又是抽烟，又是喝酒，为事业疲于奔命，活在虚伪与奸诈之中，于是，很多男人过早地秃顶，寿命一般短过女人；相夫教子主要是女人的事情，所以相对来说女人一生大都活在丈夫与孩子的世界里，寿命一般也会长过男人。"

妙觉呷了一口茶，继续说道："男人有了孩子之后，一般会变得成熟而稳重，生存的压力逼得他有所收敛，养家糊口的担子让他懂得女人的重要，他会将重心放在事业上，于是很多男人在结婚前与结婚后判若两人，而一旦男人有权有势了，男人的动物本性会造成两极分化，要么从一而终，要么拈花惹草，招蜂引蝶，但对自己的孩子仍持有一颗爱心，诚如'老婆是人家的好，孩子是自己的好'一样；而女人有了孩子之后，一般会将重心放在孩子身上，对男人的兴趣骤然下降，因为赚钱那是男人的事情，很多女人活了一辈子，似乎并没有活出自我，将一生的爱倾注在孩子身上，她的一生似乎只为孩子而活着。"

清照若有所思，开始问她最关心的问题："您怎么看待婚姻？"

"聊到婚姻必离不开命运，因为婚姻是命运的其中一种形式。命运其实包含两个词语：一是命，它是先天所赋予你的本性；二是运，它体现在人生各个阶段的穷通变化。命是定数，是天意，指的是某一个特定对象；运是变数，指的是时空转化。诚然，一个人的'命'几乎很难改变，但是，你可以抓住那根叫作'运'的稻草，通过自己的努力，最大限度地改变个人的命理，从而间接地改变下一代人的命运。婚姻其实没有意义，它的意义无非就是为地球繁衍人类，让地球的万物之类——人类永久地居住在地球上，因为人的寿命与动物一样也是有限的。很多人试图靠婚姻改变命运，殊不知，却陷入了命运为他（她）所安排的另外一个圈套。其实，我们每个人都是命运的一枚棋子，像个小丑似的在它早已设置好的棋盘里跳来跳去，就好比孙悟空逃不出如来佛祖的手掌心，也好比唐僧走不出孙悟空用金箍棒在地上所画的那个圆圈。我们每个人犹沧海一粟，置身于波涛汹涌的汪洋大海，谁也甭想企图抓住命运的诺亚方舟。"

妙觉停顿片刻，继续说道："站在社会学的角度，男人可以与世界上任何一个没有血缘关系的女人缔结婚姻，女人也可以与世界上任何一个没有血缘关系的男人缔结婚姻。但是，婚姻一旦掺杂了权利、财富、颜值和社会地位，所谓的爱情和幸福统统靠边站。不论男人也好，还是女人也好，其实都冀求靠婚姻来改变自己的命运。一个男人若是碰上了一个好女人，她性格温顺，勤劳能干，相夫教子，努力营造家和万事兴的氛围，用算命先生的话来说就是，她具有旺夫旺子的特质，那么，这个男人的命运其实已经在改变了，这或许就是命运对他的犒赏。一个女人嫁给了一个好男人，也会展现出同样的生命状态。"

　　清照问道："请问什么样的婚姻才是幸福的、完美的？"

　　妙觉说道："俄国大文豪托尔斯泰在《安娜·卡列尼娜》中说道：'幸福的家庭都是相似的，不幸的家庭各有各的不幸。'世界上没有绝对完美的婚姻，只有相对完美的爱情。我们从别人那里听来的，或是媒体上所报道的，说某对夫妇、某对伉俪、那两口子在生活中总是相敬如宾、耳鬓厮磨、相濡以沫、举案齐眉，他们从不吵架，也从不脸红，其实，很多都是骗人的，那只是一个美丽的童话。而事实上，经常磕磕碰碰、床头吵架床尾和的夫妻才是长久的。我们经常羡慕别人的婚姻很幸福，或许人家有苦难言，羞于启齿，只好打掉牙和血吞，殊不知人家还羡慕你们两口子的婚姻呢？所谓的幸福其实都是自己赋予婚姻的一种内心感受。你天天锦衣玉食，可能会感觉很痛苦；你天天与伴侣起早贪黑，累得要死，即使喝一口凉水，或许其感觉也是甜的。"

　　妙觉补充道："男人若是真心爱着一个女人，一定会毕生善待这个女人，不会轻易让她受伤，特别是心灵上的伤。女人若是真心爱着一个男人，更是会死心塌地，而且她一高兴，还会为他生育孩子，为男人留下子嗣。愚蠢的男人总是让女人伤心，让她愤而转投别的男人的怀抱，而聪明的男人总是让女人对自己爱得死去活来，爱屋及乌，进而让女人喜欢男人背后的所有附属物；愚蠢的女人总是对自己的男人挑三拣四，吹毛求疵，看不到他的闪光点，更看不见他的未来，而聪明的女人总是能捕捉男人其身上的闪光点，并用实际行动成全这支潜力股。据说，台湾著名导演李安曾长期在家赋闲，自嘲吃了他太太林惠嘉为期六年的软饭，一个成功的男人背后一定会有一个伟大的女人，李安成功的背后就有着这么一位伟大的女人，她就是林惠嘉。"

清照换了一个问题："请问如何重新选择自己的婚姻？"

妙觉说道："有一句俗话说得好：'不听老人言，吃亏在眼前。'在婚姻方面，这句话是有道理的，因为老人家饱经沧桑，阅尽人世间的世态炎凉、人情绵绵，他们的眼光远比年轻人毒辣，而在这个世界上，只有父母对孩子才是掏心掏肺的好。我们年轻的时候，或许为了所谓的爱情而奋不顾身，不遵从父母的忠告，经年之后才幡然醒悟，我当初的婚姻真的错了，也许这就是命运对你的一种惩罚。当然，愚昧无知的父母例外。无独有偶，在古代还有这么一句话：父母之命，媒妁之言。虽然这是一种包办婚姻，但聪明的父母总是能为孩子谋得永久的幸福，而愚昧的父母却总是为孩子带来一生的悲剧。以前的父母喜欢讲究门当户对，当然，现在也不例外，其实，这是有道理的。站在世俗的角度，年轻人总是看不懂这个'门'里面所蕴含的玄机，两个没有血缘关系的人结成一对好得不能再好的'户'，这是一件多么好的事情啊！再不济，无非就是精神上的爱情让位于物质上的幸福。不要忘了，在这个世界上，只有父母对孩子才是真心实意的好，也许这个'好'过于庸俗。"

清照问道："人生之路很漫长，如果觉得自己的婚姻不幸福，还能改变自己的婚姻状况吗？"

妙觉说道："我们很多人总是不满足于自己的婚姻，好高骛远，一山望着一山高，却从未想到要去努力改变。幸福是追求得来的，成功拥有了，就要好好珍惜。建设幸福的家庭应付出百分百的努力，用一辈子的力量来维护，而不应是三天打鱼两天晒网。"

清照打扰妙觉这么久，心里觉得怪过意不去，思虑良久，提了最后一个问题："看在老同学的情分上，您能否告诉我今后应该怎么做？"

妙觉双手合十，低声说道："一切有为法，如梦幻泡影，如露亦如电，应作如是观。阿弥陀佛，善哉善哉！"

妙觉虽然没有直接地给出答案，但清照似乎有所开悟，她起身鞠躬说道："谢谢妙觉师太！不打搅您了，我告辞了。"

当清照信步走出尼姑庵的时候，正值夕阳西下时分，一抹余晖投射着大地，她心里感觉暖烘烘的、亮堂堂的，她对未来似乎作出了一个不足为外人道的人生抉择。

第三十六章

参透生死

世间事,除了生死,哪一桩不是闲事。

——仓央嘉措

一个狂风暴雨的上午,外面刮着台风,下着暴雨。据媒体报道,这是 2018 年第 22 号超强台风山竹,崇文没有理会这些,仍在家里辛苦地码字。

简单地吃完中饭,所谓中饭也就是随便扒拉了几口,因为用脑过度,他觉得好累好困,于是上床睡觉,打算好好地休息一下。

躺在床上没多久,他就进入了梦乡,这天中午他竟然做了一个荒诞离奇的梦。

他在一个风雨交加的日子里奔跑着,风飕飕地刮着,像刀片一样切割着他的脸庞令人生疼;雨哗哗地下着,像石头一样敲打着他的头颅令人痛楚。他不知道他要干什么,他想效仿夸父去追赶太阳,可是这鬼天气根本就看不见太阳,不知道太阳在哪个方向;他想学西西弗斯去搬运石头,可是眼前根本就没有石头,也没有陡峭的山峦。他迎着暴风骤雨跑啊跑,跑啊跑,不小心将眼镜弄丢了,他在泥泞不堪的地上找不到眼镜,只好继续往前跑,也不知被什么东西绊了一下,他摔了一跤,竟然掉进了一个长期不用的古井。

待崇文重新站起来之后,眼前的一幕简直把他吓了一跳,发现这里站着好多面目狰狞、獠牙外露的小喽啰，个个在那里张牙舞爪、龇牙咧嘴，甚是恐怖，他才知道自己不小心闯入了冥界。两个小喽啰也不说话，径直走过来，将他这个不速之客五花大绑，然后押送到一个更加丑陋的人面前。

这个人有多丑陋，崇文怕是一辈子都没有见过，简直不忍直视。他看上去应该属于耄耋之年，头顶上光溜溜的，没有一根头发，中间居然凹下去一块，像个池塘似的，头颅的周边粘着稀稀拉拉的几根头发。他没有眉毛，他的眼睛是凸起来的，他的鼻子是往上翘的，他的嘴巴是瘪的，他的耳朵是尖的，他的脑袋呈椭圆形，崇文只看了一眼，就感觉反胃，肚子里翻江倒海，有一种想呕吐的感觉。

想不到这个丑陋无比的人竟然大发慈悲，他瞥了一眼崇文便对那两个小喽啰说道："这个人看上去一定是个文弱书生，手无缚鸡之力，你们捆什么捆，还不赶快为他松绑，难道还怕他跑了不成。我们这里虽然是冥界，但也要好生善待文人。"

话刚说完，慌得两个小喽啰急忙为崇文松绑，并忙不迭地赔罪："小人该死，如此鲁莽无礼，望大人海涵！"

老者开始审判了："您好！我是冥界的最高长官，别人都叫我阎王。请问您叫什么名字？籍贯属于哪里？"

"徐崇文。潇湘省桂花县。"

阎王从抽屉里拿出一本厚厚的生死簿，上面写着"潇湘省桂花县"字样，翻了好久，才开口说道："阴间有法，所有亡者在死后的49天内都要经过七次审判，分别在杀人狱、懒惰狱、欺骗狱、不义狱、背叛狱、暴力狱、天伦狱中进行，只有通过七次审判且宣告无罪的亡者，才有获得新生的机会。我刚才看了一下，在死者一栏并没有发现你的姓名，但在生者一栏却有你的名字，据档案记录，你并没有犯过杀人、懒惰、不义、背叛、暴力和天伦等罪，倒是犯了欺骗罪，因为你偶尔也撒谎。不好意思，你现在不归我管，我不能越权，我叫两个小喽啰送你重回阳间吧。"

崇文激动万分，但稍后一想，既然难得来一趟冥界，何不借此机会向阎王请教一些萦绕已久的问题，于是说道："阎王老爷好！我可否向您讨教一些问题再走不迟，反正迟早有一天会来您这里报道的，不如趁现在弄个明白。"

"说的也是,我现在刚好有闲暇,我们聊聊也好,昨天我处理了好几个生前曾经杀过人的死者,真让我扫兴,你来冥界做下客也好,冲冲晦气。"

崇文大胆地问道:"请问您如何理解生命的意义?"

阎王坐下来,然后说道:"我也是曾经在阳间活过的人,但没有活出人生的意义,自从来到冥界后,通过自己的努力,好不容易才成为冥界的一把手。关于您的问题,唯物主义有三个终极问题,都是关于生,而且是积极乐观的生,务求生得伟大,富有价值。这三个问题分别是:第一,如何更好地认识宇宙世界并解决关于宇宙的问题;第二,如何更好地认识人类社会并解决关于人类的问题;第三,如何更好地认识自我人生并解决关于人生的问题。简而言之,这三个问题又分别是:第一,我是谁?第二,我从哪里来?第三,我要到哪里去?当然,我说的绝非真理,只是供你参考。其实,世界上总有人毕其一生的精力孜孜不倦地探索这三个终极问题。假如一个人在他(她)的暮年之际获得了属于自己的答案,但同时也会发现,他(她)的一生纯属一场闹剧。为什么呢?因为在他(她)的一生中,帮助他(她)弄懂那些问题的事物是永恒的,而自己的生命却昙花一现,用绝对的永恒来证明短暂的瞬间可能是世界上最不划算的事情。为此,他(她)会懊恼弄懂了这些问题又有何用?是为了追寻哲学家们的脚步以凸显自己的清新脱俗?还是为了证明自己在世上走一遭也能留下一些供后人敬仰的学说?所以说,与其拷问自己这三个问题,倒不如直接给自己一个简单明了的答案:活好每一天,死后才不后悔。"

阎王的回答令崇文刮目相看,想不到阎王的肚子里还真有点儿学问,并非只是一个面目狰狞的丑八怪。崇文继续问道:"请问您如何看待生与死?"

"这个问题说来话长。佛教认为,生死是'生命在呼吸之间'。人生是短暂的,绝大部分人的一生不过几十年,即使能活上百年,在时间的长河里,也不过是小小的涟漪而已。正因为有了死,才会在有限的生命里为了让自己的生命尽可能展现出灿烂的光辉而不懈努力,前仆后继;正因为有了死,才会有对人生意义的终极追问。死赋予人类生命太多的价值与意义,每个生命的存在本身就是一个美丽的奇迹。面对生命，我们要用一颗慈悲的心来发掘生命的美丽，更要用一颗赞美的心来感悟生命的美丽。"

阎王继续说道："在人生的这段旅程中，我们现在的行为将决定未来的旅程，明白了生命的幸福与痛苦，就应该相信自己现在的所作所为会改变未来的一切，从而抓住一切机会，培养良好的行为习惯，为他人、社会乃至国家多做善事，多积善业，那么将来面对死亡时，我们的心里自会多一分安详与坦然，觉得自己的一生还算富有意义。"

崇文对阎王的回答佩服得五体投地，不由自主地竖起大拇指夸道："您太厉害了！"

阎王哈哈大笑："谬赞谬赞，你这个人很特别，之前来我这里报到的那些人都从来不问这种问题的，我也乐于和你交流。"

崇文继续问道："请问人生在世活着的意义是什么？"

阎王答道："我认为，每个人都有自己的使命。人降临到世上，在人世间走一遭，到底为了什么？这个问题千百年来也不断地有哲人在思考，并作出了他们的回答。你知道巴西作家保罗·戈埃罗吗？他在小说《炼金术士》中就借撒冷之王之口给出了一个答案：'每个人都是带着天命来到世上的，天命就是一个人总梦想着去实现的事情，这个梦想就是你来到地球上的使命。'芸芸众生，每个人的追求各有不同：有的人追逐金钱，有的人追逐权力，有的人追逐名望，有的人追逐爱情，有的人追逐艺术……只要不伤及他人利益，不触犯道德和法律的底线，这种种追求皆无可厚非，用保罗·戈埃罗的观点来看，他们只不过是在完成自己来到这个世界时所背负的天命。譬如你，如果我没有猜错的话，你的天命是：在你的有生之年能够撰写一些文章，以愉悦人们的身心，以启迪人们的智慧，为这个物欲横流的世界留下一笔精神遗产，我认为这就是你的天命，也可理解成你的宿命或个人使命。"

崇文问道："既然我现在仍是阳间的人，不归你管，那我应该如何继续生活？"

阎王哈哈大笑，然后说道："这完全取决于你个人的心态，对于乐观主义者，生是一种幸福，死是一种归宿；对于悲观主义者，生是一种痛苦，死是一种解脱；对于虚无主义者，生与死皆毫无意义；对于原教旨主义者，生是开始，死是新的开始，相当于一个房客从这个地方搬到另外一个地方居住。"

崇文压低了声音，小心翼翼地问道："我有个不情之请，不知您能否满足？"

"但说无妨。"

崇文大胆地说道："我对自己的身后事有一个安排。我是这么想的：我死之后，请将我的骨灰安葬于故乡的一堆黄土里，其坟茔位于家父的东边，那个埋葬我的小山冈叫作红冲，然后在我的坟墓上插上一块简陋的木牌，这块木牌最好能经风雨，不易朽化，上面写着几行字：湘南徐工（1976-2018）/身份：作家/代表作品：《幸福有多远》。然后恳请阁下您在我的坟墓的旁边嵌入一块小石碑，并镌刻上我生前亲自撰写好的墓志铭：'我们都生活在阴沟里，但仍有人仰望着星空，而印刷搬运工出身的湘南徐工只是其中之一。他一生堆砌了无数的文字，终于有幸得到上帝的眷顾。如今他长眠于此，请陌生人不要随便来此骚扰他那孤独寂寞的灵魂。若您对他有点兴趣，不妨轻移玉步前往虚拟的网络空间寻访他一生的精神轨迹。'"

阎王爽快地答道："没问题，小事一桩。"

崇文说道："谢谢阎王老爷！我要回阳间了，我需要回去了却一桩俗事，与家人作个交代。"

阎王答道："好。"

说时迟，那时快，两个小喽啰走过来，轻轻地拍了一下崇文的臀部，他像火箭一样又返回了阳间。

崇文暮地醒来，原来做了一场噩梦，发现额头上、身体上竟然冒出了许多冷汗。这个梦激发了他的创作灵感，凭借着仍然清晰的记忆，他马上起床奋笔疾书，在当天晚上睡觉之前，《论生与死》这篇文章就横空出世了。

第三十七章
一 锤 定 音

2018年11月1日，虽说这里是南方，却也有点儿寒意，天空布满阴霾，也不知太阳躲到哪儿去了，偶尔一阵风拂过，令人直打哆嗦。

天气虽然不咋的，但丝毫不影响东莞市第三人民法院的工作。在一个封闭的不算太大的空间里，审判席摆放着三张椅子，中间坐着一名男性审判长，审判长的左右分别坐着一名女性审判员和一名男性审判员，三人皆穿着黑色的法官袍。这是一种散袖口式长袍，红色前襟处配有四粒装饰性金黄色领扣，左胸处绣有法徽，墙上悬挂着一个巨大的国徽，让气氛变得庄重而严肃。女审判员的前面坐着一名年轻的女性书记员，女书记员前面的一侧坐着原告徐崇文，崇文的右手边坐着一个男人，但他的身份并非崇文的委托代理人，而是一个传话员，因为崇文的听力有点儿障碍，经事先申请，法庭允许他捎带一个传话员。原告的对面是被告梁清照，委托代理人的席位上没人，因为被告没有聘请律师。靠近原告这边的旁听席坐着崇文的兄弟姊妹徐崇武、徐崇华和徐崇芳，他的母亲不知情，没有来现场旁听；靠近被告这边的旁听席坐着清照的兄弟姊妹梁清婉、梁清心和梁新宇，她的母亲也不知情，没有来现场旁听。

所有人员落座后，从法庭的音响设备传来一个女性的甜美声音：参与人、旁听人员必须遵守下面几点：1.法庭内要保持安静，不得鼓掌、喧哗、争闹和实施其他妨碍审判活动的行为；2.开庭过程中，不得随便走动，不得进入审判区；3.未经法庭允许，不准录音、录像和摄影；4.未经法庭允许，不准发言和提问；5.不准吸烟和随地吐痰；6.所有诉讼参与人以及旁听人员需将随身携带的手机等移动通信设备关闭，对于违反法庭纪律的人，审判人员和执行法庭有权制止，不听制止的根据《中华人民共和国刑事诉讼法》第101条、第102条之规定予以训诫，责令退出法庭，或者予以罚款、拘留，构成犯罪的依法追究刑事责任，根据《刑事诉讼法》第123条第一款规定，确定当事人是否到庭，原告及诉讼代理人是否到庭，被告及诉讼代理人是否到庭。

声响的声音消失后，审判长用一种高亢洪亮的语气说道："现在宣布开庭。"接下来，审判员开始法庭调查，逐一核实双方到庭人员的真实身份。

男审判员询问崇文："徐崇文先生，你的诉讼请求是否与起诉状一致？是否需要变更？"

传话员附在崇文的右耳旁低声细语，崇文随后答道："完全一致，不需要变更。"

男审判员询问："为什么离婚？"

崇文随后答道："我们虽然居住在一起，但夫妻感情每况愈下，长期处于冷战状态，彼此之间沉默面对，加上生活拮据，日子过得并不幸福。因为我已丧失部分劳动能力，已无足够的能力承担起男人的责任，给妻子应有的幸福，亦无能力将两个女儿抚养成人。长痛不如短痛，倒不如解除婚约，让她走出婚姻的羁绊，再次拥有寻找幸福的权利。"

男审判员询问："为何说你已丧失部分劳动能力？你不是作家吗？可以靠出版书籍拿版税或拿稿费维持生存啊。"

崇文随后答道："这年头，作家又不吃香，我现在是自由撰稿人，我目前的处境也只能做自由撰稿人，但以这种身份赚钱其实很难，具体原因我不想说，反正我的收入目前只能养活我一个人。还有，我现在的性格也不适合和她过日子，要么沉默不语，一旦说话势必吵架，与其这样，倒不如离婚，给双方自由，给彼此一个可以重新选择新生活的权利，没必要以婚姻的名义将双方牢牢地捆绑在一起。"

男审判员和审判长耳语了一阵，随后，女审判员询问清照："你同意原告的要求吗？"

　　清照答道："我同意，他说的完全属实。"

　　女审判员询问清照："难道你不想挽回婚姻？"

　　清照答道："走到今天，也没必要挽回，其实我之前也想过离婚，但想想两个女儿还小，本打算凑合着过完这一辈子，了却余生，但现在他主动提出离婚，我也无话可说。正如原告所说的，与其这样，还不如离婚，给双方自由，给彼此一个可以重新选择新生活的权利，没必要以婚姻的名义将双方牢牢地捆绑在一起。当然，他是一个有自知之明的男人，我们属于自愿离婚，没其他附带条件，经济是一方面，重要的是经过多年的磨合，我们在生活习惯和饮食习惯方面终究难以融合，性格也有着相当大的差异。"

　　女审判员询问："你既然说在生活习惯和饮食习惯方面终究难以融合，性格也有着相当大的差异，那你当初为什么选择嫁给他？"

　　清照答道："我那时候是大龄剩女，父母催得急，加上那时的我是个文学青年，况且他当初追求我时所写的那几篇文章写得煽情动容，令我无法抗拒，一时心软就答应了，但多年的婚姻生活证明，我们并不适合在一起。另外，我们来法院之前，早就将《离婚协议书》写好了，他还算是个负责任的男人，但他的行为有点儿怪，他决定净身出户，放弃所有的一切，什么都不要，只要将徐菡苔判给他就行了，我个人完全同意。"

　　书记员随后将《离婚协议书》呈给审判长，审判长看完后，又交给两位审判员互相传阅，场面陷入了长时间的沉默状态，依稀听见旁听席上不知从哪个亲人处传来的叹息声。

　　突然，审判长拿起法槌重重地敲了一下，瞬间打破了法庭死一般的寂静，然后拿起一张《民事判决书》，郑重地宣读起来：

日期：2018年11月1日

法院：东莞市第三人民法院

案号：（2018）东三法民二终字第12号

　　原告徐崇文，男，汉族，系潇湘省桂花县人，身份证号码：

43102119771108XXXX。

被告梁清照，女，汉族，系岭南省高州县人，身份证号码：44092219741008XXXX。

原告徐崇文与被告梁清照离婚一案，本院受理后，依法由审判员适用简易程序公开开庭进行了审理。原告徐崇文、被告梁清照到庭参加了诉讼，本案现已审理终结。

依据双方提呈的《离婚协议书》，依照《中华人民共和国婚姻法》第31条、第32条、第36条、第37条、第38条和第39条，依照《最高人民法院关于人民法院审理离婚案件如何认定夫妻感情确已破裂的若干具体意见》第一款、《最高人民法院关于人民法院审理离婚案件处理子女抚养问题的若干具体意见》第3条、《中华人民共和国民事诉讼法》第64条之规定，现判决如下：

一、准予徐崇文与梁清照离婚。

二、子女抚养、抚养费及探望权：

(1) 双方婚后所生的两个女儿，本着今后重修于好、破镜重圆的原则，将次女梁芙蕖判给徐崇文抚养，即徐崇文是梁芙蕖的法定监护人，但因原告目前的条件不成熟，梁芙蕖现时跟随在母亲身边读书，故由徐崇文委托梁清照暂时代为抚养，在代养期间梁芙蕖读书所产生的一切学杂费由徐崇文支付，另徐崇文还须从2018年11月算起，每月15日前支付梁清照人民币叁仟元整（¥3000），作为梁芙蕖的抚养费用，这个费用必须按月准时支付，直到徐崇文将梁芙蕖接回或她可以独立生存为止；将长女徐菡苕判给梁清照抚养，即梁清照是徐菡苕的法定监护人，其读书或生活所需的一切费用由梁清照自行解决，双方原则上不存在经济往来。不过，男女双方视其自身经济状况在本人自愿的情况下可给予对方援助，但不得干涉、索取或过问对方的财务；

(2) 本着对孩子身心健康负责的原则，在不影响孩子学习和生活的情况下，徐崇文在征得梁清照同意的情况下可来探望孩子或在长假期间接孩子们外出或接回老家玩耍，但必须按约好的时间准时将孩子平安送回梁清照手中；若徐崇文将梁芙蕖接回身边抚养，上述情况男女双方互相适用；

(3) 孩子们在生活学习中需父母出席的公众事务，如家长会、亲子游、夏令营等，男女双方如有时间或自愿参加，都可以按时出席；

(4) 因徐菡莒的户口目前落在徐崇文的老家，徐菡莒的监护人梁清照今后若需帮徐菡莒迁移户口，以及其他因徐菡莒事务需涉及户口簿的事情，徐崇文有义务协助梁清照给予办理。因梁芙蕖的户口目前落在梁清照的老家，梁芙蕖的监护人即徐崇文今后若需帮梁芙蕖迁移户口，以及其他因梁芙蕖事务需涉及户口簿的事情，梁清照有义务协助徐崇文给予办理；

(5) 自离婚后，若徐崇文再婚，继母对梁芙蕖粗暴、冷漠，令梁芙蕖对继母充满仇恨和反感，而徐崇文却无谓地偏袒继母，不利于梁芙蕖的成长，梁清照知悉此情况后，有权夺回梁芙蕖的抚养权；反之，若梁清照再婚，继父对徐菡莒粗暴、冷漠，令徐菡莒对继父充满仇恨和反感，而梁清照却无谓地偏袒继父，不利于徐菡莒的成长，徐崇文知悉此情况后，也有权夺回徐菡莒的抚养权；

(6) 自离婚后，不管徐崇文是否再婚，梁清照不得干涉徐崇文的私生活；反之，不管梁清照是否再婚，徐崇文也不得干涉梁清照的私生活；

(7) 为了孩子们能健康成长，徐崇文若变更手机号码，应第一时间告知梁清照，不得恶意隐瞒其联系方式及个人住处，更不得玩人间蒸发游戏；反之，梁清照若变更手机号码，应第一时间告知徐崇文，不得恶意隐瞒其联系方式及个人住处，更不得玩人间蒸发游戏。

三、夫妻共同财产的处理：

(1) 存款分配方式：现双方以各自姓名开户的存款归名字所有人拥有，不作重新分配；

(2) 法院尊重原告的个人意见，徐崇文净身出户，其夫妻共同拥有的房产无偿转让给梁清照，房产地址位于岭南省东莞市樟木头镇帝景花园8栋A单元（房地产买卖合同编号为0075867，持证人为徐崇文：粤房地证字第C6070200号；持证人为梁清照：粤房地共证字第C1573612号）的房产（含家具家电），其所有权和使用权自离婚后归梁清照所有，徐崇文应无条件搬出；

(3) 自离婚后，对于夫妻共同拥有的房产，梁清照拥有终身居住权和使用权。但若是梁清照想变卖这套房产，对于梁清照通过变卖所获得的收入，两个女儿均拥有三分之一的房款继承权（属于两个女儿的款项届时将存入指定账户，待孩子们读完书或年满18周岁方可取出自用），自离婚之日起，徐崇文应配合梁清照无条件办理房产过户手续；

（4）其他财产：以徐崇文名字为徐菡莒于2007年11月购买的平安保险（单号：P036600001835260）自离婚后由徐崇文退保，所退款项归梁清照所有；

（5）自离婚后，因梁清照已拥有徐菡莒的退保费以及徐崇文在购买房产时所投入的首期款，作为补偿，徐崇文不再缴纳由徐菡莒所引发的社会抚养费；

（6）婚前双方各自的财产归各自所有，男女双方各自的私人生活用品及首饰归各自所有。

（7）徐崇文作为作家，迄今为止，著有十二本著作，八部散文集分别是《南方职场词典》《陌上花开满郴州》《寸草春晖系母校》《萱花椿树正芳菲》《今夜月明人尽望》《桃花潭水深千尺》《何事秋风悲画扇》《偷得浮生半日闲》，并有一部随笔集《闲敲棋子落灯花》、一部诗歌集《梨花院落溶溶月》及两部长篇小说《徐工职场打拼记：一个印刷工科男的激荡人生》《东莞向上，幸福朝下》，若徐崇文他日不幸死于非命，著作权仍归徐崇文所有，若其著作今后得以出版，其版权和版税归其两个女儿徐菡莒和梁芙蕖共同所有。鉴于两人暂未满18周岁，属于无民事行为能力人，其版权和版税暂由梁清照代管，待徐菡莒和梁芙蕖成为完全民事行为能力人之后再予移交。

四、债权与债务的处理：

双方确认在婚姻关系存续期间没有发生任何共同债务，任何一方如对外负有债务，由负债方自行承担。

五、一方隐瞒或转移夫妻共同财产的责任：

双方确认夫妻共同财产在上述第三条已作出明确列明，除上述房屋、家具、家电及银行存款外，并无其他财产，任何一方应保证以上所列婚内全部共同财产的真实性。

六、经济帮助、精神赔偿及其他：

因双方属于自愿离婚，男女双方自离婚后不再言及额外的经济帮助与精神赔偿。

如不服本判决，可在判决书送达之日起十五日内，向本院递交上诉状，并按对方当事人的人数提出副本，上诉于岭南省东莞市中级人民法院。

本案受理费 500 元，原告已交。

审判员戴立伟、孟飞燕、苟鹏程

书记员刘婕妤

2018 年 11 月 1 日

退庭的时候，崇文这边的兄弟姊妹和清照那边的兄弟姊妹只是面面相觑，却并不说话，仿佛压根儿就不认识似的。崇芳忍不住问崇文："二哥，你怎么那么傻，连房子都给她，你当初好歹也掏了不少钱啊！"

崇文不想回答这个问题，沉默不语，对钱财他早有此打算，这么多年来，他觉得他欠清照实在太多，那是她应该得的，就算是对她的一点儿精神补偿吧。他只是没想到，关于两个女儿的监护权，法院竟然这样判决，他原想做同姓女儿徐菡苕的监护人，却不承想做了异姓女儿梁芙蕖的监护人，虽说她们都是他的亲生女儿，但这并不是他想要的结果，真是造化弄人哪！他更没想到，他与清照的婚姻始于 2006 年 11 月 1 日，止于今日，正好一轮。

第三十八章
柳暗花明

　　这里是东莞市长安镇的滨海新区，通过填海造地，人类勇于向浩渺的南海索取落脚之处，通过若干年的开发，如今高楼林立，鳞次栉比，阡陌纵横，广深沿江高速公路从这里跨过，东莞地铁三号线从这里穿过。东莞一共有六大片区：城区片区、松山湖片区、滨海片区、水乡新城片区、东部产业园片区和东南临深片区，繁华富庶的长安自是被列入滨海片区。

　　长安滨海新区可是一块风水宝地，是东莞经济的最佳试验田，崇文决定将这里作为他的人生归宿，作为幸福朝下的见证者。滨海新区坐北朝南，地处环珠江口东岸经济走廊、交椅湾区域的几何中心，景观展开面正对交椅湾，辖区面积 20.36 平方公里，其中，海域面积 12.01 平方公里，滩涂面积 8.35 平方公里，是由狮子洋进入珠江航道的第一个城市节点，稀缺而优越的滨海条件是展示东莞滨海城市特色的首选要地。这里南与深圳相接，临近前海，北靠长安和虎门，西隔珠江与广州南沙相望，毗邻香港，直面南海，具有得天独厚的地理区位优势和经济集聚优势，具备成为世界级都会区战略节点的潜质。这里连江临空靠海，一小时交通圈内汇聚"一条城际铁路、二条高速公路、三个国际机场、四大重要港口、五条城市轻轨"的复合交通资源，对外交通条件十分突出。新区土地连片完整，稀缺珍贵，在东莞乃至珠三角罕有，是环珠江口的重要空间节点。

　　2018 年 12 月 31 日，天气晴朗，碧空如洗，崇文骑着共享自行车穿过新安社区、乌沙社区和新民社区，一路狂奔来到了滨海新区。不知出于什么缘由，他今天的心情特别好，他要与这个世界做最后的诀别。

　　崇文将共享自行车随便一扔，径直向着南海的滩涂边走去，一边慢慢地走着，一边将之前想过无数遍的人与事随机回放一遍。

　　他想起了写作，他想不明白，这么多年来，为什么他写了那么多的文章，即使小有名气，却依然难以赚取居家过日子所必需的牛奶和面包？是他的文章写得太严肃过于阳春白雪？还是他的脑筋转不过弯来？还是情商太低？他根本就难以适应这个社会的剧烈变化？

　　他想起了出版，为什么别人可以实现常规出版？顺顺当当地拿到版税或稿费，虽然他也出版过两本书籍：《徐工职场打拼记：一个印刷工科男的激荡人生》和《闲敲棋子落灯花》，可那都是没有稿费的，所需资金是他求爷爷告奶奶低三下四忍气吞声不惜以乞丐的身份化缘才筹来的。

　　他想起了今后的生存苦境，为什么别人有"五险一金"而他什么都没有？别人提前退休，顶多正常退休，退休之后啥事都不用干，日子过得滋润无比，而在他的生活字典里根本就没有"退休"这个词汇，他简直不敢想象老无所依是多么的恐怖与残酷。

　　他想起了王国维，他喜欢王国维关于人生三境界的创造。在他的著作《人间词话》中，他这样写道：古今之成大事业、大学问者，必经过三种之境界："昨夜西风凋碧树，独上高楼，望尽天涯路"此第一境也。"衣带渐宽终不悔，为伊消得人憔悴"此第二境也。"众里寻他千百度，蓦然回首，那人却在灯火阑珊处"此第三境也。也就是说，第一境界是"立"，第二境界是"守"，第三境界是"得"。想到这里，他不由将王国维的标准进行对比，他不知道他现在到了第几重境界，他觉得第二重境界应该抵达了，毕竟他曾经"衣带渐宽终不悔，为伊消得人憔悴"过。但他今天想到的主要还是王国维的死亡：1927年6月2日，王国维早起盥洗完毕，即至饭厅早餐，餐后至书房小坐。王国维到达办公室，准备给毕业研究生评定成绩，但是发觉试卷、文章未带来，命研究院的听差从家中取来。卷稿取来后，王国维认真地进行了评定。随后，王国维和研究院办公处的侯厚培讨论下学期招生事宜，相谈甚久。交流结束，欲借洋二元，侯厚培给了五元钞票，王国维走出办公室，雇了一辆人力车，前往颐和园。王国维吸完一根烟，跃身头朝下扎入水中，于园中的昆明湖鱼藻轩自沉。

他想起了日本作家川端康成、太宰治和三岛由纪夫，他还想起了……

他看见右手边有一堆小石粒，这让他想起了英国女作家伍尔芙。他蹲下来，将小石粒填满他衣服里所有的口袋，外套左边的口袋里尽是小石粒，外套右边的口袋里尽是小石粒，衬衫上边的口袋里尽是小石粒，裤子左边的裤兜里尽是小石粒，裤子右边的裤兜里尽是小石粒，臀部左边的裤兜里尽是小石粒，臀部右边的裤兜里尽是小石粒，满满当当。

已走到滩涂地带了，海水近在眼前，路面越来越潮湿，越来越泥泞，越来越难走。他突然"扑通"一声跪下来，向苍天磕了一个头，口里喃喃道："母亲大人在上，请受我一拜，恕不孝儿先行而去。"接着，他又磕了一个头，口里喃喃道："徐菡苕，爸爸对不起你！父亲无能，如果你有重新投胎的机会，请不要投胎于作家的家庭。"接着，他磕了第三个头，口里喃喃道："梁芙蕖，为父对不起你。父亲这一生徒有虚名，口袋里却空空如也，如果世间真有轮回，我下辈子坚决不当作家。"

临下海时，他拿出手机一看，发现手机信号良好，居然满格。他给前妻梁清照发了一条信息："虽然法院将梁芙蕖判给了我，但现在的我已经顾不了那么多了，我要走了，你要好生善待她。你若有心无力，可将她送回桂花县，她的亲人们会照顾她的。"然后他打开微信，在朋友圈发出人生中的最后一条资讯：近期，各大微信群被李咏和金庸的死讯频繁刷屏。对于死亡，我也有自己的个人思考。培根说：成人惧怕死亡好如儿童害怕黑暗。假如上帝问湘南徐工："你害怕死亡吗？"湘南徐工回答："我已随时做好死亡的心理准备。"上帝又问："死之前你有什么要交代的？"湘南徐工回答："没有，请社会善待我的两个女儿即可，让她们长大成人，我此生没有为她们留下丁点儿财富，枉为父亲。"

发完朋友圈后，他徐徐走向南海，海水刚好漫过他的脚踝，正当他准备将手机扔向大海深处时，此时此刻，不早一分，不晚一秒，他的手机竟然响了起来，事先设置好的铃声《我不想说》响起优美的旋律，这是"玉女掌门人"杨钰莹在电视连续剧《外来妹》中演唱的主题曲，是他喜欢的一首歌曲。他虽然不是外来妹，但肯定算得上是一个外来工，只是性别不同罢了。

他心想，这个时候谁会打电话给他呢？他用眼睛瞟了一下，发现是一个0735开头的固定电话，并非某个人的手机号码。接还是不接呢？他一直犹豫着，迟迟没有摁下接听键。

当杨钰莹舒缓地唱到"你的心情我能理解"的时候，不知道触动了他内心深处的哪一根弦，他果断地按下了接听键，并将手机紧紧地贴附在右耳上。

"您好！请问您是梁崇文吗？"

"是的。请问您是？"这个时候，他依然保持着绅士风范。

"我是桂花县文化馆的馆长李敬文，情况是这样子的。您长期从事文学创作的事情我们都知道，一直在默默地关注您，真心佩服您的无畏精神，也欣赏您的独立人格。前不久，一位欣赏您的退休老领导当面向我推荐您，希望我馆能够吸收您，只要您愿意，将以特殊人才纳入单位的一员，录取程序不是问题，只是需要一点儿时间，报请相关组织开会审议批准即可。"

徐崇文简直不相信自己的耳朵："您说的是真的吗？这种事情可开不得玩笑。"

李敬文馆长斩钉截铁地说："我作为党培养多年的干部，作为公职人员，怎能随便信口雌黄？请相信我，只要您愿意在文化方面为家乡做点儿事情，入职我馆肯定没问题，只不过是，走下程序需要一点儿时间罢了。"

"我愿意！我愿意！我当然愿意！感谢您李馆长！"徐崇文一时兴奋过度，说话竟然有点儿语无伦次。

结束电话后，徐崇文第一时间将口袋里所有的小石粒统统卸掉，让它们一个一个地坠落于滩涂上，然后转身背朝大海，迈开脚步，像刘翔那样以百米冲刺的速度向前狂奔，一路向前狂奔。我们不知道他想奔向哪里？也许是奔向太阳，奔向明天，奔向未来，奔向希望，奔向徐菡苣，奔向梁芙蕖……